KB183059

“자, 이 주변에 있는 짐은
전부 먹어 치워 주세요.”

“이건…… 미믹인가?”
“네, 제 사역마입니다.”

마법사의 이삿짐센터

용사의 은거•용의 여행길•마법 도서관 이전
어떤 의뢰든 맡겨 주세요

YUSAKU SAKAISHI
& HALU ICHIKAWA
PRESENTS

"자네 실력을 믿고
꼭 맡아 주었으면 하는
의뢰가 있네."

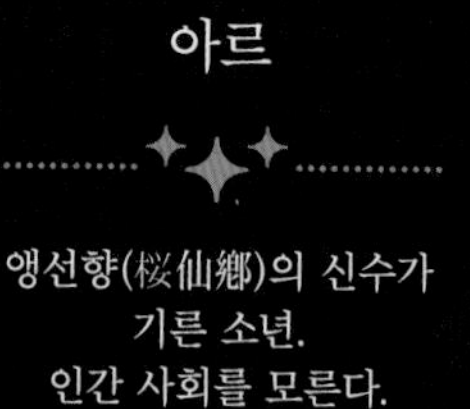

소피=이자리아
로드 오브 위저드
『시대의 마법사』라는
칭호를 가진,
이삿짐센터를 운영하는 소녀.
"또 당신인가요. 프란체스카."
프란체스카=실파리오
학창 시절에 소피와
동급생이었던 궁정 마도사.
드릴 같은 머리 모양이 특징.
"그래요!
당신의 평생 라이벌이 와 줬다고요!"

소피는 있는 마력을 모두 쏟아서

마법을 발동했다.

그것은 벚꽃— 앵선향을 상징하는

아름다운 꽃이었다.

조형 마법.

소피는 이 마법으로

거대한 벚나무를 재현해 냈다.

[글]—사카이시 유사쿠
[일러스트]—이치카와 하루

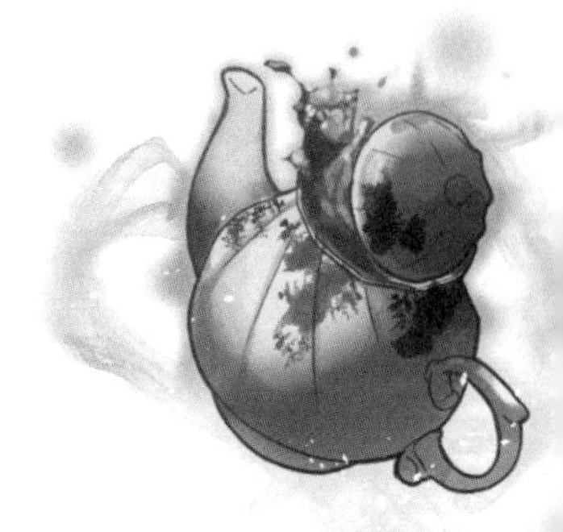

마법사의 이삿짐센터

용사의 은거·용의 여행길·마법 도서관 이전
어떤 의뢰든 맡겨 주세요

YUSAKU SAKAISHI
& HALU ICHIKAWA
PRESENTS

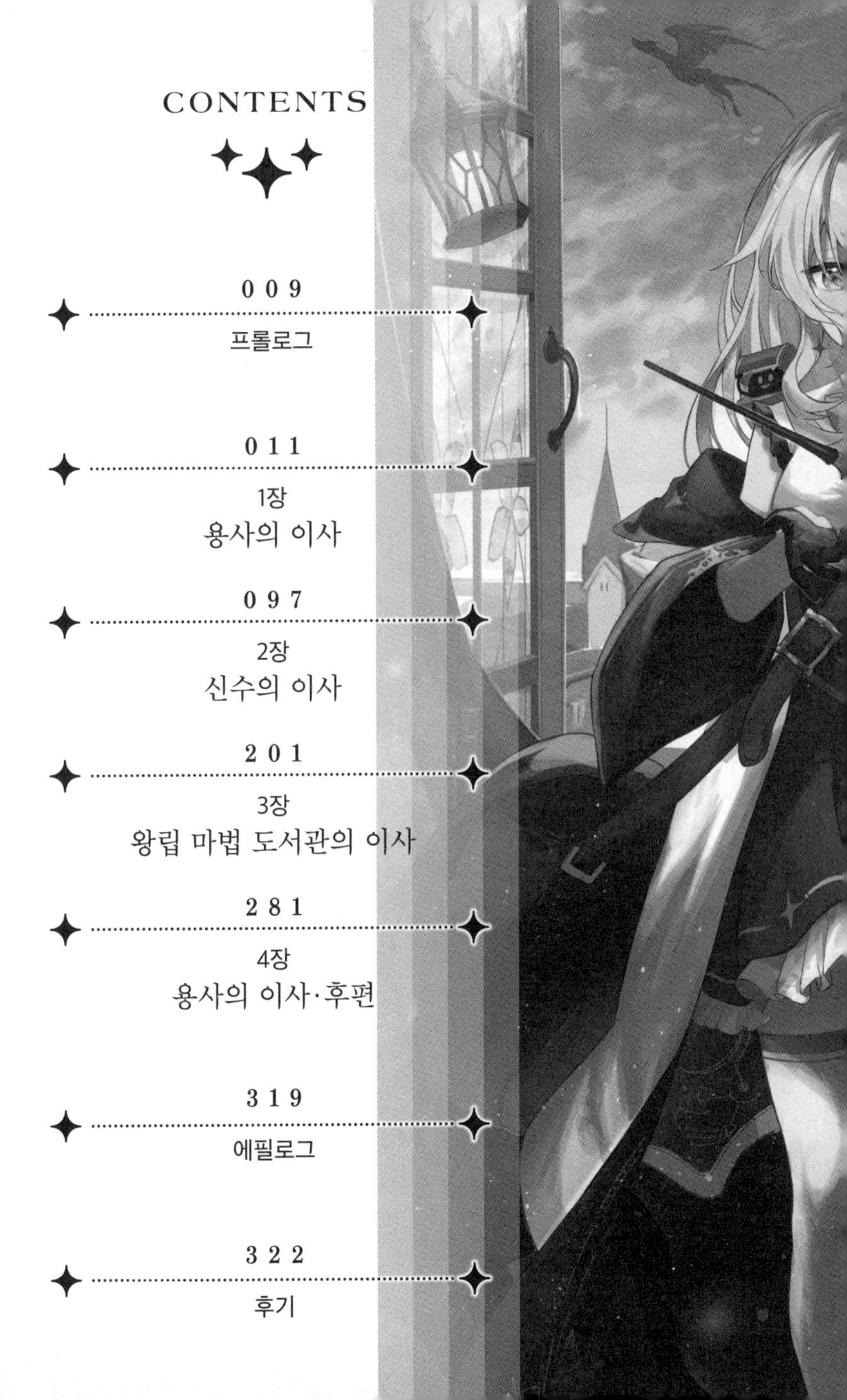

CONTENTS

프롤로그

몇 년 전.

어느 왕국의 왕립 마법 학원에 그야말로 어마어마한 천재 마법사가 입학했다.

본디 재능 있는 사람만 입학할 수 있다는 마법 학원, 그 안에서도 빼어난 성적을 거둔 소녀는 온 나라에 이름을 떨쳤고 장래가 촉망되었다.

소녀는 평민이지만 어느 귀족보다도 뛰어난 결과를 잇달아 내놓아서 사람들의 가치관을 크게 흔들어 놓았고, 눈부신 영광과…… 약간은 성가신 문제를 남긴 채 마법 학원을 졸업했다.

그러나 기묘하게도 그 소녀가 졸업 후에 뭘 하는지 아는 이는 거의 없었다.

왜냐하면 소녀는 졸업한 후 아무에게도 말하지 않고 어디론가 훌쩍 자취를 감췄기 때문이다.

소녀를 주목하고 있던 나라의 높은 분들은 혼란에 빠졌다.

"그 소녀는 어디 간 거지?!"

"궁정 마도사를 권할 생각이었는데!"

"아니지, 아니야, 그 지식은 마법학 분야로—."

"군인의 길도—."

단 한 가지 알려진 사실은 소녀가 그 어떤 길도 선택하지 않았다는 것—.

궁정 마도사, 마법학 연구자, 군인, 의사, 정치가…… 무수한 명예로운 직함을 거절한 소녀는 과연 지금 어디에서 뭘 하고 있을까. 그 사실을 알고 싶어 하는 사람은 적지 않았다.

그 소문은…… 이윽고 그 소녀 본인에게까지 도달했다.

"내가 이 일에 몸담은 게 그렇게 이상한가요?"

소녀는 알고 있었다.

이 일은 사람들을 행복하게 하는 것이라고.

만남을 두려워하는 사람들에게—.

헤어짐을 아쉬워하는 사람들에게—.

—다가갈 수 있다고.

"어머나, 어서 오세요."

가게의 문이 열리고 도어벨이 딸랑거렸다.

유약해 보이는 젊은 남자가 들어왔다. 여기 오는 손님은 모두 기대와 불안이 뒤섞인 표정을 띠고 있다. 남자 역시 어딘가 불안해 보였다.

그런 손님에게 소소한 행복을 느끼게 해 주는 것이 소녀의 사명이었다.

소녀의 일은 만남과 헤어짐을 엮어 내는 것이다.

소녀가 운영하는 가게는— 마법사 이삿짐센터.

1장 용사의 이사

소피는 봄이라는 계절을 즐길 수 있는 건 이삿짐센터의 특권이라고 생각했다.

햇살이 이렇게 부드러운 데도 신년도가 시작될 때라 많은 이가 바쁜 나날을 보내고 있었다. 새 옷, 새 일, 새 인간관계…… 사람들은 새로운 생활을 앞두면 아무래도 기대보다 불안을 품기 쉬운 듯했다.

그러나 이삿짐센터 일을 하는 소피는 그렇지 않았다.

봄은 대목이다. 이 일을 아주 좋아하는 자신에게는 하루하루가 즐거운 계절이었다.

"지나갈게요—."

거리에서 「우오.」라든가 「와.」 하는 갖가지 목소리가 들렸다.

소피는 커다란 가방을 흔들며 나라에서 제일 큰 도시인 왕도의 돌길을 한동안 걸었다. 막다른 골목에 3층짜리 집합 주택이 보였다. 빨간 지붕에 목조 건물이고 정면에는 옷 가게…… 미리 들은 대로의 입지와 외관이었다. 소피의 목적지가 분명했다.

소피가 검은 지팡이를 휘두르자, 그의 몸이 붕 떠올랐다. 그러자 쓰고 있던 하얀 모자가 떨어질 뻔했다. 소피는 「아차.」 하고 순간적으로 모자를 잡았다.

소피는 마치 공중을 걷듯이 목적지의 베란다까지 향했다.

"짐 배달하러 왔습니다."

"응? 으악?!"

창 너머에 있던 남자는 놀란 나머지 큰 소리를 질렀다.

남자의 눈동자에 소피— 의 뒤에서 한 덩어리가 된 거대한 짐이 비쳤다.

◆

"짐은 이게 전부네요."

"응, 그렇군."

아담한 방에서 호리호리한 남자가 감사 인사를 했다.

소피는 공중에 띄웠던 짐을 천천히 바닥에 내려놓았다. 상자 겉면 장식은 소피의 취향에 맞춘 화려한 체크무늬다. 덕분에 길에서 사람들의 눈길을 끌었지만, 소피는 그건 그것대로 가게 홍보가 된다고 생각했다.

"그러나 놀랐어. 이 시간에 창을 열어 두라는 말을 들었을 땐 무슨 뜻인가 했는데 설마 하늘에서 짐이 내려올 줄이야……."

"집합 주택은 복도가 좁은 곳이 많거든요. 창문으로 집어넣는 게 편하답니다."

남자는 「딱히 이유를 물어본 건 아닌데……」라는 말을 삼키고 복잡한 표정을 지었다.

"그건 마법이지?"

"네. 부유 마법 여덟 개를 동시에 발동했습니다."

"부유 마법은 꽤 어렵다고 들었는데……."

"누구나 사용할 수 있다면 지금쯤 하늘에는 도로가 깔려 있을 테니까요."

소피는 아무것도 아니라는 듯 말했다.

마치 자신의 마법 실력에는 관심 없다는 태도로.

"포장을 풀까요?"

"음…… 그렇군, 큰 상자만 부탁할까."

"알겠습니다."

소피가 지팡이를 가볍게 휘둘렀다. 그러자 남자가 부탁한 상자가 활짝 열렸다.

「오오.」 하고 남자가 작게 감탄했다.

이삿짐센터 직원에게 마법을 익힐 의무는 존재하지 않는다. 애초에 마법이란 일종의 전문 기술이고, 그 수요는 중공업이나 군사 등 규모가 큰 분야에 훨씬 많았다. 그런 전문 기술을 이사에 사용하는 사람은 드물다.

소피는 세상에서 보기 드문 이사를 도와주는 마법사였다.

그래서 희귀한 경험도 많이 쌓았다.

소피는 물체를 조작하는 마법으로 상자 속에 들어 있는 짐을 부드럽게 꺼냈다.

상자 속에는 대량의 종이 뭉치가 들어 있었다.

"이건 논문인가요?"

"맞아. 실은 내가 학자라서."

남자가 겸연쩍은 듯 뒷머리를 긁적거리며 말했다.

"지금까지는 고향에서 활동했지만, 작년 학회에서 연구 가치를 인정받아서 올해부터 왕도에 있는 팀에 소속됐어. 그래서 거점을 옮긴

거야."

남자는 기쁜 얼굴로 말했다.

이삿짐센터 일을 하고 있으면, 가끔 손님 쪽에서 이런 저런 신상 이야기를 할 때가 있었다. 왜 이사를 하는지, 어째서 이 장소와 물건을 골랐는지, 누구랑 사는지, 뭘 하는지…… 그런 이야기를 들을 수 있는 것 또한 이 일의 묘미였다.

"그럼 앞으로 활약하실 일만 남았군요."

"응. 그러면 좋겠지."

남자의 표정에 그늘이 졌다.

소피 쪽에서 굳이 그 점을 지적하지는 않았다. 그저 말없이 작업을 계속할 뿐이다.

"조금 불안해서."

소피가 한동안 일하고 있으니, 남자 쪽에서 속사정을 말하기 시작했다.

"부끄럽지만 태어나서 자란 마을을 떠난 건 이번이 처음이야. 떠난 뒤에야 알았는데, 난 생각보다 더 마을에 정이 들었나봐. 왕도는 밤낮없이 떠들썩하지만, 여기엔 내 친구도, 가족도 없고."

남자는 쥐어짜는 듯한 목소리로 속내를 털어놨다.

"팀에 어울리지 못한다면…… 난 외로워지겠지. 그렇게 생각하니 일에도 집중하지 못할 것 같은 느낌이 들어서……."

새로운 생활을 앞둔 사람은 기대보다도 불안이 커질 때가 있다. 남자도 그런 불안을 품고 있었다. 창 너머에서는 남녀노소 즐겁게 거리를 걷고 있었다. 이런 환경에서 고독은 한층 더 괴롭게 느껴질 것이다.

그렇기 때문에 소피는 상냥한 미소를 지었다.

"그렇다면 손님께 선물을 하나."

소피는 그렇게 말하며 지팡이로 살짝 아치를 그렸다.

그러자 창틀 위에 작은 화분이 나타났다.

화분에는 노란 꽃 한 송이가 피어 있었다. 부드럽고 선명하지만 강인한 분위기도 함께 갖춘 그 꽃은 뒤쪽에 펼쳐진 번화한 풍경에도 밀리지 않는 존재감이 있었다.

"이건……."

"조형 마법의 일종입니다. 손님의 본가 정원에 핀 꽃을 본떠 봤습니다. 하루에 한 번 마력을 불어넣으면 반영구적으로 유지될 거예요."

창으로 한바탕 지나가는 바람이 부드러운 꽃잎을 흔들었다.

남자의 눈동자에 그리움이 나타났다.

만지고 싶다—.

되돌아가고 싶다—.

하지만 결별했을 터다.

지금은 앞으로 나아가야 할 때다.

남자의 옆모습에서 그런 감정이 강하게 전해졌다.

"저도 제 가게를 가지고 있어서, 고향을 떠나 쓸쓸하다는 기분도, 일에 집중해야 한다는 중압감도 압니다. 그러니 이 꽃을 볼 때만은 고향을 생각해도 괜찮다는 규칙

을 만드는 건 어떨까요."

소피의 얼굴을 지그시 바라보던 남자는 다시 꽃으로 시선을 옮겼다.

"그러면 되겠어. ……응, 아주 좋아."

이삿짐센터 일을 하며 많은 만남과 헤어짐을 지켜본 소피는 경험상 알고 있었다. 그리운 감정은 억지로 떨쳐 버리려고 해도 어느 순간 문득 되살아난다. 그러니 그리움은 천천히 마주해서 마음에 녹아들도록 하는 편이 낫다. 가끔 흘러넘칠 뻔해도 당황하지 않고, 조심스럽게 뚜껑을 닫듯이.

"고마워. 이 꽃은 소중히 할게."

"네. 꽃을 소중히 여기는 마음은 나쁜 게 아니니까요."

남자는 한순간 눈이 휘둥그레졌다가 살짝 웃었다.

꽃(고향)을 소중히 여기는 마음은 나쁜 게 아니니까요—.

"그럼 이만 가 보겠습니다."

소피는 방을 나갔다.

믿음직스럽지 않았던 남자의 눈에 굵은 심지 같은 것이 깃들기 시작했다.

◆

가게 겸 자택으로 돌아온 소피는 천천히 몸을 폈다.

오늘 의뢰인인 학자의 짐은 적었지만, 아무래도 그 집까지의 거리

는 꽤 멀었다. 체력도, 마법을 쓰기 위한 에너지인 마력도 여유는 있으나 장시간 작업은 정신력을 깎아 먹는다.

그래도 깎인 정신력을 보충하고도 남을 정도의 성취감이 마음을 꽉 채웠다.

'……바깥 공기라도 쐬어 볼까요.'

소피는 기분이 좋은 김에 환기도 살짝 하고, 가게를 청소하기로 했다.

창을 여니 한낮의 따스한 공기가 들어왔다.

"용사님이 돌아왔다~!"

바깥 공기와 함께 큰 함성도 창문을 넘어 들어왔다.

"왕도 중심가에서 개선 행진이 있대! 얼른 가자!"

"이번 원정은 길었군. 어떤 마물을 쓰러뜨린 거지?"

"거대한 골렘이라고 하던데. 마을 하나가 작살났나 봐. 마왕을 쓰러뜨린 용사님이라면 여유 있었을 거야."

"올해로 일흔 살이 되셨다는데 소문대로 평생 현역으로 활약하시는구나."

용사의 개선 행진을 보러 가는 사람들이 용사에 대해 얘기하는 소리가 들려왔다. 소피는 그 소리를 들으며 느긋하게 가게를 청소했다.

'이 거리의 사람들은 다들 변함없이 용사님을 좋아하네요.'

오십 년 전에 마왕을 보란 듯이 토벌한 용사는 그 후에도 이 나라에서 사람들을 위해 계속 싸우고 있었다. 여신의 가호가 육체 노화를 늦춰 주어서, 용사는 일흔 살이 됐어도 일선에서 활약했다. 덕분에 용사는 세대를 초월하여 사람들에게 사랑 받았고, 왕국의 수호신 같은 존재였다.

많은 사람이 개선 행진을 보러 갔는지, 바깥에서 사람들의 기척이 없어졌다.

소피는 청소를 마치고 카운터 안쪽에 앉아서 한숨 돌렸다. 그때 딸랑거리는 도어벨 소리가 울렸다.

손님이 왔나 보다.

"어서 오세—."

"소피!"

소피보다 더 기운찬 목소리가 가게 안에 울렸다.

금발이 드릴처럼 돌돌 말려 있는 소녀가 소피의 앞까지 거침없이 걸어왔다.

"또 당신인가요, 프란체스카."

"그래요! 당신의 평생 라이벌이 와 줬다고요!"

이 인간은 손님이 아니다.

간단히 설명하자면 동급생이었다.

소피는 곧바로 손님 취급을 관뒀다. 체력 낭비니까.

"아, 이건 선물이에요."

"응, 고마워요."

기본적으로 이례적인 언동이 많은 프란체스카라도 예의는 제대로 갖추고 있다. 우스꽝스러운 머리 모양을 하고 있지만 그녀는 이래 봬도 귀족 영애다.

프란체스카가 가져온 것은 전병이었다.

"오…… 이건 좋은 제품이네요."

"변함없이 취향이 아저씨 같군요."

"남의 취향을 헐뜯지 마시죠."

소피는 선물 받은 전병을 그 자리에서 먹기 시작했다. 오도독, 오도독, 가게 안에 무사태평한 소리가 울렸다.

전병은 이 나라에서 유행하지 않아서 좀처럼 구하기 어려운 과자였다. 프란체스카가 가져온 전병은 해외에서 파는 귀한 제품이었다. 소피는 기쁘기 짝이 없었다.

"—그래서! 당신은 아직도 이런 곳에서 재능을 썩히고 있는 거예요?!"

프란체스카는 언제나 똑같은 잔소리를 한다.

"이런 곳이라니요. 여긴 교외라고는 해도 어엿한 왕도의 일부인데. 시장도 가깝고, 해도 잘 들고, 평수도 열 평쯤 되는 좋은 공간이에요."

"아, 아니, 건물 얘기를 하는 게 아니라……."

소피는 직업상 부동산 매물의 입지는 상세히 알고 있다.

프란체스카는 동급생 중에서 소피의 현재 소재를 아는 얼마 안 되는 사람이었다. 그러나 알고만 있을 뿐 응원은 하지 않았다.

"정말이지…… 당신이 이렇게 태평하게 지내는 사이에도 난 궁정 마도사로서 명예로운 임무를 수행하고 있거든요?"

"흠."

"요전에는 마침내 나쁜 드래곤을 심판했다고요!"

"대단하네요."

프란체스카는 소피가 건성으로 맞장구치는 걸 눈치채지 못하고 자랑스럽게 가슴을 폈다.

“학원에서는 분하게도 당신에게 일등 자리를 양보했지만, 이제 그 차이는 메웠다고 해도 과언이 아니에요! 언젠가 당신에게서 **시대**라는 이름을 빼앗아 주겠어요!”

“그 이름은 편리하니까 놓치고 싶진 않지만, 뭐 당신이 거기 어울리는 마법사가 된다면 이쪽에서 알아서 당신 손에 넘길게요.

프란체스카가 겁 없는 웃음을 띠었다.

지금 그 한마디로 의욕이 생긴 듯했다.

“……아, 선물이 하나 더 있는 걸 깜빡했네요.”

“두 개나 있어요? 그럼 오늘 영업 방해는 용서해 주죠.”

“영업 방해는 하지 않아요. 손님이 없을 때를 정확히 계산했으니까요.”

프란체스카는 생각보다 제대로 배려하고 있었다. 소피는 「오히려 너무 배려해서 좀 징그럽네」라고 생각했다.

“이걸 줄게요.”

프란체스카가 꺼낸 건 책 한 권이었다.

“이건…… 용사 전설 최신간인가요?”

“그래요! 게다가 용사의 친필 사인이 들어 있다고요! 프리미엄 북이에요!”

용사 전설, 그것은 문자 그대로 용사의 경력을 엮은 책이다.

이미 용사의 활약상은 교과서나 연극을 통해 사람들에게 널리 알려졌지만, 용사 전설은 그것을 이야기책으로 정교하게 재구축했다. 지금은 수많은 애독자가 다음 권을 애타게 기다리고 있었다. 변경의 시골에서 자란 소년이 검 한 자루만 가지고 여행에 나서고, 이윽고 우연히 동료들과 만나 쓰러트리기 힘든 적을 해치우는 정석과도 같은 스토리는 그 내용이 실제라는 점 때문에 한층 더 깊이가 생겼다.

"고맙긴 하지만, 난 딱히 용사님의 팬도 아니라서……."

"그런 소리를 하면 이 나라의 국민이 아니라는 말을 들어요!"

과장이 심하지만 소피는 「네, 네.」 하고 적당히 받아넘겼다.

"그럼 난 이제 일이 있으니까 이만 실례할게요."

궁정 마도사는 바쁜가 보다.

그러나 마지막에 프란체스카는 뺨을 살짝 붉히고 이쪽을 돌아보았다.

"……그건 그렇고 언제나 하는 말이지만, 나한테는 프란이라는 애칭이 있어요. 이름이 기니까 애칭으로 불러도 상관없거든요?"

"알겠습니다. 프란체스카 실파리오 님."

「그건 처음 만났을 때 호칭이잖아요!」 하고 말을 덧붙인 프란체스카는 화를 펄펄 내며 가게를 나갔다.

밖에서 들어온 바람이 소피의 머리카락을 흔들었다.

'딱히 용사님을 싫어하는 건 아니지만요…….'

소피는 오히려 좋아하는 편에 속했다.

다만 이 거리의 대다수 사람처럼 열광할 수는 없었다.

오래전에 개선 중이던 용사의 **안색**을 본 이후로 도저히 열광할 수가 없어졌다.

"……어디 읽어 볼까요."

소피는 용사 전설을 읽기 시작했다.

최신간에서는 소년 로이드 엑스텔라 용사와 사천왕의 전투가 그려져 있고, 당시 용사의 고뇌와 갈등, 그리고 설레는 활약이 경쾌한 필치로 쓰여 있었다.

용사는 처음부터 강하지 않았다. 때로는 강적을 앞에 두고 고전하기도 했다. 하지만 용사가 가진 투박한 집념으로 몇 번이나 활로를 연 것이다.

용사가 살아가는 태도를 상상하니 용기가 솟구치는 느낌이 들었다.

용사가 지금까지도 현역이라는 사실이 이 책의 설득력을 높여 주었다.

살아 있는 전설이자 평생 현역. ……지금 하는 일을 영원히 계속하고 싶어 하는 소피에게 그런 수식 자체는 무척이나 좋은 울림으로 느껴졌다.

"……아차, 너무 집중했네요."

근무 중에 취하는 휴식치고는 좀 길어졌다.

정신을 차려 보니 프란체스카가 가게에 오고 나서 한 시간이 지났다. 용사의 개선 행진도 이제 끝났을 무렵이리라. 바깥을 지나다니는 사람들도 평소의 차분함을 되찾았다.

소피가 책을 치우는데 도어벨 소리가 울렸다.

"미안하네만 아직 영업 중인가."

"네, 들어오세요."

소피는 대답하면서 손님을 바라보았다.

첫인상은…… 솔직히 조금 수상해 보였다.

후드를 써서 위쪽부터 얼굴의 반을 가리고 있으니 그렇게 생각하는 것도 무리는 아닐 것이다.

드러난 뺨, 입술, 체형으로 짐작하자면 아마 마흔 살 정도 되는 남자로 보였다. 후드의 가장자리에서는 군데군데 희끗한 검은 머리카락이 보이고, 뺨에는 감출 수 없는 주름이 많았다. 그 주름 사이에 오래된 상처 같은 것도 있었다. 젊은 시절에 싸움을 생업으로 삼았겠지. 모험가나 용병, 아니면 나라를 섬기는 위병이나 기사였을까. 예상은 얼마든지 가능했다.

'……그런데.'

소피는 이 남자의 얼굴을 보고 고개를 갸웃거렸다.

얼굴을 숨기고 있지만 어디서 본 것 같은 느낌이 드는데……?

"무슨 문제라도 있나?"

"……아뇨. 여기에 성함과 주소, 견적 희망 날짜를 적어 주세요."

남자는 소피가 건넨 용지에 담담히 내용을 기입했다.

"혹시 저주받은 마도서나 마검도 운반할 수 있나?"

"추가 요금을 받긴 하지만, 문제없습니다."

"……사룡(邪龍)의 저주인데 정말로 괜찮은가? 최악의 경우에는 사망자가 나올 수도 있는데."

"봉인 마법을 쓰면 옮길 수 있습니다."

남자는 순간적으로 깜짝 놀랐지만, 이윽고 안심하는 듯했다.

"……그건 다행이군. 어느 가게에서도 어렵다고 해서 곤란했거든. 이 가게는 우수한 마법사를 고용했나 보군."

"아뇨, 이 가게는 저 혼자 운영하고 있습니다."

즉, 봉인 마법을 쓰는 사람은 소피였다.

"이거 실례했네. 아무래도 자네는 훌륭한 마법사 같군."

남자의 말에 후후후, 하고 소피는 의기양양한 얼굴로 웃었다.

남자가 펜을 소피에게 돌려주었다. 소피는 용지에 빠진 사항이 없는지 확인했다.

"성함은 로이드 엑스텔라 씨…… 네에에에?"

가늘게 떴던 소피의 눈이 순식간에 커졌다.

얼굴만으로는 알아보지 못했다. 그러나 그 이름은 본 기억이 있다. —지나치게 많았다.

"요, 용사님……?"

"하하, 이미 옛날 일이야."

세계의 영웅— 용사 로이드 엑스텔라는 익숙한 모습으로 웃었다.

◆

다음 날 오후, 소피는 용사가 사는 집을 방문했다.

용사의 집은 귀족 저택으로밖에 보이지 않았다. 땅값이 어이없을 정도로 비싼 왕도 중심지에 커다란 3층짜리 저택이 듬직하게 가부좌를 튼 것처럼 우뚝 솟아 있었다. 벽은 흰색으로 통일했고, 지붕 아래에는 정교한 무늬를 새겨 놓았다. ……자세히 보니 그것은 국장(國章)이었다. 이 집은 국가의 뜻으로 지어진 듯했다. 왕족이나 대신이 용사를 위해 준비한 집이리라.

웅장한 문을 빠져나가자, 정원이 펼쳐졌다. 색색 가지의 꽃은 손질도 잘 되어 있었지만, 이사 예정 때문인지 빈 곳이 있었다. 그래도 남아 있는 식물이 싱싱하게 자란 모습을 보면, 이 정원을 가꾼 정원사의 애정이 느껴졌다.

'아멜리아 꽃…….'

이건 확실히 용사의 고향에도 있다는 아름다운 남색 꽃이다.

용사 전설에 따르면, 용사의 고향은 왕도 서쪽에 있는 작은 마을이라고 했다. 특색은 없지만 기름지고 넓은 밭이 있어서, 마을 사람들은 갓 수확한 채소를 먹을 때마다 그 맛에 감동하며 이 마을에서 나고 자란 것을 감사하게 여긴다고 한다.

소피는 얼마 전에 온 학자 손님을 떠올리고 「용사님도 이 꽃을 보고 고향을 떠올릴 때가 있을까……」라는 생각을 했다.

"아, 기다리고 있었어."

소피가 저택 문으로 다가가자, 안에서 용사가 나타났다.

곧은 등줄기와 팽팽한 근육을 보면 역시 마흔 살 정도로 느껴진다. 그러나 용사의 실제 나이는 일흔 살이었다.

다시 봐도 도저히 실제 나이로는 보이지 않았다.

"그럼 예정대로 견적을 내겠습니다."

금색 난간이 달린 호화로운 나선 계단 옆을 지나, 짐을 놓아 둔 방으로 향했다.

흠집 하나 없는 투명한 창문에 소피 자신의 모습이 비쳤다.

흰색 계열의 작업복은 아주 깨끗했다. 이삿짐센터 사람은 손님의 집에 직접 방문하기 때문에 청결한 느낌이 제일 중요하다. 파란 스커트의 주름도 깔끔하게 폈다. 하얀 모자에도, 큼직한 갈색 가방에도 흐트러진 곳은 딱히 눈에 띄지 않았다.

응, 평소대로 귀엽네. 귀족 앞에 서도 실례가 되지 않을 차림이었다.

"처음 이 집을 방문한 손님은 대체로 놀라는데…… 자네는 별로 긴장하지 않는군."

용사의 말은 이 집의 넓이와 분위기에 압도되지 않는다는 이야기겠지.

"이런 집은 익숙하니까요."

이삿짐센터를 하고 있으면 가끔 이런 큰 집의 이사를 맡을 때가 있었다. 특히 마법을 사용하는 소피는 일반 이삿짐센터에 비해서 **이런저런 것**을 운반할 수 있기에 상류 계급 손님이 친근하게 대하는 일도 많았다.

그래서 이런 종류의 광경에는 익숙했다.

"그건 다행이군. ……사실 이 집은 지인이 의욕에 넘쳐서 지었을 뿐이야. 나한테 이런 벼락부자 취미는 없다네."

「그렇군요.」 하고 소피는 맞장구를 쳤다.

용사가 소박한 성격이라는 건 처음부터 알고 있었다. 이 나라에 사는 사람이라면 용사에 대해서는 저절로 자세히 알게 된다. 연극, 책, 노래, 시…… 모든 분야에서 용사 이야기가 빠지지 않는다. 그중에는 소피의 마음에 드는 것도 있었다.

1층의 큰 방에 짐이 꽉 차 있었다. 견적을 내기 쉽도록 일부러 한군데에 모아 놓은 듯했다.

책장, 옷장, 책상, 의자, 침구. 소피는 큰 가구부터 순서대로 운반할 짐을 확인했다.

그러던 중에 소피는 어떤 물건을 발견했다.

'이건…… 바람의 거리 론도위니에서 용사님이 받았다는 민들레(단델리온) 화관인가요.'

연극 『용사와 소녀의 약속』. 벼랑 사이에 낀 특수한 지형 때문에 언제나 바람이 부는 작은 거리 론도위니를 용사가 방문했을 때, 어린 소녀에게 마왕을 토벌하겠다고 약속하고, 그 응원으로 받은 것이 이 화관이다. 용사는 여행 중에 힘든 일이 있으면 민들레 화관을 생각하며 분발했다. 화관은 군데군데 뜨개코가 볼품없어도 열심히 만든 것이었다. 지금도 시들지 않고 선명한 노란색을 유지하고 있는 건 보호 마법으로 코팅되어 있기 때문이리라.

'이쪽은 해저 신전의 모험에서 용사님이 사용했다는 인어공주의 팔찌군요.'

가요 『흔들리는 용사들』. 마왕의 부하가 해저 신전으로 도망쳐서, 용사들은 바닷속에서도 행동할 수 있는 방법을 찾았다. 용사는 우여곡절 끝에 인어 공주에게서 이 팔찌를 받아 물속에서도 숨을 쉴 수 있게 되었다.

이 짐들은 보는 사람에 따라 보물의 산으로 보일 것이다.

정중하게 운반해야 한다.

"견적이 끝났습니다. 비용은 이 정도로 나오는데요……."

소피는 견적 명세서를 용사에게 보여 주었다.

"흠."

일반 가정과는 비교가 불가능한 금액이 나왔지만, 용사는 딱히 신경 쓰지 않고 명세서를 확인했다.

"짐 풀기 · 배치 옵션도 넣고 싶네. 아무튼 짐이 많으니까 늙은 몸으로는 힘들어서."

"알겠습니다."

마물을 쓰러뜨리는 것보다는 간단하겠지. 소피는 용사의 농담에 살짝 웃었다.

"이 환경 통째로 옵션이라는 건 뭐지?"

"연못이나 식물 등 정원에 있는 것도 가져가는 옵션입니다. 이사 가는 곳의 부지에 둘 수 있을지 없을지 사전에 확인할 필요가 있지만요. ……참고로 집을 통째로 이사하고 싶을 때는 이쪽의 통째로 옵션이 있습니다. 이 집은 규모가 커서 조금 비싸겠지만요."

"집을, 통째로 이사한다고……?"

"네. 마법으로 집을 들어 올려서 운반합니다."

용사는 눈이 휘둥그레져서 잠시 굳었다.

이윽고 살짝 웃으며 말했다.

"오십 년 전에 만났다면 틀림없이 동료로 삼았을 거야."

"……감사합니다."

분명히 최상급의 칭찬이었다.

"작업은 언제부터 시작할까요?"

"견적 비교를 할 생각은 없으니 언제라도 좋아."

"그러면 지금부터 해도 괜찮을까요?"

"지금부터? 나야 상관없지만, 벌써 저녁이잖나. 이 정도로 짐이 많으면 포장에도 시간이 걸릴 텐데."

소피는 창밖을 보았다. 하늘이 노을빛으로 물들고 있었다. 짐이 많아서, 견적을 내는 데 생각보다 시간이 걸렸다.

그러나 짐 꾸리기라면 견적과 달리 그렇게까지 시간이 걸리지 않는다.

보통 이삿짐센터라면 시간이 걸릴지도 모르지만— 소피는 다르다.

“아뇨, 금방 할 수 있습니다.”

“……그럼 부탁하네.”

소피는 지팡이를 휘둘렀다.

“《소환(서먼)》—.”

소피의 발밑에 보랏빛 마법진이 그려졌다.

이윽고 그 마법진에서 커다란 보석함에 두 팔이 달려 있는 마물이 나타났다.

“이건…… 미믹인가?”

“네, 제 사역마예요.”

마법사는 특정 종류의 마물과 사역 계약을 맺을 수 있다.

그 계약은 한 번 맺으면 죽을 때까지 파기하지 못한다. 따라서 소피가 평생 사역마로 소환할 수 있는 마물은 미믹뿐이었다.

“별로 알려지지 않았지만, 미믹의 입안은 특수한 아공간으로 되어 있어서 보기보다 넓습니다. 소환 마법으로 언제든 불러낼 수 있고, 짐을 운반하는 데 적합하지요.”

“……보통은 사역마라 하면 조금이라도 강한 마물을 고르는 법인데, 그런 사고방식으로 고르는 경우도 있나.”

“적어도 마법 학원에서는 제가 역사상 처음이었던 것 같습니다.”

“……그건 상당히 희귀하군.”

이 나라의 마법사는 거의 전원이 왕립 마법 학원을 졸업한다.

왕립 마법 학원에서는 사역마 소환 및 계약이 교육 커리큘럼에 포함되어 있고, 누가 어떤 사역마를 선택했는지 모두 기록되어 있었다.

요컨대 미믹을 사역마로 정한 마법사는 적어도 국내에서는 역사상 처음이라고 해도 과언이 아니었다.

"자, 이 주변에 있는 짐을 전부 먹어 치워 주세요."

소피가 그렇게 명령하자, 소환된 미믹이 옆에 있는 책장을 검은 손으로 집어서 입안에 넣었다. 커다란 가구가 빨려 들어가는 모습은 보고 있으면 꽤 재미있다.

마법진에서 두 마리, 세 마리의 미믹이 나타나서 똑같이 일했다. 사역마 계약은 개체가 아니라 종족을 대상으로 맺기 때문에, 소피는 미믹만이라면 열 마리 이상도 부를 수 있었다.

"……어라?"

미믹 한 마리가 몸길이에 맞지 않는 크기의 탁자를 입에 넣으려고 했다. 그러나 너무 큰지 좀처럼 들어가지 않아서 쩔쩔매고 있었다.

"이런, 이런. 억지로 할 필요는 없어요."

소피는 그 미믹에게 다가가서 말했다.

"너에게는 네 몸에 맞는 크기의 짐이 있어요. ……자, 저 의자는 어떨까?"

미믹은 자존심에 조금 금이 갔는지 풀이 죽었지만, 이윽고 소피의 제안에 따라 의자를 삼켰다.

용사는 그런 소피를 재미있다는 듯이 바라보았다.

"왜 그러시나요?"

"아니…… 상당히 양호한 관계를 쌓았구나 싶어서. 사역마라고 해도 그렇게까지 유대를 맺는 건 간단하지 않았을 테지."

"이 아이들하고는 오래 사귀었으니까요."

미믹은 이사를 할 때 무척 편리하고 의지할 만한 파트너였다.

소피에게는 학창 시절부터 알고 지낸 친구 같은 느낌이었다.

"자잘한 짐은 제가 꾸릴게요."

소피의 발치에 있던 미믹이 입속에서 상자를 두 종류 꺼냈다.

빨강 체크무늬 상자와 그보다 한 단계 큰 파랑 체크무늬 상자였다.

"소품이나 깨지는 물건은 빨강, 의류나 책은 파랑, 식물 같이 환경 관련된 것들은 초록 상자에 넣겠습니다."

"체크무늬가 많구나."

"좋아해서요."

사실은 작업복도 체크무늬로 하고 싶었지만, 기념할 만한 첫 번째 손님에게 「정신 사납다」라는 말을 듣고 마지못해 지금의 형태로 바꿨다.

"《포막(패키지)》."

소피가 지팡이를 휘두르자, 컵이나 접시 같은 식기류가 공중으로 떠올라 거품에 휩싸였다.

"그건 뭐지?"

"충격을 흡수해 주는, 깨지는 물건 보호용 코팅입니다."

"그런 마법은 본 적이 없는데……."

"제가 만들었으니까요."

이건 소피가 개발한 마법이었다.

거품은 식기의 윤곽을 따라 서서히 모양이 변했다. 소피는 거품으로 코팅된 식기를 빨간색 상자로 이동시켰다. 공중으로 떠오른 짐이 차례차례 상자에 채워졌다.

마법사만이 할 수 있는 방법이었다. 이런 방식이라면 보통 견적과 달리 시간도 많이 걸리지 않았다.

“나머지는…… 봉인 마법이 필요한 짐이군요.”

짐을 담은 미믹들이 껑충거리며 마법진 안으로 돌아갔다.

그 모습을 끝까지 지켜본 소피는 방 한구석에 놓인 불길한 무기류를 보았다. 마도서, 지팡이, 단검, 낫…… 분명 여행 도중에 손에 넣은 것이리라.

그중에서도 하나, 사악한 기운이 넘쳐서 지금이라도 진흙처럼 걸쭉하게 녹아내릴 것 같은 무기가 있었다.

“그 마검은 운반하지 못할 것 같으면 무시해 주게.”

용사가 험상궂은 표정을 짓고 있는 소피에게 말했다.

“사룡 브리트라의 이빨로 만든 거야. 지금은 검집에 걸려 있는 봉인 마법으로 억누르고 있지만, 원래는 자격 있는 사람이 아니면 가까이하기만 해도 위험해지는 물건인 것 같아. 여행하면서 저걸 사용할 수 있을 사람을 찾았지만, 나 말고는 아무렇지 않은 사람이 없었어. 숨이 답답해지면 거절당한 증거니까 마검에서 떨어지는 게 좋아.”

“확실히 숨 막히는 느낌은 있지만…….”

소피는 얼굴 정면에 지팡이를 세웠다.

지팡이 끝에 렌즈가 생기자 소피는 그 렌즈를 통해 마검을 관찰했다.

‘선택받은 사람만 사용할 수 있다는 이런 종류의 무기는 대체로

특수한 장치가 있을 뿐이죠~.'

정의로운 마음을 지닌 자만이 뽑을 수 있다는 성검이나 몸을 태울 정도의 증오를 품은 자만이 입을 수 있다는 저주받은 갑옷 같은 물건은 대개 그걸 제작한 대장장이의 자긍심이며 막상 뚜껑을 열어 보면 그저 어떤 장치일 뿐이었다. 극히 드물게 **진짜**도 존재하지만, 적어도 이 마검은 그렇지 않아 보였다.

마검에는 다가가는 자에게 혐오감이나 공포를 주는 특수한 마법이 걸려 있었다. 아마도 본래는 마물만을 대상으로 한 위협 목적의 장치였을 것이다. 그러나 설계에 하자가 있었는지, 그 대상에 인간까지 포함 되어 버렸다.

그렇다면 그 장치까지 봉인하면 된다.

"에잇."

소피는 공중에 유도해 낸 술식을 그렸다.

마법진이 번쩍 빛나자 마검의 불길함이 사라졌다.

봉인 성공이다. 조금 전까지는 검집에서 새어 나오는 불길한 기운에 숨이 막혔지만, 지금은 아무것도 없었다.

"……자네는 혹시 어마어마한 천재였던 건가?"

"예전에는 그런 말을 자주 들었지요."

그 칭찬을 듣고 기쁘다고 느낀 적은 별로 없지만.

"일단 짐 꾸리기는 이 정도입니다."

"그래. ……설마 이렇게 빨리 끝날 줄이야."

용사는 진심으로 감탄했다.

"여행 도중에 짐을 운반하느라 곤란했던 적은 적지 않았다. 험한

산길을 가기 위해서 귀중한 장비를 어쩔 수 없이 버린 적도 있었지. ……미믹을 이용해서 수납을 하다니 그런 발상은 생각도 못 했어."

"칭찬해 주셔서 감사합니다."

소피는 문득 복도 쪽으로 시선을 향했다.

맞은편 방에 가구가 잔뜩 놓여 있었다.

"저기, 저쪽 방에도 짐이 있는데요……."

"저건 처분할 생각이니까 운반하지 않아도 되네. 전부 받은 물건이고…… 추억도 없어."

소피는 수긍하려 했지만, 용사의 발언이 조금 마음에 걸려서 고개를 갸우뚱했다.

"……받은 물건이라면 소중히 간직하는 게 낫지 않나요?"

"소중한 건 가지고 갈 거다. 다만 저기 있는, 쓸데없이 공들인 장식품 같은 건 이름도 얼굴도 모르는 귀족이 일방적으로 선물한 물건일 뿐이야."

"……그러시군요."

"아까도 말했지만, 나한테 저런 취미는 없어. 작은 마을 출신이니까……. 여행 중에 다양한 재물이 손에 들어왔지만 그건 모두 자선단체에 기부했지."

확실히 저 방에 놓인 가구나 장식품에는 보석과 귀금속이 많이 박혀 있었고, 딱히 취미가 고상한 물건이라고 하기는 어려웠다. 온갖 사치를 부린 물건은 실용성도 아름다움도 없고 그저 상대의 환심을 사려고 만든 것으로 보이는, 그런 사람의 업보가 느껴지는 모양새였다.

……아첨하는 사람들이 넘쳐났을 것이다.

용사의 명성은 세계에 알려졌다. 다른 나라에서는 물론이고, 같은 나라 사람들마저도 징그러울 만큼 아첨을 해 댔을 것이다. 본질은 그저 평범한 시골 소년이었을 용사가 이런 일을 겪으며 무슨 생각을 했을까…….

"실은 자네에게 이사를 부탁한 데는 이유가 있어."

용사가 갑자기 그런 말을 했다.

"이번 이사는 사람들 눈을 피해서 가고 싶다."

"사람들 눈을 피해서…… 그건 왜죠?"

소피는 순간 야반도주 같은 걸까 생각했지만, 이 정도 재력이 있는 용사가 그런 행동을 하리라고는 생각하기 어려웠다.

"은거하기 위해서야."

"……은거, 라고요?"

소피는 살짝 놀랐다.

지금 이 한마디를 용사의 팬이 들었다면 틀림없이 기절했을 것이다.

"이제 나이도 어지간히 들었으니까. 여신의 가호로 육체의 노화는 막고 있지만, 이제 슬슬 차분한 여생을 누리고 싶어."

용사는 침착한 노인 같은 목소리로 말했다.

실제로 용사는 노인이었다. 그러나 용사에게서 이렇게 뚜렷하게 나이가 들었다는 느낌을 받은 건 처음이었다. ……그 이유는 그동안 용사가 그런 식으로 가장하고 있었기 때문인지도 몰랐다.

"거리에서는 평생 현역이라는 말을 듣고 있지만…… 확실히 지쳤어. 나이를 먹어서 마모되는 것은 몸뿐 아니라 마음도 똑같은 것 같아. 이 팔과 다리에는 아직 힘이 남아 있지만 이 마음은 싸움이 아니라 평온을 원하고 있지."

용사는 조용히 눈을 내리깔고 가슴께에 손을 올리며 말했다.

그 진지한 표정은 지금 말한 내용이 마음에서 우러나온 본심이라고 보증하고 있었다.

"더 이상 싸우지 않는다는 말씀이신가요?"

"그래. 더 이상 검을 쥘 생각은 없다."

살아 있는 전설이자 평생 현역, 그렇게 불리는 용사의 존재는 이 나라 사람들에게 희망 그 자체였다.

그러니까 좀 더 현역으로 있어 주면 좋겠다…… 그렇게 말할 수는 없었다.

용사는 정말로 지친 모습이었다.

"여러 사람을 슬프게 할 거라는 자각은 있어. 하지만 그걸 알면서도 결정했다."

"……그러신가요."

소피는 미안하다는 듯 말하는 용사에게 고개를 끄덕였다.

"미안하군. 자네를 이런 일에 말려들게 해서."

"아뇨, 놀라긴 했지만…… 이해했습니다."

소피는 고개를 조금 갸웃거리는 용사를 보고 말을 이어갔다.

"줄곧 의문이었습니다. 개선하실 때의 용사님은 별로 즐겁지 않아 보이셔서요."

용사가 눈을 크게 떴다.

"……그런가. 이미 탄로 난 건가."

소피는 고개를 끄덕였다.

"저는 이 일을 즐기고 있어요. ……그래서 알았습니다. 용사님은 지금 하시는 일을 즐기지 않는구나, 하고요."

몇 년도 더 된 일이지만, 소피는 선명하게 떠올릴 수 있었다. 왕도 한가운데에서 용사가 개선한 그날, 다들 환호성을 지르며 용사의 위업을 칭찬했지만, 정작 당사자인 용사만은 그늘진 표정을 띠고 있었다.

그 무렵부터 이미 닳아 버렸으리라.

더 이상 몸은 늙지 않았지만 마음은 이미 현역이 아니었다.

그래서 언젠가 용사는 선뜻 은거하게 될지도 모르겠다고 생각했다.

소피가 용사의 팬을 그만둔 건 그때였다.

"희미하게 예상하기는 했지만, 막상 은거하신다고 하니…… 쓸쓸하네요."

"……미안하다."

"마음 쓰지 마세요."

소피는 고개를 저었다.

"용사님은 용사로서가 아니라 한 사람의 손님으로 저에게 이사를 의뢰해 주셨습니다. 그렇다면 저도 용사님을 한 사람의 손님으로 대하겠습니다."

용사는 소피를 믿고 속마음을 모두 털어놓았다.

그건 정말 영광스러운 일이며 응당 해야 하는 일이었다.

"오랫동안 수고하셨습니다. 이번 이사를 맡겠습니다."

"……고맙네."

용사는 깊이 감사했다.

용사가 아니라 한 인간으로 봐주는 게 몹시 귀중하다는 듯이.

"다만 한 가지 여쭙고 싶은데, 왜 몰래 숨어서 이사하시는 건가요? 용사님이 은퇴하실 거라면 공적인 자리에서 성대하게 배웅 받으시는 게 자연스러워 보이는데요."

"이전에 왕도에서 떠나는 걸 검토했더니 예상했던 것보다 더 많은 사람이 말렸어. 재상에 기사단장에 모험가 길드 사람들까지. 한바탕 소동이 일어나서 관계없는 사람들이 말려드는 것도 미안하니까 그 사람들에게 비밀로 이사를 진행하고 싶다."

"그런 거군요."

인망이 있어서 생기는 문제일까. 이것이야말로 유명세다.

"일단 믿을 만한 사람에게는 이야기해 놨어. 폐하께도 허가는 받았네."

재상, 기사단장, 폐하…… 일개 이삿짐센터에게는 좀 어마어마한 화제가 이어졌지만, 용사를 손님으로 맞은 시점에서 각오한 일이었다. 소피는 동요하지 않았다.

요컨대— 은거는 진작 검토했지만, 까딱 잘못 움직이면 시끄러워지니 원만한 끝을 위해 은밀하게 일을 진행해 달라는 것이다.

"이사할 곳으로 지정하신, 왕도 서쪽에 있는 작은 마을…… 여긴 용사님의 고향이지요?"

"……잘 아는구나."

마침 어제 용사님이 나오는 책을 읽었으니까요, 하고 소피는 마음속으로 중얼거렸다.

용사가 이사 가는 곳은 왕도 서부에 있는 작은 마을인데, 용사 전설에도 그 마을은 등장했다. 맛있는 채소를 수확하고, 아멜리아 꽃이 피어 있는 마을— 용사의 고향이었다.

오랫동안 왕도 중심가에서 지낸 용사가 이 나이가 되어 고향으로 이사하는 것이다.

인생 최후의 거처를 찾고 있을지도 모른다고 생각하게 되는 건 자연스러웠다.

"책에도 용사님은 고향을 사랑한다고 쓰여 있었습니다. 마음 편한 땅으로 고향을 고른 건 용사님다운 선택이라고 생각해요."

"……응. 뭐 그렇지."

용사는 조금 어색하게 맞장구를 쳤다.

소피는 그 모습을 이상하게 생각했지만, 너무 캐묻는 것도 좋지 않을 것 같아서 다시 일로 돌아갔다.

"사람들 눈을 피하는 거라면 이런 마법을 사용해 보죠."

소피가 지팡이를 휘두르자, 짐 상자가 떠오르더니 상자의 모습이 바뀌었다.

상자 다섯 개가 말 한 마리로 변했다.

"이건…… 상자가 말이 됐다고?"

"변신 마법입니다. 재질도 모양도 자유자재로 바꿀 수 있어요. 이 방법으로 말을 끄는 척하며 짐을 바깥에 내놓도록 하죠."

엄밀하게 말하자면 재질이나 모양뿐 아니라 질량도 자유자재로 바꿀 수 있지만, 마력 소모가 극심해서 되도록 사용하고 싶지 않았다. 무턱대고 사용하다가는 도중에 마법이 해제될 위험도 있다.

"역시 자네에게 부탁하는 게 정답이었군."

용사는 소피를 깊이 신뢰하는 눈빛으로 말했다.

"나는 은거를 위해 신뢰할 수 있는 이삿짐센터를 찾고 있었다. 그러자 자네의 가게에 당도했어. ……어떤 소문을 들었거든. 왕도 교외에 있는 마법사 이삿짐센터, 거길 가면 **어떤 고민이 있어도 멋지게 새출발을 하게 해 준다고.**"

용사는 기쁜 표정으로 웃었다.

소피는 그런 소문이 돌고 있다는 사실을 알고 있었다. 대체 누가 소문을 흘린 건지는 모르지만.

"그 소문이 저희 가게 이야기인지는 모르겠지만……."

소피는 적당히 얼버무리며 용사를 보았다.

어차피 할 일은 달라지지 않는다.

"제 손님이 되신 이상, 용사님의 새출발도 멋지게 만들어 보겠습니다."

"든든하군."

기대를 받는 이상에는 이쪽도 진지하게 일을 해내야 한다.

소피는 그렇게 의욕을 부풀렸지만—.

◆

다음 날 점심 무렵이 되자 어제 왔던 손님이 가게로 찾아왔다.

"어서 오세…… 어라? 용사님?"

"미안하네."

소피는 죄책감에 찬 표정의 용사를 보고 고개를 갸우뚱했다.

"들통나고 말았다."

"뭐가 말입니까?"

"내가 용사를 그만두려고 한다는 게."

그때 탕! 하는 큰 소리와 함께 가게 문이 벌컥 열렸다.

밖에서 남자 두 명이 들어왔다.

"용사님! 여기 계셨습니까!"

풍채가 좋고 머리가 벗겨진 남자가 용사 쪽을 보고 말했다.

"은거라니 그런 섭섭한 말씀은 하지 말아 주십시오! 아직 용사님이 할 수 있는 일은 산더미처럼 많습니다!"

은색 갑주를 걸치고 수염을 기른 남자도 용사에게 말했다.

두 사람 다 어디선가 본 적 있는 인물이었다.

"재상에 단장까지……."

용사가 작게 중얼거렸다.

그러고 보니 그들 모두 신문에서 몇 번 본 적 있는 얼굴이라는 것이 생각났다.

이 나라의 정치를 맡고 있는 재상과, 왕족을 섬기며 왕족과 왕족이 사는 왕도를 지키는 근위 기사단의 단장이었다. 재상은 말할 것도 없고 단장도 상당히 높은 사람이었다.

하지만 두 사람은 지금 그 높은 지위를 내던지고 필사적인 모습으로 용사를 설득했다.

"오늘 아침, 친하게 지내던 대장간에 인사를 하러 갔네. 그때 기사단 사람이 우연히 근처를 지나가다가 이야기를 엿들었나 봐. ……그리고 지금 이렇게 되고 말았지."

용사는 미안하다는 듯이 사정을 설명했다.

일단 소피는 상황을 이해하고 한숨을 쉬었다.

어제 포장한 용사의 짐은 지금 가게 2층에 있다. 이사 자체는 언제 시작해도 문제없었지만, 오늘은 용사가 이사 가기 전에 인사를 하고 싶다고 해서 하루를 비워둔 날이다.

아마 그 인사를 하다가 기사단 사람이 소식을 들은 듯했다.

용사는 재상과 단장을 바라보았다.

“두 사람 다 마음은 고맙지만, 내 은퇴는 이미 결정된 일이야. 이런 늙은 몸, 이제는 써먹기도 미안하잖나. 이제 슬슬 후배에게 길을 양보해야…….”

이 상황을 들킨 이상, 솔직하게 부탁할 수밖에 없었다.

그러나 두 남자는 용사의 말에 기세 좋게 고개를 저었다.

“아니, 그렇지 않아요! 용사님은 소문대로 살아 있는 전설입니다! 당신이 현역인 사실 그 자체가 왕국에 있어서 감사한 일이에요!”

“단장의 말대로요! 부탁입니다! 제발 폐하에게도 생각을 바꿨다고 말씀해 주십시오! 용사님이 이 왕도에서 떠난다는 말을 들었을 때, 내 절반이 죽어 버린 것 같다는 생각까지 했어요……!”

기사단장은 주먹을 불끈 쥐고 열렬하게 말했고, 재상은 눈물을 흘리며 비통하게 호소했다.

“용사님은 예전에 포기하지 않는 정신으로 어떤 강적하고도 맞섰다고 했잖습니까! 다시 한번 그때의 마음을 되찾아 주십시오! 당신에게는 아직 싸울 수 있는 힘이 있어!”

소피는 단장의 그 말을 듣자 작은 불만이 생겼다.

소피도 용사 전설을 읽었기에 안다. 확실히 용사는 어떤 강적이 앞을 가로막아도 결코 포기하지 않고 싸웠다. 그것 자체는 틀림없었다.

하지만 용사는 지금 싸우고 있는 게 아니었다.

—이제 여행은 끝난 것이다.

설령 싸울 힘이 남아 있어도, 용사는 지쳐 있었다.

그래…… 용사라 해도 지친다.

소피는 요전에 그 사실을 알았다.

"……저기요. 당사자의 마음에 좀 더 다가가 보는 게 좋지 않을까요……?"

소피는 더 이상 참지 못하고 세 사람의 말싸움에 끼어들었다.

재상과 기사단장이 소피를 노려봤다.

"이 계집애는 뭐야. 저리 가, 지금 중요한 이야기 중이다."

"……호오."

단장이 벌레라도 보는 듯한 눈으로 말했다.

소피의 이마에 핏대가 올라왔다.

그렇군, 그쪽에서 그렇게 나온다면—.

"가게 영업에 방해되니 이 이상 소란을 피운다면 강제로 내보내겠습니다."

"강제로? 내가 누군 줄 알아? 이 나라에서 가장 영예로운 기사단…… 근위 기사단의 단장이란 말이다! 계집애 따위에게 쫓겨날 리— 으아악?!"

"경고는 했으니까요."

가게 문이 스스로 열리고, 폭풍이 단장의 몸을 낚아챘다.

순식간에 바깥으로 날아간 단장은 곤혹스러운 얼굴로 일어서서 소피를 노려봤다.

"뭐, 뭐야, 이 계집애는! 무례한 것……!"

"아니, 잠깐만…… 이 여자애, 어디서 본 적이 있는데……!"

재상은 수상하기 짝이 없다는 눈으로 소피를 흘겨보다가 소리를 질렀다.

"아, 아아앗! 생각났다! 이, 이 여자는…… 4년 전 학술발표회에서 발칙하게도 귀족이 모이는 자리임에도 불구하고 회장을 통째로 태워 버린 마법사야!"

"무례한 말씀을. 저는 평화적인 마법을 좋아하지만, 여러분이 『요즘 마법사는 연약하다』느니 『평화에 안주하고 있다』느니 하면서 집요하게 구니까 할 수 없이 선보인 거예요."

학술발표회는 마법 학원이 주최하는 이벤트 중 하나다.

여러 가지 사정이 얽힌 끝에 소피는 그곳에서 안 좋은 의미로 눈에 띄고 말았지만, 4년이나 지났으니 사람들이 까맣게 잊었으리라고 생각했다. 그러나 재상의 기억에는 생생한 사건인지, 식은땀을 흘리며 이쪽을 돌아보았다.

"시대의 이름이 붙은 마법사…… 모습을 감췄다고 들었는데 설마 이런 곳에 있었을 줄이야."

"이런 데? 여긴 교외라고는 해도 왕도의 일부인데. 시장도 가깝고 해도 잘 들고—."

"아, 아니, 부동산 입지를 말하는 게 아니라……."

어쩐지 최근에도 똑같은 대화를 한 느낌이 들었다.

"일단 재상님도 가게에서 나가 주시겠어요?"

"아, 그래. 그럼 가게 밖에서 얘기하도록 하지."

"가게 밖이라도 그 정도로 시끄럽게 굴면 영업 방해니까 다음에 다시 오셨으면 합니다만……."

"……알았다. 그러니 그렇게 노려보지 마라. 널 화나게 할 생각은 없어."

재상은 떨떠름한 표정으로 가게를 나갔다.

"—용사님!"

가게 밖에서 기사단장이 외쳤다.

"우리에겐 당신이 필요해! 부디 이 거리의 평화를 위해서라도 남아 주십시오!"

"그건……."

용사는 말문이 막혔다.

지금 그 말은 오랜 세월 나라의 평화를 지켜온 용사를 무겁게 내리눌렀다.

가게 문이 바람 때문에 닫혀서, 재상과 기사단장의 모습은 보이지 않게 되었다. 그러나 두 사람이 던진 말은 지금도 용사의 머릿속에서 메아리치고 있었다.

"어떻게 할까요?"

용사는 소피의 물음에 퍼뜩 정신이 든 것처럼 고개를 들었다.

"이사를 중단할까요?"

"……진행해 주게. 재상이나 단장이 저렇게까지 말하니, 마음이 흔들리지 않는 건 아니지만……."

용사는 쥐어 짜낸 듯한 목소리로 말했다.

"……자네는 날 어떻게 생각하지?"

문득 용사는 소피에게 물었다.

"이 나이가 되어도 검을 잡고 계속 싸우는 나는 자네 눈에는 어떻게 비칠까?"

"그건……."

"난 우연히 거울로 자신의 모습을 보고 소름이 돋았어. 마치 계속 싸우는 능력밖에 없는 병기처럼 보였지. 이게 사람으로서 옳게 살아가는 방식인지 확신할 수 없어서 불안해지고 말았네……."

용사는 자기 손바닥을 응시했다.

수도 없이 검을 쥔 그 손바닥은 노인의 손바닥이라고는 여겨지지 않을 만큼 단단하고 다부졌다. 그러나 그 다부진 느낌과 지금의 용사가 느끼고 있는 불안감은 불균형하게 느껴졌다.

—용사님은 어떻게 지금까지 싸울 수 있었을까.

마왕 토벌 후 이미 반세기나 지났다. 그동안 지금과 같은 고민을 한 번도 품은 적이 없었을까? 대체 어떤 계기 때문에 이 상태가 될 때까지 고민하게 됐을까?

마왕 토벌 여행은 가혹했다고 들었다. 그 가혹하고 격렬한 여행이 끝난 뒤에도 계속 싸울 수 있었던 이유는 무엇일까. 용사를 밀어붙여 움직이게 한 것은 무엇일까.

용사가 이만큼 나이를 먹기 전까지는 고향으로 돌아가려는 생각이 한 번도 없었을까?

여러 가지 걸리는 느낌이 소피 안에 쌓였다. 그러나 지금은 그 의문을 궁리할 때가 아니었다.

마치 마음속에서 끓어오르는 걱정을 숨기기 위해 가면을 쓰듯이, 용사는 넓은 손바닥으로 자기 얼굴을 가리고 있었다.

"……제2의 인생이라는 말이 있습니다."

소피는 자기 생각을 말했다.

"나이가 들거나 직업이 달라지면 이 말을 자주 씁니다. 그리고 보통 그 계기에 맞게 실행하는 것이 이사지요. ……저는 지금까지 손님의 인생이 바뀌는 순간을 몇 번이나 봐 왔어요. 그들은 처음에는 불안해 보였지만 마지막에는 분명히 긍정적으로 변했어요. 그러니까 용사님에게도 그런 게 있으면 좋지 않을까요."

"……제2의 인생 말인가?"

"네. 용사님에게도 용사님만의 인생이 있을 거예요."

지금의 인생에 회고할 점이 있다면, 다음 인생으로 전환하면 된다.

소피는 손님에게 새출발의 계기를 주는 것 또한 자신의 일이라고 생각했다.

"……그렇군. 나한테도 내 인생이 있어."

용사는 입술을 꽉 깨물었다.

"내 인생이…… 있었을 터야."

용사가 작은 목소리로 중얼거렸다.

마치 자기 자신에게 들려주는 듯한 그 속삭임에 소피는 의문이 들었지만 캐묻지는 않았다.

이번 이사에는…… 아직 다른 사정이 더 있을지도 모른다.

"……그러고 보니 아직 인사가 끝나지 않았군."

용사는 그렇게 중얼거리고 소피를 바라보았다.

"괜찮으면 자네도 따라와 주지 않겠나?"

"네? 제가요?"

"자네가 있어 주는 게 뭐랄까, 든든해."

소피는 조금 폭력적으로 문제를 해결하지 않았나, 하고 반성했지만 용사의 눈에는 그 부분이 든든하게 보인 듯했다. 하긴 오래 여행을 해 왔으니 이런 상황에는 내성이 있으리라.

이 사태는 이사를 하는 중에 시작된 소동이었다. 그렇다면 소피는 용사의 곁에 자신도 함께 있는 편이 편할 수 있겠다고 생각했다. 이사에 관해 오해가 생겨도 소피가 옆에 있으면 금방 풀 수 있을 것이다.

"알겠습니다. 우선 누굴 만나러 가는 건가요?"

"인사하고 싶은 상대는 두 사람이다. 먼저 국왕 폐하야."

갑자기 이 나라에서 가장 높은 사람의 이름이 나왔다.

◆

"마음 가는 대로 살면 돼."

국왕 폐하는 조용히 그렇게 말했다.

"그저 은거할 뿐이잖아? 이번 생에서 이별하는 것도 아닌데 재상과 단장은 호들갑이 심하다니까."

폐하는 하얀 발코니에서 왕도의 거리를 내다보며 말했다.

비꼬거나 매정하게 하는 말이 아니다. 그 음색에는 친밀함이 담겨 있었다.

용사와 함께 왕성을 방문한 소피는 이 발코니까지 왕궁 고용인의 안내를 받았다. 도중에 지나온 왕의 개인적인 방에는 물건도 별로 놓여 있지 않았다. 이 나라에서 가장 지위 높은 사람의 방이라고는 믿어지지 않을 정도로 소박했다.

"폐하는 시원시원하시군요."

"말려 주길 바랐어?"

"아뇨, 다행입니다."

"후후…… 어렸을 때부터 사귄 친구니까. 너에 대해서는 잘 알고 있지."

고작 이 정도의 짧은 대화만으로도 소피는 두 사람 사이에 깊은 우정이 있다는 것을 알았다.

폐하의 이름은 아벨이라고 했다.

아벨은 용사 전설에도 등장했다. 단, 나이 든 지금 모습이 아니라 어린 소년으로 나왔다.

용사가 마왕 토벌 여행에 나섰던 당시의 아벨은 왕자였다. 마왕 토벌 이후, 선대 국왕이 서거하여 국왕이 되었다.

당시의 용사는 아벨을 왕족이 아니라 이웃에 사는 아이라고 착각했다. 왕성이 아니라 거리에서 만났기 때문에 일어난 착각이었다. 그러나 아벨은 용사의 그런 친근한 태도가 마음에 들어서, 자신이 왕자라는 사실이 밝혀진 뒤에도 자신을 「아벨」이라고, 경칭을 붙이지 말고 부르도록 명령했다고 한다.

아벨이 국왕이 된 지금, 분명히 호칭은 고친 듯했지만 그래도 두 사람의 우정은 여전했다.

용사와 왕자…… 지금은 용사와 국왕이지만, 시간을 뛰어넘고 자리가 바뀌어도 두 사람의 사이는 변함없었다.

"그건 그렇고 그대는 누구지?"

폐하가 용사에게서 소피에게로 시선을 옮겼다.

"이삿짐센터를 하는 소피라고 합니다."

"……그렇군. 틀림없이 말려든 게로구나."

폐하는 어딘지 즐거운 듯이 웃으며 말했다.

"이 남자는 전형적인 트러블 메이커야. 옆에 있기만 해도 이런저런 일에 말려들지."

"폐하…… 저라고 좋아서 소동을 일으키는 게 아닙니다."

용사가 곤란한 듯이 말했다.

"……아닙니다, 덕분에 멋진 경치를 볼 수 있었습니다."

소동에 말려들었다는 흐름은 부정할 수 없지만, 결코 나쁜 기분은 아니었다.

왜냐하면—.

"이 나라는…… 이 거리는 이만큼이나 아름다웠군요."

소피는 발코니에서 왕도의 거리를 한눈에 바라보았다.

아름다운 거리였다. 석조 건물이 정연하게 늘어서고, 빨갛고 파란 지붕이 부드러운 햇살을 받고 있었다. 깔끔하게 정리된 돌바닥 위를 남녀노소 걸어 다녔다. 달음박질하는 아이들, 산책하는 노부부, 노점에서 장사하는 남자, 누군가를 기다리는 여자. 모두 자유로이 살아가고 있다.

평온하고 멋진 경치였다.

"오십 년 전에는 이렇게까지 아름답지 않았어."

용사가 거리를 바라보며 말했다.

"마왕의 위협에 온 나라가 혼란했지. 주민들의 마음도 아주 거칠어지고, 민심을 비추는 거울처럼 거리 분위기도 험악하기 짝이 없었다. 범죄가 극성이라 기사가 부족해서 탄식할 정도였어. ……그때 그 거리를 지금 수준까지 끌어올린 건 그야말로 폐하의 수완에 의한 거지."

"……너한테서 그런 말을 들으니 생각나는 게 있구나."

폐하는 눈가에 주름을 잡으며 웃었다.

"로이드. 넌 어린 내게 용기의 상징이었어."

폐하는 과거를 그리워하는 모습으로 말했다.

"너한테 여러 가지 고민을 털어놨지. 왕이 되는 게 무섭다든가 공부가 어렵다든가…… 넌 언제나 쓴웃음을 지으며 내 고민을 흘려 넘겼어."

어, 하는 소리가 소피의 입에서 나갈 뻔했다.

좋은 추억을 들을 수 있는 분위기였는데, 그런 이야기가 아닌가.

"아니…… 하지만 왕으로 행동하는 법이나 왕이 되기 위한 공부 같은 걸 저한테 물어봐도 당연히 모르죠. 지금도 모릅니다."

"하하하, 그렇겠지. 당시에는 나도 아이였고, 엉뚱한 질문을 했다는 자각은 있어."

용사는 쓴웃음을 지었다. 아마도 옛날과 마찬가지로.

"하지만 충분했다."

폐하는 기쁜 듯이 말했다.

"넌 질문에는 대답해 주지 않았지만, 그 대신 변하지 않는 뒷모습을 보여 주었어. 전장으로 달려가서 사람들의 기대에 응하는 너의 뒷모습은…… 이윽고 내가 목표로 삼아야 할 길이 되었다."

폐하는 소중한 보물을 정성껏 손질하는 듯한 태도로 말했다.

마왕의 위협으로 온 나라가 혼란에 빠졌을 때, 폐하는 아직 어렸다. 그러나 왕자이기도 했다. 분명 어린 시절부터 고뇌의 연속이었을 게 분명했다. 눈가의 깊은 주름이 그것을 증명했다. 방이 간소했던 것도 집무에 쫓겨 좀처럼 느긋하게 시간을 보낼 틈이 없었기 때문이리라.

이 나라를 재건한 폐하는 용사를 눈부신 듯이 바라보았다.

폐하는 용사 안에서 빛을 보고 있었다. 더럽혀지지 않는, 결코 손에 닿지 않는, 그래도 언제나 걸어야 할 길을 먼저 걸어가 비추어 주는 빛의 길잡이…….

소피는 「사람은 진심으로 누군가를 존경하면 이런 얼굴을 하는구나」라고 생각했다.

"용사여. 그대는 세계를 구했을 뿐만 아니라 여태까지 우리나라를 잘 지탱해 주었다. 이제 슬슬 푹 쉬어도 돼."

폐하의 다정한 말이 용사에게 닿았다.

용사는 전율하며 입술을 깨물었다.

"훌륭해지셨…… 아니."

용사는 고쳐 말했다.

"훌륭해졌구나, 아벨."

"로이드……."

폐하의 눈꼬리에 눈물이 맺혔다.

폐하는— 아벨이라는 소년은 줄곧 그 말을 기다리고 있었을지도 모른다.

오십 년 전부터 계속…….

폐하는 손등으로 눈가를 닦았다.

"……로이드. 실은 이런 걸 준비했는데."

폐하가 눈짓을 보내자, 옆에서 대기하고 있던 하녀가 공손하게 고개를 숙이고 실내로 들어갔다.

잠시 기다리자, 하녀 네 명이 끌차로 뭔가를 운반해 왔다. 끌차 위에는 흰 천으로 싸인 거대한 물체가 놓여 있었다. 꽤나 무거운지, 하녀들은 숨을 헐떡이며 자기 자리로 돌아갔다.

"이, 이건……?"

"네 동상이다! 꼭 받아 주길 바라네!"

폐하는 기쁘게 천을 벗기며 용사에게 선물을 보여 주었다.

그것은 용사의 동상이었다.

용사는 용맹스럽게 우뚝 선 자신의 동상을 보고 말을 잃었다.

발코니로 오는 도중, 방 한구석에 천으로 싸인 거대한 물체가 있었는데 그 정체가 바로 이 동상이었나 보다.

"아, 아니, 왜 이런 걸……."

"그게 말이지, 조만간 광장에 설치할 예정이었지만, 치수에 착오가 있어서 좀 크게 만들어 버렸어. 지금까지는 방에 장식해 뒀지만, 고향에 이걸 가지고 가면 좋을 거야!"

소피는 용사에게 동정의 눈빛을 보냈다.

자신의 동상을 선물 받는 건 건 과연 어떤 기분일까. 게다가 무지하게 크다.

"……이삿짐센터. 이것도 추가로 운반해 달라고 해도 될까?"

"아, 그건 괜찮지만…… 크고 무거워 보여서 비용이 많이 나올 텐데요?"

"부탁하네."

용사는 동상을 받기로 한 것 같았다.

하긴 폐하가 이렇게 눈빛을 반짝이며 쳐다보면, 차마 거절할 수 없을 것이다.

소피는 일단 무게를 재기 위해 동상을 부유 마법으로 들어 올려서, 식기와 마찬가지로 《포막(패키지)》이라는 고유의 보호 마법으로 코팅해 두었다.

"오, 이렇게 간단히 들어 올릴 수 있다니 솜씨가 탁월하구나."

"감사합니다."

간단히 들 수 없다고 생각하는 물건을 이렇게 부담 없이 건네지 말아 줬으면 좋겠다.

"그럼 폐하, 이만 물러가겠습니다."

더 오래 머물면 또 귀찮은 걸 선물 받을 것 같다. 용사는 그렇게 판단하고 서둘러 이 자리를 떠나려고 했다.

"로이드. 마지막으로 누님과 이야기를 나눠 주지 않겠나?"

폐하가 물러가려는 용사에게 진지한 얼굴을 하고 말했다.

용사는 조금 전의 장난스러운 모습이 아니라 순순한 표정을 짓고 있는 폐하에게 조용히 고개를 끄덕였다.

"처음부터 그러려고 했습니다."

"그런가……. 이 시간이라면 그 장소에 있을 거야."

용사는 인사하고 싶은 상대가 두 사람이라고 했다. 한 사람은 폐하, 그리고 또 한 사람이 지금 화제에 오른 폐하의 누님이겠지.

"폐하의 누님이라고 하시면……."

"아이린 왕녀 전하다."

소피의 중얼거림에 용사가 말을 덧붙였다.

"예전에 내 동료였던 사람이지."

◆

왕도 중심가, 그 한 귀퉁이에는 묘소가 있었다.

평민용 묘소가 아니다. 이 묘소는 귀족, 왕족, 또는 이 나라에 공헌한 특별한 이들이 잠드는 땅으로 사용하고 있었다.

소피와 용사는 왕녀 전하를 만나려고 묘소에 왔지만—.

"……어쩐지 내가 죽은 것 같군."

"죄, 죄송합니다. 여기밖에 놓을 데가 없어서……."

용사의 동상을 묘지에 두니, 마치 거대한 비석처럼 보였다.

두 사람 다 복잡한 표정을 띤 채, 묘소 안쪽으로 향했다.

주황색 노을에 물든 그 묘소의 가장 안쪽에 노파 한 명이 있었다. 노파가 걸친 남색 드레스는 매우 고급스럽고 아름다웠다. 바람이 불어도 나부끼지 않는, 탄탄한 고급 원단에 부드러운 인상을 주는 금실 자수가 놓여 있었다.

노파는 경건한 신도처럼 묘석 앞에서 조용히 기도를 올리고 있었다.

이 광경만 도려내면 마치 한 폭의 그림 같다.

"전하."

용사가 노파의 뒷모습에 말을 걸었다.

돌아본 노파는 목소리 주인이 누군지 알고 있었는지 처음부터 부드러운 웃음을 띠고 있었다.

"로이드, 오랜만이군요."

왕녀 아이린의 금발이 햇빛을 받은 호숫가처럼 석양에 빛났다.

나이가 들어도 단정한 외모라는 걸 알 수 있었다. 푸른 보석처럼 아름다운 눈동자에 이지적인 분위기를 자아내는 높은 코, 용사 전설에 따르면 옛날에 그녀는 절세 미녀라고 불렸다고 한다. 아직도 그 모습이 남아 있었다. 왕녀 전하는 나이가 들어도 역시 아름다웠다.

"나도 두 사람에게 기도를 바치지."

"그렇게 해 주세요. 저 두 사람이라면 쓸데없는 짓 하지 말라고 화낼 것 같지만……."

용사는 묘석에 다가가 기도를 시작했다.

용사는 마왕을 토벌하기 위해 동료 세 사람과 함께 여행했다.

전사, 근골이 강건한 남자, 데면데면한 성격이었지만, 긍정적인 태도 덕분에 용사는 몇 번이나 분발하여 일어났다.

마법사, 학자 기질의 지적인 남자, 그의 신중함이 없었더라면 용사 일행은 몇 십 번이나 죽었을 것이다.

치유사이자 아름다운 소녀, 그녀의 상냥함 덕분에 용사는 많은 협력자를 얻었다.

지금도 살아 있는 사람은 용사와 치유사…… 로이드와 아이린뿐이다.

눈앞에 나란히 있는 두 무덤은 전사와 마법사의 것이었다.

"고향으로 돌아가신다면서요."

전하는 죽은 이에게 바치는 기도를 끝낸 용사에게 말했다.

"응, 돌아가려고. 그 밭뿐인 마을로……. 광장에는 아멜리아 꽃이 피어 있고, 오두막 같은 집이 줄지어 있고, 바람이 불면 모래 먼지가 심하게 일지만 그래도 바깥에서 노는 아이들이 끊이지 않는 마을에……."

용사는 고향의 경치를 떠올렸다.

전하는 그런 용사를 흐뭇하게 바라보며 말했다.

"그리고 큰 우물이 있는 마을이었던가요."

"그랬지……. 하하, 전하는 나보다 더 내 고향에 대해 자세히 아는 것 같군.

용사가 그렇게 말하자 전하의 표정이 일변했다.

……어째서일까. 전하는 몹시 슬픈 얼굴을 했다.

표정의 변화는 한순간이었다. 전하는 금방 꾹 참듯이 입술을 깨물고 다시 미소 지었다.

"……여행 도중에 지겨울 정도로 들었으니까요."

용사는 쓴웃음 지었다.

전하의 변화는 눈치채지 못한 것 같았다.

"두 사람을 두고 나만 고향에 돌아가는 건 비겁한 걸까."

"그렇지 않아요."

전하는 고개를 가로저었다.

"여신의 가호로 인해 당신의 육체는 잘 쇠약해지지 않죠. 하지만 수명이 연장되는 건 아니에요. 원래는 지금쯤 좀 더 자유롭고 느긋하게 지낼 수 있었을 텐데……."

보통 사람들은 여신의 가호가 육체의 노화를 억제한다고 생각하지만, 엄밀히 말하자면 젊은 시기가 연장된다는 설명이 더 적합하다. 일생으로 보면 청년기와 노년기의 비율이 변했을 뿐이지 그 총합…… 즉, 수명은 변하지 않는다.

"한때는 그 가호 때문에 말싸움도 많이 했죠."

"하하…… 그랬지."

용사가 쓴웃음을 띠었다.

전하는 소피 쪽을 바라보았다.

"그대는 이사를 도와주는 마법사군요."

"저를 알고 계십니까?"

"이래 봬도 왕녀니까요. 시정의 목소리에는 귀를 기울이고 있지요."

알 만한 사람은 다 아는 마법사 이삿짐센터.

왕녀 아이린 또한 그곳을 아는 한 사람이었던 것 같다.

"이건 여기서만 하는 얘기예요? ……전 용사님이랑 결혼하고 싶었답니다."

전하는 갑자기 과거의 마음을 밝혔다.

소피가 겉돌지 않도록 하는 배려일까, 아니면 소피를 대화에 섞이게 하기 위해서일까. 그러나 소피는 그 고백을 들어도 표정이 별로 변하지 않았다.

"어머나, 놀라지 않네요."

"……두 분 이야기는 책을 통해서 잘 알고 있어서요. 혹시 그런 관계가 아니었을까 생각했습니다."

"역시 그랬군요. 확실히 용사님을 다룬 창작물에서는 곧잘 나를 여주인공으로 취급하니까요."

그 말대로다. 용사 전설에서 아이린은 여주인공으로 취급되었다.

어쩔 수 없다면 어쩔 수 없는 일이다. 아무튼 용사와 동료들의 남녀 비율은 남자 셋에 여자 한 명이니, 사랑이나 연애 같은 요소를 더하면 반드시 아이린이 스포트라이트를 받았다.

그러나 아무래도 그 이야기에 관해서는 창작 속에서만이 아니라 현실에서도 똑같았나 보다.

"부끄러운 얘기지만, 이런 할머니라도 옛날에는 소녀였어요. 그러나 내가 청혼하자, 용사님은 「나에게는 아직 해야 할 일이 많아」라며 날 거절했답니다. 그럼 해야 할 일은 언제 끝나느냐고 물어봤더니……."

전하가 용사 쪽을 돌아보았다.

그 대답은 용사가 말했다.

"……끝나지 않는다, 그렇게 답했던가."

"맞아요. 여신의 가호로 영원히 싸울 수 있거든, 이라고 했죠."

그렇다면 말싸움이 벌어져도 이상하지 않았다.

용사도 과거의 자신이 섬세하지 못한 발언을 했다는 걸 자각했는지 거북해 보였다.

"결국 그 다짐이 영원히 가지는 못했군요."

"그래. 몸과 마음은 별개라는 걸 잊고 있었던 것 같아."

소피는 이전에 용사에게 「날 어떻게 생각하지?」라는 질문을 받았을 때의 일을 떠올렸다.

자신을 병기라고 의심하는 심경이 얼마나 복잡할지 상상하기조차 어려웠다.

"용사님은 오랫동안 계속 싸워 왔어요. 마지막 정도는 평온한 나날을 보내 주세요."

전하는 보는 사람을 안심시키려는 듯 당당한 웃음을 띠었다.

"아니, 그래 주지 않으면 곤란해요."

"곤란하다니……."

"최근에 당신의 영향으로 노령의 병사들이 아무리 시간이 지나도 현역을 자처하고 있어요. 그래서 부상자가 늘어나서 현장의 골칫거리예요."

그렇게까지 말하지 않아도…….

소피는 용사를 슬쩍 보았다. 아니나 다를까, 용사는 풀이 죽은 모습이었다.

"그런 당신에게 맡기고 싶은 아이가 있어요."

전하는 발치에 놓여 있는 바구니를 집었다.

바구니에 덮인 천을 걷으니…… 거기에는 조그만 강아지가 조용히 자고 있었다.

"이 개는……?"

"내가 개인적으로 기르는 반려견이에요. 이름은 윔. 요전에 이 강아지의 어미 개가 새끼를 낳았는데 예상보다 여러 마리가 태어나서요. 믿을 만한 주인을 찾고 있어요."

아무래도 전하는 강아지 산책 겸 이 묘소에 와 있었던 것 같다.

“이 아이를 돌보면서 노후에 어떤 식으로 살아갈지 그 문제와 마주해 봐요.”

전하는 그렇게 말하고, 강아지가 들어 있는 바구니를 용사에게 내밀었다.

어째서일까. 거절을 용납하지 않는 의문의 압력이 느껴졌다.

“……이사할 때 이 아이도 부탁할 수 있을까?”

“알겠습니다.”

바구니 속의 강아지는 지금 대화 소리에 눈을 떴다.

소피가 미믹을 소환하자, 강아지는 뒤로 물러서며 경계심을 보였다. 그러나 그 자리에 어떤 마법을 발동하자, 강아지는 경계심을 풀고 스스로 미믹 안으로 들어갔다.

“어머, 윔은 경계심이 강한데 쉽게 따르는군요.”

“《표향(프레그런스)》이라는 마법입니다. 개가 좋아하는 향기로 유도했습니다.”

그 김에 릴랙스 효과가 있는 향기도 나게 했다. 지금쯤 윔은 상자 속에서 다시 잠들었을 것이다.

소피는 지팡이를 휘둘러 미믹을 송환했다.

“이사를 도와주는 마법사님, 용사님을 잘 부탁해요.”

소피는 전하의 시선을 똑바로 받으면서 고개를 깊이 끄덕였다.

이분 또한 폐하와 마찬가지로 용사를 아끼는 것이다.

“용사님! 여기 계신다고 들었습니다!”

그때 묘소에 어울리지 않는 큰 목소리가 들렸다.

돌아보니, 허우대가 큰 남자— 재상이 어깨를 들썩이며 숨을 쉬고 있었다. 여기까지 뛰어왔는지, 온몸에서 비 오듯 땀을 흘리고 있었다.

"부디 다시 한번 제 얘기를……."

재상이 고개를 들자 그제야 이 자리에 용사 외의 인물이 있는 것을 알아차렸다. 재상은 먼저 소피를 본 다음 왕녀에게로 시선을 옮겼다. 그는 눈살을 찌푸렸다.

"……그렇군. 용사님의 변심은 당신 때문입니까, 전하?"

"변심? 용사님은 옛날에도 똑같았어요. 이분은 여행길에서부터 언제나 고향에 돌아가고 싶다고 하셨어요."

"거짓말하지 마!"

재상은 고함을 질렀다.

"고향에 돌아가 봤자 의미 없잖아! 아무튼 **이미 잊어버린 거잖아!**"

재상의 외침이 조용한 묘소에 울렸다.

용사는 침묵했고— 그 얼굴은 심하게 일그러졌다.

……잊어버린 것?

그건 무슨 의미일까.

"재상!"

전하는 노인이라고는 생각되지 않을 만큼 서슬 퍼렇게 외쳤다.

보통 사람이라면 펄쩍 뛸 정도의 박력이었다. 그러나 재상도 배짱은 두둑한지, 움직이지도 않고 전하를 노려보았다.

"전하…… 당신은 단지 위선자일 뿐이야."

재상은 그렇게 말한 다음 자리를 떴다.

◆

성묘가 끝난 후, 전하는 성으로 돌아가고 소피와 용사는 용사의 저택으로 돌아가기로 했다.

짐을 다 실어서 텅 빈 용사의 집은 쓸쓸한 분위기였다. 유일하게 남아 있는 것은 용사가 처분하겠다고 했던, 벼락부자 취미의 장식품뿐이었다.

큰 집, 호화로운 장식품…… 허영으로 가득 찬 공간에서 용사는 입을 열었다.

"기억이 없어서 말이야."

용사는 떨리는 목소리로 이야기하기 시작했다.

"동료의 말에 의하면, 마왕군과 싸웠을 때의 후유증이라고 한다. 어린 시절의 기억…… 특히 고향에 대한 기억을 잃었다."

소피의 눈이 휘둥그레졌다.

처음 듣는 이야기였다. 아마 소피만이 아닐 것이다. 대다수의 국민이 모르는 사실이었다.

"……처음 들었습니다."

"극비로 했으니까. 책에도 쓰여 있지 않았을 거야."

용사는 미덥지 못하게 웃으며 말했다.

"내 여행이 책이나 연극 등을 통해 친근하게 느껴질 수 있게 된 건 재상의 제안 때문이야. 당시에는 재상이 아니었지만……. 마왕 토벌이 끝났을 당시, 피폐해진 나라를 부흥시킬 수단이 필요했고, 재상이 용사라는 브랜드를 최대한 활용하는 방침을 내세웠지. 그 결과, 용사의 이름과 경력은 다양한 분야에서 상품으로 보급되었어. 예상한 대로 상당한 경제 효과를 거뒀다."

이 나라와 이 세계를 위해 목숨을 걸고 마왕과 싸운 용사였다. 분명 재상의 제안을 흔쾌히 승낙했을 것이다.

"다만 내 여로는 가혹하기 짝이 없었고, 모든 일이 순조롭진 않았다. 이걸 교육이든 오락이든 무구한 민중에게 있는 그대로 전할 수는 없지. 그래서 어느 정도 각색을 한 거다."

각색했다는 건 진실을 숨기고 체제를 유지하기 위해 이야기를 꾸몄다는 뜻이다.

그중 하나가 용사의 기억상실을 없던 일로 하는 것이었다.

"나는 실감이 나지 않아. 하지만 사람들의 얼굴을 보면 알지. 기억상실은 눈을 피하고 싶어질 만큼의 비극인가 본데, 그런 내용을 대중이 읽을 책에 쓸 수는 없지. 책이나 연극에서 나오는 용사의 고향 이야기는 내 기억에 바탕을 둔 게 아니라 전하가 조사한 내용이야."

용사는 작게 숨을 내쉬었다.

"재상의 말은 틀리지 않아. 기억을 잃은 내가 고향에 돌아가 봤자 의미 같은 건 없을지도 모르지. 오히려 고향 사람들을 슬프게 할 뿐이고. 실제로 그렇게 생각했기 때문에 지금까지 고향에 돌아가지 않고 왕도에서 살았다."

용사는 떨리는 입술로 가슴속의 불안을 토로했다.

"그러나 나이를 먹어가며 조금씩 자신의 속마음을 마주볼 수 있었고…… 그러다 문득 깨달았다. 그건 그저 변명이고, 고향으로 돌아가는 걸 두려워했을 뿐이라고. 내가 고향에서 받아들여지지 않으면 어떡할까. 모두가 알고 있는 내가 아니면 어떡할까. 줄곧 그런 불안이 내 안에서 소용돌이치고 있었다……."

……그런가.

의문이 풀렸다.

어째서 용사는 이 나이가 될 때까지 계속 싸울 수 있었을까? 고향으로 돌아가려는 생각을 한 적이 없었을까?

그 의문의 답을 지금 알았다.

용사는 두려웠다. 기억을 잃은 자신이 다시 고향에서 잘 어울릴 수 있을지 모르고, 정말로 자신이 돌아가도 되는 장소인지 알지 못하기 때문이다.

그래서 계속 싸울 수밖에 없었다.

검을 버린 용사를 받아들여 줄 장소가 없었기 때문에 검을 쥐고 앞으로 계속 나아갈 수밖에 없었다.

용사가 계속해서 싸워 온 건— 무서웠기 때문이다.

"……그래도 희미하게 기억하는 게 있어. 기억을 잃기 전의 나는 몇 번이나 고향을 생각했다. 언젠가 반드시 돌아가겠다고 마음속으로 맹세했었지."

용사는 가슴을, 마음이 있는 곳을 누르며 말했다.

"그래서 돌아가기로 한 거다."

그것이 용사의 소원이었다.

과거의 자신이 반드시 돌아가겠다고 다짐했다.

"나는 기억을 잃기 전의 나에게 보답하고 싶어. 마왕을 쓰러뜨릴 수 있었던 건 과거의 내가 고향을 떠나 여행길에 오르기로 결심했기 때문이니까."

분명 지금의 용사에게— 과거의 자신은 자기이면서 동시에 타인일 것이다.

과거에 보답한다. 자신에게 보답한다.

그것이 용사가 남겨 둔 일이었다.

"고향 사람들도 분명히 용사님을 기다리고 있을 거예요."

소피는 용사를 똑바로 바라보고 말했다.

그러나 용사의 표정에는 그늘이 졌다.

"과연 그럴까……. 난 부모님의 임종도 지키지 못 했어. 그쪽에서 무슨 낯짝으로 돌아왔냐고 생각해도 이상하진—."

"그렇지 않습니다."

소피가 딱 잘라 말하자, 용사는 눈이 휘둥그레졌다.

"세계를 구한 용사님의 여행은 이 나라…… 아니, 전 세계에 전해졌어요. 그러니 모두 알고 있을 거예요. 용사님이 예사롭지 않은 각오로 이 세계를 구했다는 걸."

다소 각색 했을지라도 용사가 살아온 모습은 틀림없는 진짜였을 것이다.

누군가를 돕기 위해 검을 잡은 것도, 동료를 지키기 위해 자신을 방패로 삼은 것도, 분해서 잠 못 이루는 밤이 있었던 것도, 그럼에도 마지막에는 분명히 다시 일어선 것도.

그런 용사의 여로는 전 세계 사람들이 알고 있었다.

"전부 쓸데없는 걱정이에요. 용사님이 이룬 건 그만큼 크답니다. 고향 사람들도 모두 용사님을 기다리고 있을 거예요."

용사는 참을 수 없는 감정을 억누르기 위해 입술을 살짝 깨물었다.

"……누이동생이 한 명 있어."

용사가 조그만 소리로 중얼거렸다.

"이름도, 얼굴도, 전하에게서 들은 것밖에 모르지만…… 여행에 나서기 전의 나는 어린 누이동생을 몹시 아꼈던 것 같아."

용사는 지금 일흔 살. 부모님은 돌아가셨지만, 누이동생은 분명 살아 있을 것이다. 나이 차가 난다면 더더욱 희망이 있었다.

"누이를 만나고 싶구나……."

"만나 보죠. **만나도 됩니다.**"

설령 기억이 없다 해도, 고향을 잊어버렸어도.

분명 용사가 기억하지 못한다 해도, 상대방은 용사를 기억하고 있을 테니까—.

"용사님! 계십니까!"

그때 커다란 목소리가 귀청을 두드렸다.

기사단장의 목소리였다.

그는 저택 입구를 몇 번이나 두드렸다. 노크인지 쳐들어오는 것인지 모를 정도로 시끄러웠다.

"집이 빈 걸까요?"

"아니, 계실 거다. 부하가 보고 있었어."

단장의 목소리뿐 아니라 재상의 목소리도 들렸다.

용사가 안에 있는 것을 이미 알고 있는 듯했다. 집에 없는 척해도 통하지 않을 것 같았다. 결국 용사는 떨떠름한 표정으로 문을 열었다.

"용사님, 역시 여기 계셨군요."

문이 열리자마자 재상은 재빨리 문틈에 발을 끼워 넣고 억지로 문을 열었다.

"용사님! 여기 있는 서명을 봐 주십시오!"

재상과 함께 문으로 들어온 기사단장은 손에 들고 있는 종이 다발을 용사에게 밀어 넣었다.

"이건……?"

"서명입니다! 기사와 모험가, 그 외에도 이 왕도에서 사는 많은 사람이 용사님에게 은퇴하지 않기를 바라고 있어요! 용사님을 이렇게 많은 이가 붙잡고 있는 거예요!"

소피도 옆에서 서명 내용을 들여다보았다.

수습 기사, 숙련된 모험가, 나이 든 사제, 보육원 아이들. 많은 인물이 용사의 은거에 반대하는 목소리를 내고 있었다. 그 슬픔을 호소하는 것처럼 꾹꾹 눌러 쓴 글씨로 메시지를 써 놓았다.

—앞으로도 용사님의 뒤를 쫓아가게 해 주십시오.

—당신이 은퇴하면 마음에 구멍이 뚫릴 것 같다네.

—부디 우리 앞에서 사라지지 말아 주세요.

—용사님, 그만두지 말아요.

그 서명을 보고, 용사의 눈이 흔들렸다.

"용사님, 고향으로 돌아가는 건 상관없습니다. 하지만 현역으로 계속 있어 주실 순 없을지요……?"

기사단장은 절실하게 말했다.

"평온한 생활을 동경하는 기분은 압니다. 하지만 그게 정말로 이 많은 목소리를 저버릴 만큼 중요한가요?!"

용사는 눈에 띄게 흔들렸다.

결의가 약하기 때문이 아니다. 다정하기 때문이었다.

용사는 언제든 누군가를 위해 계속 검을 잡아 왔다. 그런 태도를 가지고 있기에 단장의 말이 마음에 걸린다. 자신의 마음과 마찬가지로 다른 누군가의 마음도 소중히 여기는 것이다.

허나 그 다정함이 때로는 남에게 이용당할 수 있는 빈틈이 되어 버린다.

"용사님, 그 서명 좀 보여 주실 수 있을까요?"

"……그래."

소피는 마음에 걸리는 게 있어서, 멍하니 있는 용사에게서 종이 다발을 받아 들었다.

소피는 지팡이 끝에 렌즈를 나오게 한 다음 서명을 확인했다.

"이거, 위조군요."

"으억?!"

기사단장이 괴상한 소리를 냈다.

소피의 예상이 적중했다. 소피는 작게 한숨을 쉬었다.

"필요한 수만큼 채우려고 필기 마법을 쓰셨지요? 마력의 흔적이 전부 똑같아요…… 즉, 이 서명은 모두 한 사람이 작성한 겁니다."

"크, 크으윽……!"

재상과 기사단장은 얼굴이 새빨개져서 입을 다물었다.

필기 마법이란 머릿속으로 생각한 문장을 그대로 종이에 써 주는 편리한 마법이다.

서명을 필기 마법으로 쓰는 것 자체는 위법이 아니지만, 문제는 모든 종이에서 동일한 마력을 느꼈다는 것이다. 마력은 지문과 마찬가지로 사람마다 다르다. 이 흔적이 나타내는 건 한 인물이 모든 서명을 작성했다는 사실이었다.

"제 무덤을 파셨군요."

소피는 재상과 기사단장을 향해 말했다.

"서명을 위조한 건 단지 서명인 수를 채우기 위한 것만이 아닐 거예요."

"그건 무슨 의미지?"

용사가 이상하다는 듯이 소피를 보았다.

재상과 기사단장은 말하지 말아 달라고 넌지시 고하듯 초조한 표정으로 소피를 보았다. 그러나 용사의 편인 소피는 두 사람의 애원을 무시하고 용사에게 설명했다.

"이 나라 사람들은 모두 용사님의 은퇴를 받아들일 각오가 되어 있습니다. 물론 쓸쓸하고 슬프지만, 그 이상으로 다들 용사님을 치하하고 싶은 거예요."

용사는 젊은 시절부터 시작해 반세기에 걸쳐 계속 싸웠다. 그러니 이 나라 사람들 사이에서 이제 슬슬 용사님도 쉬셔야 하지 않겠느냐는 말이 오가고 있었다.

소피는 한 사람의 국민으로서 그런 분위기를 몇 번이나 체감했다. 물론 재상이나 기사단장처럼 용사를 만류하는 사람도 있겠지만, 아마도 용사에게 치하해야 한다는 여론이 더 클 것이다.

"진짜 서명을 모으려고 했다면 저런 식으로 의견이 쏠리지 않을 겁니다. 오히려 과반수가 용사님의 은퇴에 찬성할 거예요."

"……그랬던, 건가."

용사는 그런 사실을 전혀 몰랐는지 깜짝 놀랐다.

용사는 재상이나 기사단장의 세뇌 같은 칭찬을 진심으로 받아들였을 것이다. 실제로 이번에도 소피가 없었다면, 서명 위조가 발각되지 않았을 테고, 용사는 이사를 단념했을 가능성이 컸다.

"너희는 몰라! 용사님이 얼마나 대단한 활약을 했는지!"

자포자기한 재상이 소리를 질렀다.

여기서 재상이 포기를 했다는 건 즉, 소피가 한 말이 모두 사실이라는 뜻이다.

"동경하는 사람이 언제까지나 현역으로 있어 주었으면 좋겠다고 생각하는 게 그렇게 이상한 일이냐고!"

"그래, 맞아!"

재상의 주장에 기사단장도 고개가 떨어질 정도로 기세 좋게 끄덕였다.

물론 이상한 일은 아니지만, 상대방의 입장을 전혀 생각하지 않는구나 싶었다.

게다가 재상과 기사단장이 그런 일을 하는 게 문제였다. ……이 나라, 이렇게 한가한 건가.

"우린 말이지! 용사님의 영향을 받았기 때문에 이 자리까지 출세한 거라고! 용사님이 없어지면 우리는 누구를 길잡이로 삼아서 살아가면 되냔 말이야!"

"맞아, 맞아!"

"난 용사님 굿즈를 팔았을 뿐인데 어쩌선지 나라가 부흥해서 재상이 됐다고!"

"나도 용사님처럼 되고 싶어서 매일 훈련했더니 어느새 기사단장이 됐을 뿐이야!"

두 사람 다 솔직하게 자신을 칭찬하면 될 텐데.

용사에게 들은 이야기와 재상의 발언은 약간 어긋났다. 용사는 재상이 나라의 부흥을 위해 용사의 과거를 상업적으로 이용했다고 했지만, 실은 그저 재상 본인이 용사의 위업을 널리 퍼뜨리고 싶었기 때문이라는 설이 떠올랐다.

이런 재상의 발언에 용사도 기가 막힌 듯했다.

"용사님! 내일 낮에 광장으로 와 주십시오! 거기서 마음껏 이야기를 나눠 봅시다!"

재상은 그렇게 말하고 기사단장과 함께 발길을 돌려서 떠났다.

◆

다음날 낮이 찾아왔다.

"분명히 덫입니다."

"그럴지도 모르지만 가는 데까지는 가 보겠다."

용사는 소피의 충고를 들으면서도 재상과 약속한 장소로 나가려 했다.

"두 사람 말에 얽매일 생각은 없어. 다만 나이를 먹으면 한 사람 한 사람하고의 인연과 소중히 마주하고 싶어지지. 다음에는 언제 만날 수 있을지 모르니까."

용사가 은퇴하고 고향으로 돌아가면, 더더욱 언제 만날 수 있을지 모른다.

용사를 말릴 수 없다는 걸 깨달은 소피는 말없이 동행하기로 했다.

거리의 사람들을 소란스럽게 하고 싶지 않아서, 용사는 외투로 얼굴을 가리고 광장으로 향했다. 처음 소피의 가게를 찾아왔을 때도 그랬다. 용사를 가까이에서 보고 있으면, 자유롭지 못한 삶의 방식을 강요받는다는 생각이 들었다.

광장에 도착하자, 그곳에는 갑주를 갖춰 입은 남자들이 줄지어 있었다.

그 수는 50명 정도였다.

"저건 뭐죠……?"

"근위 기사단이다. 전원 모여 있군."

왜 이런 곳에 유서 깊은 기사들이 모여 있는 것일까. 그 덕분에 왕도 주민들도 이제부터 뭔가 시작하나 기대하며 모여들었다.

대열을 이룬 기사들의 선두에는 재상과 기사단장이 있었다.

재상이 이쪽의 존재를 알아차리고 겁 없는 웃음을 지었다.

"왕도 주민들이여! 지켜보거라!"

재상은 모여 있는 관중에게 큰 소리로 말했다.

"지금부터 근위 기사단과 용사님의 특별 훈련을 실시한다!"

재상이 선언하자, 기사단장을 포함한 근위 기사들은 곧바로 일제히 움직여 용사를 포위했다. 재상도 기사단장도 근위 기사들도 처음부터 이럴 생각이었던 듯하다.

"너, 위험하니까 뒤로 물러서."

"자, 잠깐만요."

기사들이 소피를 잡아당겨서, 약간 떨어진 위치로 이동시켰다.

수많은 관중이 열을 올리는 가운데, 소피는 곤혹스러워하는 용사의 옆모습을 멀리서 바라보았다.

'설마 용사님을 물리적으로 잡아 두려는 건가……?'

확실히 직접 붙잡아 두면 이사는 중단되겠지만, 그런 안이한 수법으로 나올까?

그건 아닌 것 같다는 느낌이 들었지만, 더 생각할 틈도 없이 소피의 눈앞에서 특별 훈련이 시작되었다.

◆

근위 기사들이 용사에게 다가오며 검을 휘둘렀다.

용사는 순간적으로 몸을 돌려서 종이 한 장 차이로 검을 피하고, 팔꿈치로 기사의 턱을 밀어붙였다. 투구가 흔들려서 움직임을 멈춘 기사에게서 검을 빼앗은 용사는 곧바로 뒤쪽에서 다가오는 다른 기사의 검을 받아 냈다.

'후후후후…… 재상 녀석, 역시 똑똑하군!'

기사단장은 겁 없이 웃었다.

관중은 요란하게 들끓고 있었다. 무리도 아니다. 그저 용사를 보는 것이라면 용사의 개선 행사 때 볼 수 있지만, 용사가 싸우는 모습을 볼 수 있는 기회는 드물기 때문이었다.

용사가 검을 휘두를 때마다 관중 쪽에서 환성이 일었다.

기사단장은 그 광경을 보고 재상의 작전이 순조롭게 진행되고 있다고 확신했다.

이 특별 훈련이 노리는 것은 단순히 용사를 잡아 두는 것— 이 아니었다.

재상과 기사단장의 계획은 여론을 자신의 편으로 만드는 것이었다.

어제 이삿짐센터 소녀가 말한 것처럼 사람들은 용사의 은퇴를 받아들이려 했다. 그 이유는 역시나 언제까지고 용사를 현역에서 일하게 하는 것에 거부감이 들었기 때문이다.

그래서 그 거부감을 없애기 위해 특별 훈련을 실시한 것이다.

이 자리에서 용사가 활약하면 할수록— 용사가 이 나라의 유서 깊은 근위 기사단보다 강하다는 것을 보여 줄수록 분명히 사람들은 생각을 바꿀 것이다.

—용사는 지금도 이렇게 강한가.

—그럼 아직 현역으로 힘써 줄 수 있겠네.

이 광경을 보고 있는 사람들은 그렇게 생각할 터다.

그리고 용사는 정이 많다. 세상이 아직 용사의 은거를 받아들이지 않는다면 분명히 생각을 바꿔 줄 것이다.

"용사님! 갑니다!"

기사단장도 용사에게 맹공을 가했다.

거의 진심으로 하는 공격이었다. 그러나 용사는 그 공격을 어렵지 않게 막아 냈다. 오른쪽을 베는 일격은 비스듬히 위로 받아넘겼고, 그렇다고 거리를 좁혀서 빗겨 베기로 공격하면, 용사는 이미 그 자리에 없었다. 용사는 상대 쪽의 사각을 이용하여, 알아차리지 못하게 뒤로 돌아 들어갔다.

아아, 멋지다. 반해 버릴 정도로 강하다.

이 강한 모습을 좀 더 쫓아가고 싶다.

"어째서 괴로운 생각까지 하면서 고향으로 돌아가는 겁니까!"

단장은 어느새 전력으로 검을 휘둘렀다.

소리치는 목소리가 지워질 정도의 격렬한 싸움이었다. 관중은 그 박력에 한층 더 흥분했다.

"여기에는 당신을 원하는 목소리가 이렇게 많은데!"

기사단장은 전력을 다해 검을 내려쳤다. 대형 마물조차 치명상을 면치 못할 강력한 일격을 반복했다.

하지만 용사는 그 검을 어려움 없이 받아 냈다. 이쪽은 양팔을 부들거리면서 온 힘을 다해 칼자루를 쥐고 있는데…… 용사의 팔은 조금도 떨리지 않았다.

한 사람의 기사로서…… 아니, 한 남자로서 그 힘을 동경했다.

"마주해야 하는 현실이라고 생각했기 때문이야."

용사는 검을 받아 내며 말했다.

"난 다음 인생을 위해 간다."

다음.

다음 인생.

용사가 다음 인생으로 여행길을 떠난다면, 용사의 **지금** 인생을 동경하는 자신은 어떻게 해야 하나. 이 마음을, 이 동경을 어디에 쏟아야 한단 말인가?

버릴 수밖에 없는 건가?

'절대— 인정 못 해.'

앞으로 5년, 아니 3년이라도 좋으니 남아 주길 바랐다. 여신의 가호가 없는 자신은 그때가 되면 육체의 노화로 인해 검을 버려야 할 것이다.

그러니까 하다못해 그때까지는 용사가 현역에 있어 주었으면 했다.

기사단장이 자신의 이기심을 불태울 때— 뭔가 이상하다 싶은 느낌이 강렬하게 들었다.

'……뭐지? 갑자기 기사단이 우세해졌는데?'

근위 기사들이 용사를 압도하고 있었다.

있을 수 없는 광경이었다. 그는 용사의 팬이자 기사단장이기도 해서 용사와 기사단의 전력 차는 충분히 알고 있었다. 기사단이 떼로 몰려와도 용사를 쓰러뜨릴 수는 없을 터였다.

기사단장은 곧 그 이상하다 싶은 느낌의 정체를 깨달았다.

'검과 갑옷의 성능이 좋아졌어?! 마법으로 강화한 건가?!'

기사단의 검은 더 날카롭게 잘 들고 갑옷은 가벼워졌다. 그 덕분에 기사들의 움직임은 몰라볼 만큼 날쌔져서, 용사는 방어가 아니라 어쩔 수 없이 피하고 있는 지경이었다.

게다가 그 마법은 조금씩 천천히 장비의 성능을 계속 강화하고 있었다. 그래서 다른 기사들은 눈치채지 못했다. 단순히 오늘 자신의 컨디션이 좋다고 생각했다.

'전원의 장비가 강화된 건가? 말도 안 돼?! 이 인원수에 이런 일이 가능하다고?!'

믿기 힘든 광경이었다. 기사단장으로서 수많은 케이스를 겪었기에 알 수 있었다.

50명의 장비를 이 수준까지 강화할 수 있다면, 일반인 집단을 숙련된 군단으로 속이는 것까지 가능하다. 그런 대담한 행위가 당연한 일처럼 눈앞에서 벌어지면 안 된다. 모든 대전 이론이 뒤집힌다.

이런 일을 할 수 있는 사람은 그 소녀밖에 없었다.

그 이삿짐센터였다.

"앗?!"

그때 한 기사가 용사의 검을 날려버렸다.

기사단장이 이삿짐센터 소녀를 찾기 위해 한눈을 판 순간이었다.

관중은 검이 날아가서 자리에 우뚝 서 있는 용사를 조용히 지켜보았다.

용사는 슬쩍 웃은 뒤 입을 크게 벌렸다.

"보는 대로 난 이미 현역이라고 일컬을 정도의 실력이 아니다!"

검을 잃고도 용사의 목소리는 오히려 관중의 마음을 떨리게 할 정도의 열기와 박력으로 가득 찼다.

그러나 용사가 한 말은—.

"그러니까 나는 이 순간을 기해 용사에서 은퇴한다!"

훈련을 구경하던 왕도 주민들이 심하게 술렁거렸다. 왕이 돌연 서거한다 해도 이 정도로 당황하지는 않을 것이다.

그러나 용사의 눈은 정직했다.

그 눈은 이미 **다음**을 응시하고 있었다.

'……아아, 그랬어…….'

기사단장은 용사의 눈을 보고 깨달았다.

'용사님은…… 언제나 우리 손이 닿지 않는 곳으로 여행길에 나섰어…….'

그의 시야가 눈물로 흐려졌다.

검이 땅바닥으로 떨어져서 잘그랑 하는 소리를 냈다. ……이미 이 검을 주워 올릴 힘은 남아 있지 않을지도 모른다. 자신에게는 다시 검을 잡을 이유가 없었다.

"괜찮아요."

기사단장이 고개를 떨어뜨린 와중에, 그의 머리 위에서 목소리가 들렸다.

그곳에는 외투로 얼굴을 가린 한 소녀가 서 있었다.

"당신도, 재상님도 용사님이 없다 해도 당당히 한 사람 몫을 해낼 거예요. **이 제가** 보증합니다."

기사단장은 눈을 휘둥그레 떴다.

가라앉았던 마음이 조용히 열기를 되찾았다.

소녀의 정체를 알고 있는 자신들에게는 너무나 마음을 울리는 말이기에—.

"우와?!"

그 자리에 모인 사람들이 다시 동요했다.

그쪽을 보니, 용사의 바로 옆에 순백의 마물이 나타났다.

"마, 마물?!"

"저 아름다운 생물은 뭐지……?!"

"아름다워……."

그건 드래곤이었다. 온몸이 비늘로 덮이고, 날개와 꼬리가 달린 강력한 마물이다.

하지만 이 드래곤의 모습은 마물이라고는 생각되지 않을 정도로 아름다웠다. 새하얀 비늘이 햇빛을 받아서 첫눈처럼 부드러운 빛을 냈다.

"주얼 드래곤……."

온몸이 보석으로 된, 드래곤 중에서도 상당히 희귀한 종류다.

그 성질상, 사체는 고가에 거래되고, 한때는 어린 개체를 남획하기도 했다. 남획은 곧 규제되었지만 한발 늦어서 절멸 가능성도 있다는 소문이 돌던 드래곤이었다.

재상도, 기사단장도, 이 자리에 있는 모두가 처음으로 주얼 드래곤을 보았다. 게다가 성체— 반할 만큼 아름다운 마물이었다.

용사와 그 소녀는 신비한 주얼 드래곤의 등에 올라탔다.

드래곤이 날갯짓을 하며 떠올랐다.

모두 어안이 벙벙한 가운데, 드래곤은 하늘 높이 사라졌다.

◆

구름이 눈앞을 스쳐 갔다.

새하얀 드래곤을 타고 하늘을 이동하는 용사는 앞쪽에 있는 소녀에게 말을 걸었다.

"자네의 사역마는 미믹일 텐데? 어째서 주얼 드래곤을 부릴 수 있는 거지?"

"부리는 게 아니에요. 이 아이는 이웃 같은 거라서 힘을 빌려주고 있을 뿐입니다."

이웃? 하고 고개를 갸웃거리는 용사에게 소피가 설명했다.

“주얼 드래곤은 보석을 먹습니다. 그리고 미믹은 상자 속에 보석류를 모으는 습성이 있지요. 즉, 이 두 종은 공생을 하고 있습니다.”

“공생…… 미믹과 드래곤이……?”

“네. 이 드래곤은 제 사역마인 미믹 안에 둥지를 틀고 있어요.”

말하자면 친구의 친구 같은 존재일까.

“아니, 하지만 주얼 드래곤이 들어갈 정도의 미믹이라면…….”

어마어마하게 거대한 미믹이 될 테지만 용사조차도 그런 미믹은 본 적이 없었다.

용사는 대체 어떤 미믹일까, 하고 상상하다가 자기도 모르게 웃음이 터졌다. 뇌가 과부하 상태였다. 재상과 기사단장이 꾸민 일도 그렇고, 그걸 타파하는 소피의 경이적인 마법도 그렇고, 갑자기 나타난 주얼 드래곤도 그렇고…….

마왕 토벌 여행을 하고 있을 때도 이렇게까지 연속으로 경악할 일이 벌어진 적은 없었다.

“이게 마법사의 이사인가.”

용사는 혼잣말을 불쑥 흘렸다.

그는 새삼스럽게 생각했다. 역시 소피에게 부탁한 것이 정답이었다고.

“용사님은 은거한 후에는 뭘 하실 예정인가요?”

“글쎄…… 느긋하게 밭이라도 갈까. 기억은 없지만, 전하의 말에 따르면 여행을 시작하기 전에는 그랬다고 한다.”

용사는 눈 아래 펼쳐진 초원을 내려다보면서 말했다.

포장도로 한가운데에 있는 기사들이 주얼 드래곤과 그 위에 탄 소피 일행의 존재를 알아채고 허둥대는 모습이 보였다. 재상이 용사의 통행금지를 명령한 부하일 것이다. 안 됐지만 그 기사들은 임무를 완수하지 못했다.

"이건 지금까지 아무한테도 말하지 않았지만……."

용사는 바람에 머리카락을 나부끼면서 말했다.

"마왕과 처음 대치했을 때, 마왕이 묘한 눈으로 나를 봤다."

"묘한 눈으로요?"

"그래. 마치 괴물을 보는 듯한 눈이었지. 설마 마왕이 나를 그런 눈으로 보리라고는 생각지도 못했기 때문에 지금도 똑똑히 기억난다."

용사는 어딘가 먼 곳을 바라보며 말했다.

그 눈은 옛날에 죽음을 각오하고 대치했던 마왕을 보고 있는 것이리라.

"결국 그 눈빛이 무슨 뜻인지는 알 수 없었지만, 그 다음부터 자신을 객관시하는 버릇이 생겼어. 하지만 그게 바람직하지 않았는지도 모르겠군. 기억을 잃은 인간이 고향에 돌아가도 민폐만 끼칠 뿐이겠지만…… 그 탓에 이번에는 내가 정말로 하고 싶은 걸 놓치고 말았지."

용사는 그렇게 말하고 소피를 보았다.

"고마워. 자네 덕에 난 제2의 인생을 시작할 수 있었어."

저번에 소피가 한 말이었다. —세상에는 제2의 인생이라는 말이 있다.

용사는 긴 시간 뒤에 마침내 고향으로 귀환했다. 그것은 귀환이지만, 기억이 없는 용사에게는 새로운 여행이기도 했다.

그러나 문제없을 것이다. 어차피 용사는 긴 여행의 경험자다.

소피는 바람에 흔들리며 경치를 내려다보는 용사를 보고 그렇게 생각했다.

"도착했습니다."

"……그래."

드래곤이 착지하자 소피 일행은 드래곤의 등에서 내려왔다.

용사의 고향인 마을은 조용하고 한가로웠으며 목가적인 분위기였다. 아이들이 노는 소리와 진한 흙내와 따스하고 부드러운 시간이 흐르고 있었다.

용사는 굳은 표정으로 마을 안에 들어갔다.

마을 사람들도 그런 용사를 알아차리고 다가왔다.

"응? ……어라, 타지에서 온 사람인가? 웬일이야, 이 마을에."

"혹시 용사의 팬? 여기는 분명 용사의 고향이지만, 보다시피 아무것도 없는 마을이야."

마을 사람들은 소리 내어 웃었다.

여기 사람들은 용사에 관해서는 알고 있어도 용사의 얼굴 생김새까지는 모르는 듯했다. 왕도에서처럼 자주 개선하는 것도 아니니 어쩔 수 없는 일이었다.

"나, 는……."

용사의 입에서 쉰 목소리가 나왔다. 마음속에서 소용돌이치는 망설임이 전해졌다.

마을 사람들은 보아하니 서른 살 정도 된 것 같았다. 용사가 여행에 나선 뒤에 태어난 세대다. 마을 사람들은 물론, 용사도 그 사람들하고는 첫 대면이었다.

이미 고향에는 새로운 세대의 바람이 불고 있었다.

역시 여기에는 자신이 있을 자리는 이미 없을지도 모른다—.

"……오라버니?"

조그만 목소리가 바람에 실려와 들렸다.

거기에 있는 사람은 백발의 노파였다. 눈도 가늘어지고, 등은 굽었고, 팔다리도 떨리고 있었다. 그러나 노파는 서서히 그 눈을 있는 힘껏 뜨고, 촉촉해진 눈동자로 용사를 바라보았다.

"아, 아……! 오라버니! 오라버니……!"

마을 사람들은 쓰러져 우는 노파를 보고 놀랐다.

노파는 가슴 언저리를 누르며 천천히 용사에게 다가갔다.

"잘 돌아오셨어요, 로이드 오라버니……!"

노파는 용사를 껴안았다.

용사도 그 온기를 느끼고 눈물을 흘렸다. 기억나지 않을 텐데, 아무것도 모를 텐데도 눈물이 멋대로 흘러내렸다.

"그래…… 다녀왔다……!"

두 사람은 서로를 껴안으며 그저 계속 울었다.

아마 이제부터 용사는 기억이 없다고 사람들에게 설명하겠지. 누이동생은 물론이고 다른 마을 사람들도 곤혹스러워할 것이다.

하지만 분명히 괜찮을 것이다.

이 두 사람의 모습을 보고 있으면…… 소피는 역시 걱정할 필요가 없다고 생각했다.

◆

용사의 의뢰를 받은 지 3개월이 지났다.

그 후 곧바로, 용사가 은퇴한 사실이 정식으로 발표되었다. 사람들은 처음에는 슬퍼했지만, 내심 언젠가는 이런 일이 생길 것이라고 예상했을 것이다. 사후 보고 같은 발표지만, 민중은 예상대로 용사의 은퇴를 따스하게 받아들였다. 기사나 모험가, 군인처럼 완력으로 사회에 공헌하던 사람들은 치안 유지에 대해 내 일처럼 생각하는 경향이 강해지고 훈련에도 한층 더 열기가 넘쳤다고 한다.

사람들이 용사의 은퇴라는 사실에 익숙해지기 시작했을 무렵. 평소처럼 아침 일찍 일어난 소피는 세수를 하고 잠옷 차림으로 가게 앞에 나왔다.

따스한 햇빛을 받으며 「헛둘, 헛둘.」 하고 스트레칭으로 몸을 풀었다. 저녁형 인간인 소피는 아침에 이 루틴을 따르지 않으면 잠이 깨지 않았다.

우편함을 확인해 보니 신문이 들어 있었다.

소피는 신문을 꺼내 읽으며 가게로 돌아왔다.

"……뭐야. 역시 두 사람 다 훌륭하잖아요."

신문에는 재상과 기사단장이 실려 있었다.

오래도록 이 나라가 골치를 앓던 외교 문제를 해결로 이끌었다는 재상과 거리를 위협한 강력한 마물을 혼자서 쓰러뜨렸다는 기사단장의 활약상이었다. 신문 기사는 이 두 사람을 크게 칭찬하고 있었다.

재상과 기사단장이 용사에 대한 마음의 크기를 토해낸 그때, 소피는 생각했다. ……이 두 사람은 용사와 떨어지지 않으면 자기 자신과 마주하지 못할 거라고.

두 사람 다 용사를 지나치게 따라서, 자신의 공적을 모두 용사 덕분이라고 믿어 버린 것이다.

재상도 기사단장도 진작부터 한 사람 몫을 해내고 있었다. 두 사람 다 명색이 이 나라의 중신이니 좀 더 자신감을 가져 주었으면 좋겠다.

게다가 그러는 사이에 용사와 재회하는 날도 있을 터다.

폐하도 말했다. 이것이 이번 생의 이별일 리가 없었다.

소피는 적당히 잠이 깨자 간단히 아침을 먹은 뒤에 작업복으로 갈아입었다. 마지막으로 지팡이를 가볍게 휘두르자, 문 바깥쪽에 걸린 나무 패널이 빙그르르 뒤집혔다. 패널에서 확인할 수 있는 글자가 「오늘 영업은 끝났습니다」에서 「영업 중」으로 변했다.

"안녕하세요. 배달입니다!"

"어머, 감사합니다."

가게 문이 열리고, 짐이 도착했다.

카운터에 놓인 것은…… 편지 두 통, 그리고 커다란 꾸러미 하나였다.

업무 의뢰가 편지로 올 때도 있어서, 소피는 편지부터 내용을 확인했다.

우선 첫 번째 편지는 감촉이 좋은 연분홍색 고급 봉투였다. 향수를 뿌렸는지, 강한 플로럴 향이 났다.

이 강한 향기는 어딘가 짚이는 데가 있었다.

소피는 한숨을 내쉬면서 봉투 속 편지를 읽었다.

『평생의 라이벌 소피에게

오랜만이군요!!!!!!

당신이 변함없이 왕도 한구석에서 재능을 썩히고 있는 건 알고 있어요!

한편 나는 궁정 마도사로서 날마다 명예로운 임무에 힘쓰고 있고, 요전에도 거리에 도사린 범죄 조직을 가차 없이 소탕했어요!

언제나 새초롬한 얼굴을 한 당신도 이제 슬슬 나에게 무릎 꿇을 날이 가깝지 않을까요? 나야말로 「시대」의 이름에 어울린다는 걸 증명할—.』

"성가셔라."

소피는 편지를 끝까지 읽지 않고 발밑의 쓰레기통에 버렸다.

툭하면 경쟁심을 불태우는 동급생에게서 온 편지였다.

시간 낭비한 걸 후회하며 두 번째 편지를 집었다.

"어, 이건…… 용사님이?"

편지를 보낸 사람은 예전 손님이었다.

『이사를 도와주는 마법사에게

로이드다. 요전에는 이사를 도와줘서 고마웠네.

연락이 늦어진 걸 이해해 줬으면 해. 아무튼 마을 생활은 생각보다 힘들군.

자네에게는 신세를 졌으니, 그 후의 경위도 전하는 것이 의리겠지.

마을 사람들은 기억을 잃은 나를 상냥하게 맞아 주었어. 자네가 말한 대로 내 걱정은 기우였던 듯하네.

지금은 내 누이동생과 둘이 살고 있다. 서로 어색한 점도 있지만 조만간 익숙해지겠지.

전하가 맡긴 윔은 중간 역할을 아주 잘해 주고 있어. ……전하는 여기까지 예상했던 걸까? 아니면 지나친 생각인가.

최근에는 밭을 경작하고 있어. 흙을 다루는 법도 잊었지만, 몸이 기억하고 있는지 생각보다 잘하고 있다. 역시 나는 이런 식으로 살고 있었구나 하는 실감이 났지.

그건 그렇고, 자네도 알고 있겠지만 나한테는 여신의 가호라는 게 있지 않나. 용사로 각성하는 동시에 얻은 능력인데, 아무래도 이 힘 때문인지 내가 기르는 채소는 색다르게 성장하는 것 같아.

덕분에 지금 밭에서는 상당히 재미있는 일이 일어나고 있다네.

모처럼 수확한 거니 자네에게도 조금 나눠 주지.

꼭 맛있게 먹어 주길.

평범한 마을 사람 로이드가.』

"이야~. 채소를 나눠 주시는 건가요."

소피는 솔직하게 기뻐했다.

그런데 채소가 3개월 만에 자라다니? 색다르게 성장한다고 했으니 아마 그 영향 때문일지도 모른다.

용사 전설에 쓰여 있는 용사의 과거는 각색되어 있다고 했지만, 소피는 진실을 알고 있는 지금도 용사 전설을 계속 즐겨 읽었다. ……요는 파악하는 방법의 문제다. 이전까지는 역사적 사실로 즐겼지만, 지금은 픽션으로 재미있게 읽고 있다.

용사 전설에서도 용사가 고향에서 먹은 채소를 떠올리는 장면은 자주 나왔다. 그 부분은 아이린 왕녀 전하의 지식을 토대로 쓴 것 같았지만, 용사의 고향에 있는 밭에서 맛있는 채소를 수확할 수 있다는 것 자체는 허위가 아닌 듯했다.

용사 전설에서 등장하는 채소를 먹을 수 있는 건가 생각하니 흥분되었다.

소피가 두근거리며 상자를 열자—.

『끼야아아아아아아아!』

"우와아아악?!"

싱싱한 양배추가 살의를 품고 덤벼들었다.

소피는 무의식중에 마법으로 양배추를 날려 버렸다.

퍽! 하고 큰 소리를 내며 양배추가 벽에 내동댕이쳐졌다.

"뭐, 뭐, 뭐예요, 이건……?!"

소피는 본인이 생각해도 보기 드물게 비명을 지르고 말았다.

소피는 지팡이를 잡고, 한 발 한 발 경계하면서 바닥에 구른 양배추를 노려봤다.

양배추는 더 이상 움직일 것 같지 않았다. 소피는 몸을 천천히 굽혀서 부서진 양배추 조각을 집었다.

아주 신선하고 맛있어 보였다. 소피는 짧은 고민 끝에 양배추 조각을 입에 넣었다.

'달짝지근한데…… 맛있네…….'

이게 뭘까…….

신종 마물인가……?

맛과 식감은 문제없는 정도가 아니라 최고였다. 경계는 필요할지 모르지만, 일단 세계를 구한 용사가 보낸 것이니 설마 독은 아니겠지.

어쩌면 용사는 생각했던 것보다 장난을 좋아할지도 모르겠다.

하하하, 하고 웃는 용사의 모습이 보이는 듯했다.

그때 도어벨 소리가 울렸다.

"실례."

20대로 보이는 남자가 소피를 보고 고개를 살짝 까딱했다.

빛바랜 은발을 정확하게 가운데로 가르마를 탄 부분에서 남자의 고지식한 성격이 엿보였다. 복장도 고급스러운 검은 외투였다. 그 팔에는 완장이 있었고, 소피가 알고 있는 자수가 놓여 있었다.

"일을 의뢰하고…… 이 양배추는 뭐지?"

"자, 잠시만 기다려 주세요. 지금 치우겠습니다."

소피는 재빨리 양배추를 마법으로 띄워서 주방 안쪽에 있는 냉장고에 넣었다.

남자는 그 일련의 동작을 보고 턱에 손끝을 댔다.

"소문대로의 실력이군."

소문이 날 정도로 양배추 뒤처리 같은 건 한 적이 없는데.

"오래 기다리셨습니다. 일을 의뢰하시는 거죠? 그럼 우선 이 용지에—."

"그 전에 몇 가지 묻고 싶은데."

남자는 소피의 말을 가로막고 이야기를 계속했다.

"의뢰주(클라이언트)는 인간이 아니라도 가능한가?"

남자는 똑바로 소피를 바라보았다.

소피는 담담하게 대답했다.

"네. **실적**도 있습니다."

남자는 그런 소피의 대답에 한순간 놀란 듯이 경직했지만 금세 고개를 끄덕였다.

"궁정 마도사 루이스 포워드다. 자네 실력을 믿고 꼭 맡아 주었으면 하는 의뢰가 있어서 왔다."

궁정 마도사— 나라를 섬기는 마법사를 말한다.

마법사들 사이에서는 가장 명예로운 지위로 유명하다. 궁정 마도사가 되면 주로 국방이나 기술 개발 등 나라 안에서도 중요도가 높은 일을 맡을 때가 많았다.

완장에 놓인 자수는 궁정 마도사의 증표였다.

"참고로 이번 의뢰는 개인이 아니라 나라에서 맡기는 거라고 생각해 주었으면 한다."

"아, 예."

남자의 말에서 어쩐지 호들갑스러운 낌새가 났지만, 아직 의뢰 내용도 잘 모르니 일단 적당히 맞장구를 쳤다. 어렵다면 평범하게 거절하면 되겠지.

"의뢰주가 사는 곳은 앵선향(櫻仙鄕)의 가장 깊은 곳, 국외에 있는 카롤라의 숲이다."

이동 장소인 카롤라의 숲은 모르지만, 의뢰인의 거주지는 들어본 적이 있었다.

"앵선향…… 일 년 내내 벚꽃이라는 식물이 꽃을 피우고 있다는 그 환상적인 계곡이군요."

"그래. 하지만 환상적인 경치와는 반대로 길을 잃기가 아주 쉽고, 흉악한 마물이 퍼져 있는 땅…… 비경이 아닌 마경이지."

앵선향의 소문은 전부터 들었다.

잘은 모르지만, 어디를 잘라 내도 환상적인 경치가 펼쳐져 있다고 하던가. 앵선향은 특수한 땅이라서 계절의 영향을 전혀 받지 않고, 언제 가도 기분 좋은 기온이라고 했다. 그래서인지 모르지만, 벚꽃이라는 희귀한 식물이 무한으로 자라고 있었다. 흐르는 강은 흩날리며 떨어지는 벚꽃잎에 뒤덮여서 복숭아색으로 물들 정도라고 한다.

하지만 그 소문의 신빙성은 확실하지 않았다.

앵선향에는 지능도 힘도 고도로 발달한 마물이 서식하고 있어서 탐색이 곤란했다.

자세한 사항은 밝혀지지 않았지만, 그 이유는 앵선향에 사는 최상위 마물—신수의 영향이라고 했다.

"그럼 그 의뢰주란……."

이야기 흐름으로 보아 대충 예상은 했지만, 이걸 묻지 않으면 앞으로 나아갈 수가 없었다.

루이스가 소피의 물음에 답했다.

“앵선향의 주인…… 신수 센류(仙龍) 님이다.”

사람과 말을 나눌 정도의 지능이 있으며 그 힘은 천변지이(天變地異)를 일으킬 정도라는, 이 세계 최상위에 군림하는 존재— 신수.

다음 손님은 그인 듯했다.

용사의 이사에서도 여러 가지로 놀랐는데 이번에는 신수의 이사다.

소피는 「이번에도 보통 수단으로는 힘들 것 같네……」라고 생각했다.

2장 신수의 이사

루이스가 「앵선향은 위험한 데다가 헤매기 쉬운 땅이지. 그래서 나와 궁정 마도사 또 한 사람이 호위로 간다」—라고 했기에, 소피는 의뢰를 받아들인 다음날, 그들과 모이기로 한 장소로 이동했다.

왕도는 높은 벽으로 둘러싸인 성채 도시다. 해가 잘 안 드는 구역이 생기지만, 왕족이 사는 이상 높은 성벽은 불가피했다. 지금이 전시는 아니지만, 만일 적국의 군대가 공격하더라도 한동안 막아낼 수 있고 마물의 침공에 대해서도 물리적인 벽을 준비하는 건 유효한 대책이었다.

소피는 집합 장소인 동문으로 향했다.

성채로 다가가서 그늘에 들어가자, 먼저 기다리고 있던 궁정 마도사 두 사람과 눈이 마주쳤다.

빛바랜 은발의 남자, 그리고— 사람들의 눈길을 끄는 돌돌 말린 금발이다.

"오~호호홋! 내가 와 줬지요!"

"교체할 수 있나요?"

"없어요!"

소피의 말에 프란체스카는 얼굴을 새빨갛게 붉히며 화를 냈다.

소피는 기력이 순식간에 줄어드는 것을 실감하면서 루이스 쪽을 보았다.

"또 한 사람의 호위라는 건…… 이건가요?"

"그렇지만…… 어, 이상하군. 프란의 얘기로는 자네하고 친구처럼 사이가 좋다고……."

그건 사실이 아니다.

"그저 예전 동급생일 뿐입니다."

"그랬나? 착오가 좀 있었던 것 같지만 문제없겠지. 프란은 궁정 마도사가 된 지 아직 얼마 안 됐지만, 젊은 사람 중에서 가장 유망주다. 실력은 믿을 만하지."

소피는 「흐음.」 하고 대꾸했다.

꽤 열심히 하고 있나 보다. 프란체스카는 학생 시절부터 노력파였기에 그 평가는 이해할 수 있었다.

"그럼 출발하지."

"이동 수단은 어떻게 하나요? 앵선항까지는 거리가 좀 있는데요……."

"내 사역마를 부르겠다."

루이스가 그렇게 말하고 지팡이를 휘두르자, 눈앞에 커다란 마물이 나타났다.

붉은 온몸과 커다란 날개에 긴 꼬리까지 드래곤과 비슷한 형상이지만, 드래곤의 다리가 네 개인 데 반해 이 마물의 다리는 두 개였다.

"와이번인가요."

하늘의 길을 사용할 모양이었다. 마차로 가기에는 좀 멀어서, 소피도 찬성했다.

와이번은 드래곤에는 못 미쳐도 상당히 격이 높은 마물이었다. 격이 있는 마물은 자존심이 강하기 때문에 사역마 계약을 맺기 어렵지만, 궁정 마도사라면 가능할 것이다.

"타지."

루이스가 와이번의 머리에 탔다.

소피와 프란체스카는 와이번의 등에 탔다. 타는 동시에 부드러운 마력이 몸을 감쌌다. 루이스가 풍압 대책과 자세 제어 마법을 걸어 준 것 같았다.

와이번이 날개를 펼치고 몸을 공중으로 띄웠다.

날아서 성채를 넘은 와이번은 행선향으로 출발했다.

"소, 소피! 오, 오랜만에 함께 행동하네요!"

"그러네요."

소피는 묘하게 안절부절하는 프란체스카에게 간결하게 맞장구를 쳤다. 이미 왕도가 작게 보였다. 이 속도라면 곧 도착할 것 같았다.

"프란체스카는 왜 이번 임무에 참가한 거죠?"

"편지에도 썼잖아요. 가까운 시일 내에 곤란한 임무를 의뢰할지도 모르니까 그때는 연대하기 편하게 당신과 아는 사이인 내가 발탁될 거라고."

"……편지?"

어제 온 편지 말인가.

그런 말이 있었던가? 하고 생각했지만, 읽던 도중에 버렸다는 사실이 기억났다.

"잠깐만요. 당신, 설마 그것도 안 읽은 거예요?"

"아뇨. 애초에 그 편지는 어제 도착했는데요."

"……좀 늦게 부쳤나 보군요."

이에 대해서는 프란체스카가 실수한 모양이었다.

"퇴, 퇴고에 시간이 걸렸다고요! 이상한 문장을 써서 당신한테 놀림을 받는 건 참을 수 없으니까요!"

"주객이 뒤바뀐 결과가 됐네요."

「크으으~.」 하고 프란체스카는 분한 듯한 목소리를 냈다.

그런데…… 곤란한 임무가 주어진 건가.

소피에게 이삿짐센터의 일은 설령 어떤 내용이건 간에 공평하게 대해야 하는 중요한 것이다. 그런데 궁정 마도사가 곤란하다고 평가할 정도의 임무라니 살짝 경계심이 들었다.

소피가 생각에 잠겨 있을 때, 와이번의 고도가 서서히 낮아졌다.

"도착했다. 여기서부터는 걸어가야 해."

소피 일행은 루이스의 지시에 따라 걸어서 이동했다.

눈앞에는— 환상적인 세계가 펼쳐졌다.

"이곳이…… 앵선향."

앵선향을 처음 와 본 소피는 저도 모르게 그 경치에 반했다.

벚꽃 수해라고 표현하면 될까. 분홍빛의 꽃이 여기저기 화려하게 피어 있었다. 나무의 밀도는 높지만, 울창한 경치로는 느껴지지 않았다. 밝은 벚꽃과 옹이가 박힌 나무 몸통, 울퉁불퉁한 땅 표면이 선명한 대비를 자아냈다.

"아름답네요. 상상했던 것보다 훨씬 더……."

"네…… 저도 이 정도로 환상적인 경치를 보는 건 정말 처음이에요……."

숨을 들이쉬자, 달콤하고 부드러운 향기가 났다.

"가자. 강을 따라 이동하면 센류 님의 거처에 도착한다."

루이스를 선두로 하여 소피 일행은 이동하기 시작했다.

강 수면에는 벚꽃잎이 거의 빈틈없이 떠 있었다. 그 사이로 살짝 보이는 강물도 맑고, 하늘을 가리고 있는 나무 사이로 새어 들어오는 햇빛을 반사하며 반짝거렸다.

"루이스 님은 앵선향에 온 적이 있으십니까?"

"그래. 한 번 센류 님께 인사하러 왔지."

그래서 길을 아는 건가.

걸을 때마다 푹, 푹, 하고 쌓인 꽃잎을 밟는 소리가 들렸다.

다른 소리는…… 들리지 않는다.

"생각보다 마물이 없네요."

"엄밀히 말하면 앵선향에 일반 마물은 거의 없어."

마물이 없다니? 앵선향은 길을 잃기 쉬운데다가 흉악한 마물이 퍼져 있고 바로 그 때문에 마경이라고 불린다. 그게 일반적의 인식이었을 텐데…….

"곧 알게 돼."

소피는 신경이 쓰이긴 했지만, 루이스의 말을 믿기로 했다.

"그나저나 미안하군. 프란하고 사이가 별로 안 좋았나?"

루이스는 프란체스카에게는 들리지 않을 듯한 작은 소리로 소피에게 말했다.

……아무래도 오해를 산 것 같았다.

"딱히 사이가 나쁜 건 아니에요. 저는 본색을 드러내면 그렇게 될 뿐이고요."

그러니까 사이가 나쁘다는 말을 들으면, 그건 그것대로 복잡한 기분이 들었다.

루이스는 소피의 대답을 듣자 의외라고 생각했는지 눈을 휘둥그레 떴다.

와이번의 몸통보다도 굵은 나무줄기가 길처럼 앞으로 이어져 있었다. 일행은 그 위를 걸어갔다.

한층 더 커다란 벚나무 아래에는 흰색과 녹색 비늘로 덮인 거대한 용이 자리하고 있었다.

"센류 님, 오래 기다리셨습니다."

루이스가 고개를 숙였다.

용은 머리를 들고 그 눈으로 소피를 보았다.

"네가 이사를 도와주는 마법사냐."

"……예."

소피는 인간이 아닌 존재의 심상치 않은 존재감을 온몸으로 느끼며 고개를 끄덕였다.

"센류다. 잘 부탁한다."

엄숙한 목소리가 벚나무를 흔들었다.

◆

손님이 인간이 아닌 신수라도 소피의 일은 변함없다.

우선은 의뢰가 무엇인지 파악한다. 소피는 이사 내용에 관해 센류에게 물었다.

"앵선향에서 국외로 이동하신다는 이야기는 들었습니다. 짐은 어떻게 하실 건가요?"

"그 짐이 문제인데."

센류가 목소리를 낼 때마다 소피는 인간의 왜소함이 뼈저리게 느껴지는 기분이 들었다.

온몸에 울리는 목소리, 정신까지 꿰뚫어 보는 듯한 눈동자, 인간은 물론이고 마물이나 벌레 따위하고는 근본적으로 다른 신성한 존재, 센류에게는 마치 기도를 올리고 싶어지는 불가사의한 압력이 있었다.

"내 이사에는 두 가지 과제가 있다. 그중 하나가 짐에 관한 건데……. 이걸 설명하려면 내 상황부터 말해야겠지."

바람에 실린 벚꽃잎이 소피와 센류 사이를 가로질렀다.

"어린 이삿짐센터 소녀여. 신수를 아느냐?"

"네. 이 세계가 만들어 낸 특수한 생명이라고 알고 있습니다."

센류는 고개를 작게 세로로 움직였다.

아마 설명을 계속하라는 뜻이겠지. 소피는 마저 설명했다.

"신수는 신기라는 특수한 힘을 늘 방출하고 있습니다. 이 힘은 사막화되거나 화재로 상태가 나빠진 토지를 회복시키는 효과가 있습니다. 따라서 신수는 세계 각지를 방랑하며, 황폐해진 토지를 회복시키는 사명이 있습니다."

"그래. 신수는 우리의 부모인 세계에 은혜를 갚기 위해 언제나 여행하는 생물이다."

그렇다— 그래서 센류의 상황은 특이했다.

보통 신수가 토지를 회복시키기 위해 머무는 시간은 반년에서 몇 년 정도다. 그러나 센류는 앵선향에 백 년이나 있었다.

"그러나 백 년 전, 나는 의문의 병에 걸렸다."

"의문의 병……?"

"그래. 그 병은 몹시 고통스러워서 도저히 견딜 수 없었다. 나는 이 계곡에서 머물며 요양하기로 했지. 그러자 신기가 토지에 영향을 끼쳐서 이 땅이 복숭앗빛 식물로 뒤덮였다. ……앵선향이라는 장소는 내 신기로 인해 만들어진 것이다."

신수도 병에 걸리나 보다.

괴로웠을 것이다. 센류는 그 큰 눈동자를 가늘게 떴다.

"나는 요양 중에 사람이나 마물에게서 몸을 지키기 위해 분신을 만들었다. 그 수는 총 여섯 마리로, 처음에는 모두 날 위해 일해 줬지만…… 백 년이 지나는 사이에 자아가 싹튼 것 같다. 지금은 내 제어를 벗어나서, 앵선향과 그 주위에서 날뛰고 있다."

신수는 다들 천 년 이상을 살아가며 장수하지만, 그렇다고 해서 백 년의 세월 동안 아무것도 변하지 않을 리는 없었다. 축적된 세월이 센류가 예상하지 못한 사태를 일으켰다.

—그래서 마물이 없는 건가.

센류는 사람과 마물에게서 자기 몸을 지키기 위해 분신을 만들었다고 했다. 즉, 분신이 이 땅에 원래 있던 마물을 쫓아냈을 것이다. 루이스가 「앵선향에 일반 마물은 거의 없다」라고 말한 의미를 알았다. 마물은 없지만— 그 대신 신수의 분신이 있었다. 사정을 모르는 사람의 눈에는 어느 쪽이든 다르지 않기 때문에 마물이 퍼져 있다고 소문이 난 것이었다.

"분신도 원래는 나의 힘이다. 이 땅을 떠나 여행길에 나서기 전에 회수하고 싶다."

"……즉, 그 분신이 짐이라는 말씀이군요."

"그래, 너희는 내 분신을 회수해 줬으면 한다. 내가 움직이면 이 땅이 스러질지도 모르니."

그건 참아 줬으면 좋겠으니, 어떻게 해서든 우리가 분신을 회수해야 한다.

지나치게 강한 존재라는 것도 상당히 갑갑할지도 모른다.

"돌아다니는 짐이라는 건 처음 경험하지만, 알겠습니다."

"고맙다. 분신은 활동을 멈추면 핵으로 변하니 그걸 회수해 주길 바란다. 너희 인간의 주먹과 비슷한 크기의 광석처럼 생긴 것이다. 상세한 내용은 루이스에게 전했다."

루이스가 작게 고개를 끄덕였다.

"또 하나의 과제라는 건 무엇인가요?"

"……그건 때가 오면 설명하지."

센류는 입을 다물었다.

그 반응이 마음에 걸렸지만, 일단 들어야 할 이야기는 다 들었다. 소피는 루이스에게 상세한 내용을 물어보러 갔다.

"그러면 작전 회의를 하자. 센류 님의 말에 따르면, 분신은 전부 여섯 마리인데 이 주변에는 세 마리가 있어. 모두 호전적인 성격 같지만, 나와 프란이 있으면 단순한 싸움에서 지는 일은 없을 거야."

프란체스카는 고개를 끄덕였다.

궁정 마도사는 자신감으로 가득한 사람이었다. 단, 자신감이라는 점에서는 소피도 지지 않았다.

"두 패로 나눌까요? 그 세 마리라면 우리가 분담해도 쓰러뜨릴 수 있을 것 같으니까."

루이스는 아무렇지도 않게 제안하는 소피를 똑바로 응시했다.

"흠…… 눈치채고 있었나?"

"우리가 앵선항에 들어온 다음부터 주위를 내내 맴도는 생물이 세 마리 있었습니다. 그것들이 센류 님의 분신이지요?"

"그 말대로다. 역량을 파악해서 한 제안이라면 받아들이지."

루이스가 감탄한 모습으로 소피를 보았다.

"그럼 내가 혼자 가고, 자네는 프란과 함께—."

"아뇨, 제가 혼자서 다니겠습니다."

소피가 그렇게 말하자, 루이스의 눈빛이 의아하게 변했다.

"안심하시길. 제 역량은 파악하고 있으니까요."

◆

두 패로 나뉜 뒤에도 루이스는 마음이 복잡했다.

프란체스카의 상사인 궁정 마도사 루이스는 예사롭지 않은 경험을 쌓았다. 그렇기에 정석대로 행동하자면 루이스가 혼자 움직여야 했다.

그런데도 소피의 제안을 수락한 이유는— 소피에게서 매서운 느낌을 받았기 때문이었다.

예사 소녀가 내놓을 만한 제안이 아니다. 루이스는 자신감과 관록에 찬 소피의 얼굴을 보고 저도 모르게 신뢰하고 말았다. 그야말로 자신의 직감보다도 더…….

그러나 두 패로 나뉜 뒤 정신이 들었다.

앵선향은 인외마경(人外魔境)이다. 그런데 궁정 마도사인 자신들보다도 평범한 이삿짐센터 소녀에게 큰 부담을 지우다니…… 본인의 직함에 먹칠하는 짓을 했다.

'……지금부터라도 돌아가야 하나?'

루이스는 자신의 어리석은 판단이 부끄러웠다.

설마 자신이 연하의 소녀에게 끌리다니…….

매료 마법에라도 걸린 것 같은 기분이었다.

"루이스 님은 소피에 관해 얼마나 알고 계시나요?"

뒤쪽에서 일정 거리를 유지하며 따라가고 있던 프란체스카가 물었다.

루이스의 마음속 불안을 꿰뚫어 본 것 같았다.

"솔직히 소문으로 들은 정도야. 왕도 교외에 있는 마법사의 이삿짐센터. 그 가게에 가면 어떤 사람이라도 멋지게 새출발을 하도록 해 준다……. 소문이라기보다 도시 전설인가."

왕도에 오래 살고 있는 사람이라면 한 번쯤은 들은 적 있는 그 정도의 풍문이었다.

"그런 도시 전설에 기대려는 사람은 어려운 사정이 있게 마련이지. 하지만 그 이삿짐센터는 그런 어렵고 특별한 사정을 쉽게 해결해 준다고 하더군. 목격자들의 말로는 부유 마법을 여러 개 펼쳤다

거나, 변신 마법으로 짐을 동물로 변하게 했다고 해. 말도 안 되는 이야기지만, 아니 땐 굴뚝에 연기가 나진 않아. 그래서 이번에 지푸라기라도 잡는 심정으로 부탁했지."

그렇지 않아도 고난도의 부유 마법을 동시에 여러 개 쓸 수 있는 자는 궁정 마도사 중에도 그리 많지 않았다.

무생물을 생물로 변신시키는 것도 마찬가지였다.

원래 이 일은 궁정 마도사만 해야 하는 위험한 일이었다. 그러나 궁정 마도사는 늘 인력이 부족해서 이번처럼 도움을 줄 수 있는 이에게 부탁할 때도 많았다.

솔직히 말하면 루이스는 99퍼센트, 그 소녀가 의뢰를 거절하리라고 생각했다.

가게에서 앵선향 이야기를 한 시점에서 40퍼센트, 신수와 대치한 시점에서 50퍼센트, 그 외에 이것저것 더해서 9퍼센트. 하지만 저 소녀는 어떤 시점에서도 루이스의 예상을 웃도는 모습을 보여 주었다. 앵선향 이야기를 듣고도 두려워하지 않았고, 신수와 대치해도 압도되지 않았다. 거기에 발칙하게도 루이스를 수긍하게 만드는 담력도 있었다.

게다가— 처음 소피와 만났을 때 나눈 대화를 떠올렸다.

『의뢰주는 인간이 아니라도 가능한가?』

『네. 실적도 있습니다.』

적어도 이렇게 대답한 시점에서 소피가 평범한 이사꾼일 리가 없었다.

"괜찮습니다."

프란체스카가 루이스를 똑바로 보며 말했다.

"소피라면 괜찮아요. 제가 보증하죠."

"……그런가."

프란체스카의 눈동자에는 좀처럼 보이지 않는 강한 신뢰가 깃들어 있었다.

그러나 루이스에게는 저 소녀를 고용한 책임이 있었다. 신중함보다 나은 건 없다.

그때…… 루이스는 문득 기척을 느꼈다.

저 멀리 거대한 멧돼지가 보였다. 온몸은 이끼 같은 녹색이고, 입가에는 희고 굵은 엄니가 삐어 나와 있었다.

"찾았다. 바로 쓰러뜨리자!"

선수를 칠 수 있다는 건 의미가 크다. 루이스는 지팡이를 휘둘러, 바람의 창을 만들어 냈다.

크르르르 하는 소리를 내며 바람의 창이 발사됐다. 창은 흩날리는 벚꽃잎을 끌어들이며 멧돼지 몸통에 꽂혔다.

멧돼지가 비명을 지르고, 나뭇진 같은 호박색 피가 사방으로 튀었다.

그러나 멧돼지를 쓰러뜨리지는 못했다. 상처를 입은 멧돼지는 잔뜩 화가 나서 이성을 잃은 상태로 루이스에게 돌진했다.

"프란, 방어를!"

"알겠습니다!"

루이스의 정면에 반투명한 벽이 세워져서, 달려오는 멧돼지를 저지했다.

강렬한 충격에 땅바닥이 흔들렸다. 보통 마법사라면 0.1초도 막지 못하고 지금쯤 루이스는 벽과 함께 가루가 되었을 것이다.

"더, 더 이상 못 버텨요!"

"조금만 참아! 지금 **모으고 있다!**"

루이스는 머릿속으로 이 멧돼지의 위험도를 올렸다.

멧돼지는 몸에 창이 꽂혀 있는데도 전혀 겁먹지 않았다. 좀 더 강력한 마법이 필요했다.

"가랏!"

멧돼지 머리 위에 아까보다도 거대한 바람의 창이 세 자루 등장했다.

창은 모두 멧돼지의 거구에 꽂혔다. 그 직후 루이스가 지팡이를 휘두르자, 창끝이 멧돼지의 몸 안에서 작열하여 내장을 조금씩 찢어버렸다.

멧돼지가 움직임을 멈추고 쓰러졌다.

"……생각했던 것보다도 힘을 많이 썼군."

땀을 닦는 루이스 앞에서 멧돼지의 몸이 안개처럼 흩어져 사라졌다. 사방으로 튄 나뭇진 같은 피도 검은 입자가 되었다.

그 뒤에 남은 것은 센류가 설명한 대로 주먹 크기 정도의 핵이었다.

"프란, 곧바로 소피를 찾는다. 역시 혼자 감당할 수 있는 상대가 아니야."

프란체스카는 그런 루이스의 발언에 뭔가 말하고 싶은 듯한 표정을 지었다.

그 찰나, 프란체스카의 얼굴빛이 변했다.

"루이스 님! 아래예요!"

"뭐—?!"

프란체스카의 경고와 동시에 뭔가가 루이스의 발목을 붙잡아서 기세 좋게 들어 올렸다.

"윽?!"

루이스는 강렬한 원심력에 의해 몸이 삐걱거리는 중, 자기 다리를 붙잡은 **팔**을 보았다.

나무 위에 녹색 원숭이가 있었다. 원숭이치고는 크지만, 그 이상으로 지나치게 긴 팔이 특징적이었다. 가지 위에 있는데도 불구하고 다른 쪽 팔이 땅바닥까지 늘어졌다.

이 원숭이는 땅바닥을 뒤덮은 벚꽃 밑에 팔을 숨기고 있었던 것 같다.

루이스는 올무에 걸린 동물 같은 기분이었다.

"안 돼! 피해!"

원숭이가 루이스를 휘둘러 프란체스카를 공격하려 했다.

프란체스카는 한순간 방어 마법을 발동하려고 했지만, 아까처럼 벽을 만들면 루이스가 벽에 내리쳐진다.

"꺄악?!"

루이스와 프란체스카는 속수무책으로 충돌했다.

원숭이는 얼른 루이스를 다시 잡았다. 마치 둔기 같은 취급이었다.

—위험해.

루이스는 초조했다. 휘둘리는 사이에는 마법이 명중하지 않는다. 프란체스카의 엄호를 기대할 수밖에 없지만, 프란체스카는 방금 입은 부상으로 뼈라도 부러졌는지 반응이 둔했다.

어떻게 하지? 루이스가 대책을 생각하고 있는 그때—.

펑! 하는 소리와 함께, 루이스를 붙잡고 있던 원숭이의 팔이 끊어졌다.

"괜찮으십니까?"

원숭이가 비명을 지르는 와중에 여유롭게 루이스에게 걸어오는 인물이 있었다.

쌓일 대로 쌓인 벚꽃잎의 길을 유유히 걷는 그 소녀는— 소피였다.

"자네……."

소피의 발치에서 숨어 있던 원숭이 팔이 튀어나왔다.

그러나 소피는 그것을 끝까지 지켜보다가 옆으로 훌쩍 뛰어서 간단히 피했다.

"전망이 조금 안 좋군요."

소피가 지팡이를 휘두르자, 회오리바람이 주변 일대를 포위했다.

땅바닥에 쌓였던 벚꽃잎이 전부 공중에 떠올랐다.

"풍경을 해치는 건 마음 아프지만, 이해해 주세요."

원래의 아름다움은 확실히 손상되었을지도 모른다.

그러나 루이스는 오히려 지금 이 풍경에서 정취를 느꼈다.

'……아름답구나.'

허공에 뜬 벚꽃은 마치 하늘처럼 주위를 감쌌다. 단 한 명의 소녀가 만들어 냈다고는 생각하기 어려운 환상적이고 화려한 경치였다.

흩날리는 벚꽃이 도망치지도 숨지도 못하게 된 원숭이를 에워쌌다.

꽃잎을 공중에 띄우기만 한 게 아니다. 소피는 벚꽃에 마력을 불어 넣어 무기로 활용했다.

대량의 벚꽃이 조용히 원숭이를 뒤덮어— 압살했다.

"휴…… 이걸로 세 마리째네요."

바람이 확 불어와서, 공중에 떴던 벚꽃이 흩날리며 떨어졌다.

원숭이를 감싸고 있던 벚꽃도 흩어지고, 도르르 하는 소리를 내며 핵이 떨어졌다.

지금 세 마리째라고 했나? 이쪽이 분신을 한 마리 쓰러뜨린 것을 파악한 건 그렇다 쳐도— 소피는 이미 한 마리를 쓰러뜨렸는데 아직도 저 정도의 마법을 사용할 여유가 있다고?

루이스는 식은땀을 흘렸다. 신수의 분신 때문이 아니라 저 이삿짐센터 소녀의 실력에…….

"……프란. 저 소녀는 대체 어떤 사람이지?"

루이스는 프란체스카의 상처를 치유 마법으로 치료하면서 물었다.

움직일 수 있게 된 프란체스카가 천천히 몸을 일으켰다.

"하나, 마법 학원을 수석으로 졸업할 것."

프란체스카는 손가락을 세우고 말했다.

무슨 말을 하는 거야— 루이스는 그렇게 생각했다.

"둘, 현재 소유자에게서 계승 허가를 얻을 것."

하지만 그 조건은 들은 기억이 있었다.

바로 어떤 **칭호**를 획득하기 위한 조건—.

"셋, 국가를 제외한 어떠한 조직에도 속하지 않을 것을 평생 맹세할 것."

프란체스카가 세 번째 손가락을 세우고 말했다.

"설마……."

"바로 그 설마입니다."

프란체스카는 고개를 끄덕였다.

"이 모든 조건을 만족하는 마법사는 이 나라에서 어떤 칭호를 부여받죠."

그렇게 말하고 프란체스카는 소피 쪽을 바라보았다.

흩날리는 벚꽃은 마치 소피를 축복하는 요정 같았다.

"『시대의 마법사(로드 오브 위저드)』— 소피 이잘리아. 그녀는 이 시대를 대표하는 마법사예요."

시대의 이름이 붙는 마법사.

그 칭호를 가진 자는 이 시대에서 가장 우수한 마법사로 여긴다. 나라에서도 칭호를 가진 마법사는 귀하게 모시고, 여차할 때는 모든 편의를 봐준다고도 한다.

그러나 그 호들갑스러운 칭호와는 반대로 공식 무대에서는 별로 보이지 않았다.

칭호의 세 번째 조건 때문이었다. 지나치게 우수한 마법사가 어느 조직에 속하면, 조직 사이에 있는 힘의 균형이 깨지고, 최악의 경우 국가의 내부 분열을 일으킨다. 그래서 시대의 마법사로 선택된 마법사는 정치에도 군사에도 관여할 수 없으며 공식 무대에도 좀처럼 등장하지 않는다.

나라에서도 섣불리 이 마법사의 존재를 알려서 분쟁의 불씨가 되면 곤란하다는 사실을 알고 있으리라. 그렇기에 시대의 칭호가 붙은 마법사는 숨어 있는 경향이 많다. 일부 권력자는 알고 있지만, 마법을 잘 모르는 일반 시민은 애초에 호칭의 존재조차 모르는 사람도 많았다. 역사의 그늘에 숨어 있는 일이 많은 명예직이었다.

그럼에도 마법을 수련하고 갈고닦아 끝까지 가 보려는 자라면 누구나 한번은 그 존재를 동경했다.

궁정 마도사 루이스도 그중 한 사람이었다. 마법 학원에 재학 중일 때는 그걸 목표로 삼은 시기도 있었다. 설령 공식 무대에 오를 수는 없다 해도, 그 지위를 동경했다.

그야말로 **마법사의 그림자 고문.**

그 존재가 지금 눈앞에 있었다.

"그런, 가……."

루이스는 작게 중얼거렸다.

"시대의 마법사는 어떤 조직에도 속할 수 없지. 즉, 궁정 마도사도 될 수 없어. 그래서 저 소녀는 이삿짐센터를 가장해서……."

"아, 아뇨, 그건 아니에요."

이삿짐센터는 어디까지 세상의 눈을 피하는 일시적인 모습……루이스는 그렇게 추측했지만, 옆에 있는 프란체스카가 부정했다.

"소피는 학교에 다닐 때부터 이삿짐센터를 열 생각이었어요. 아니, 이삿짐센터를 차리려고 마법 학원에 들어왔죠."

뭐? 루이스의 머릿속에 무수한 물음표가 떠올랐다.

이삿짐센터를 하려고 마법 학원에 들어갔다고……?

그게 무슨 말이지?

"저도 학생 시절에는 그렇게 반응했죠……."

프란체스카가 어딘지 그리운 듯이 루이스를 보고 고개를 끄덕였다.

명예로운 마법 학원에 그런 이유로 입학하는 학생이 있다니……
당시의 프란체스카는 소피라는 존재를 발견한 뒤 날마다 의문을 품을 수밖에 없었다.

"핵을 회수했습니다. 센류 님께 가지고 가죠."

소피는 두 사람에게는 관심을 주지 않고 핵을 주운 뒤 말했다.

제정신을 차린 루이스는 만일을 위해 감지 마법을 사용했다. 마력을 주위에 흩뿌려서 적의 소재를 찾기 위한 마법이다.

분명히 처음에 감지했던 분신 셋의 반응은 모두 사라졌지만—.

"—잠깐만, 뭔가 다가온다!"

새로운 반응이 접근하고 있었다.

지팡이를 쓸 자세를 취한 루이스 옆을 작은 그림자가 달려서 빠져나갔다.

"분신?! 네 마리째인가요?!"

회색 털가죽을 걸친 그림자였다.

그림자는 속도를 늦추지 않고 돌아서 다시 돌진해 왔다.

"왜 이리 빨라?!"

"농락당하지 마라! 요격 진형을 갖춘다!"

프란체스카와 루이스가 서로 등을 맞댄 자세로 각각 지팡이를 잡았다.

그림자는 낯선 진형에 안 좋은 예감이 들었는지 표적을 소피로 바꾸고 돌진했지만— 공교롭게도 그 소녀는 궁정 마도사 두 사람과 비교해도 도저히 균형이 안 맞는 마법사였다.

소피는 다가오는 그림자를 향해 지팡이를 한 바퀴 돌리며 가볍게 아래로 휘둘렀다.

"이 녀석."

"아얏?!"

쿵, 하는 소리를 내며 그림자가 땅바닥에 내동댕이쳐졌다.

그림자는— **비명을 질렀다.**

"장난치고는 도가 지나치군요."

"윽…… 뭐, 뭐야, 지금 그건……?!"

그림자가 천천히 일어섰다.

분신이 아니었다. 거기 있는 건 동물 털가죽을 뒤집어쓴, 열 살 정도 된 소년이었다. 소년은 붉게 타오르는 불꽃같은 머리카락을 진흙과 꽃잎으로 범벅을 하고 소피를 노려봤다.

"아이? 왜 이런 곳에 아이가……?"

하지만 마경으로 이름난 앵선향에 평범한 아이가 들어와 헤맬 리가 없었다.

"여기서 나가! 너네, 센류를 데려갈 나쁜 놈들이지!"

무슨 얘기지……?

소피 일행 세 사람은 얼굴을 마주 보았지만, 아무도 이 소년의 정체가 무엇인지 짚이는 구석이 없었다.

"……아무튼 센류 님 계신 곳으로 데리고 갈까요?"

소피의 제안에 다른 두 사람이 고개를 끄덕였다.

소년은 센류와 아는 사이 같았다. 상세한 것은 센류에게 물어보는 것이 좋을 것 같았다.

◆

분신의 핵을 센류에게 가지고 가니, 센류는 우선 소피 일행이 무사한 것을 알고 안도했으나 곧 그 옆에서 토라져 있는 소년을 보고 한숨을 쉬었다.

"미안하다. 아르가 폐를 끼친 것 같구나."

"센류! 이런 놈들한테 사과할 필요 없어! 이놈들은 널 데려가려고 해서— 윽?!"

큰 나무도 가볍게 쓰러뜨릴 수 있는 센류의 거대한 손바닥이 소년을 땅바닥에 부드럽게 내리눌렀다.

센류는 다시 깊은 한숨을 토했다. 센류의 가늘고 긴 수염이 숨결에 날려서 공중에서 흔들렸다.

"아르라고 하는군요."

"……그래."

센류는 소피의 물음에 아르를 누른 채로 수긍했다.

"아르는 내가 키운 아이다."

"……키운?"

소피 일행이 고개를 갸웃했다.

센류는 아르가 조용해지자, 팔을 치웠다. 일어선 아르는 부루퉁한 표정으로 입을 열었다.

"난 버려졌거든. 여기에."

아르는 동정받기 싫은지 아무하고도 눈을 맞추지 않았다.

센류가 덧붙여 이야기하기 시작했다.

"10년 전…… 벚꽃과 함께 뭔가 조그만 덩어리가 이 강을 떠내려 왔다. 장난삼아 건져 보니, 그건 짚으로 짠 바구니였고…… 그 안에는 어린 아기가 있었지."

그것이 아르였다.

"지금까지 갈팡질팡하며 키웠다. 다행히 내가 인간의 언어를 알고 있어서 말을 가르칠 수 있었지만, 너희가 본 것처럼 거친 성격이 되어 버렸다. ……이게 반항기일까."

"아냐!"

아르가 뺨을 살짝 붉히고 외쳤다.

"역시…… 그래서 **나쁜 놈**인가."

루이스가 작은 소리로 중얼거렸다.

센류를 데려갈 나쁜 놈— 아르는 소피 일행을 보고 그렇게 말했다.

아르에게 있어서 센류는 키워 준 부모다. 그렇다면 자기 부모를 어디론가 데려가려는 소피 일행은 확실히 나쁜 놈으로 보일지도 몰랐다.

"아르라고 했던가. 미안하지만, 이쪽도 물러날 수는 없어."

"……왜."

"신수에게는 황폐한 토지를 회복시킨다는 사명이 있어. 센류 님은 오래도록 이 땅에서 요양하고 계셨는데, 그 사이에 몇 군데 토지가 황폐해져 버렸다. 다시 사명에 다시 힘써 주시지 않으면 이 나라의…… 아니 이 세계의 토지가 죽어 버릴 수도 있다."

특별히 공표하지는 않았지만, 사태는 심각했다.

확실히 궁정 마도사가 동원될 만한 일이었다. 그들에게도 이건 실패할 수 없는 임무였다.

"게다가 토지를 회복시키는 신기는 **인간에게 있어선 독이야.**"

"……읏."

루이스의 발언에 아르의 얼굴이 굳어졌다.

"마음에 짚이는 게 있는 거지?"

"별로…… 그런 거 없어."

"거짓말하면 못써."

루이스는 아르에게 다가가서 그의 상의를 말아 올렸다.

아르의 옆구리 일부가 갈색으로 칙칙하게 변해 있었다. 마치 나무 뿌리처럼, 살결도 거칠거칠했다.

프란체스카는 눈이 휘둥그레져서 경악했다. 그러나 루이스와 소피는 눈치채고 있었다. 아까 아르에게 습격당했을 때, 아르의 옷이 올라가서 이 갈색 피부가 드러났기 때문이다.

"인간은 신기를 계속 쐬면 몸이 변해 버려. 처음에는 겉모습이 변할 뿐이지만 곧 내부에까지 영향이 미쳐서 이윽고 죽음에 이르지. 센류 님이 이곳에 더 머물게 되시면 신기가 사람이 사는 땅까지 새어 나올 수도 있어. 그러니 우린 물러설 수 없다."

신수는 신기라는 기운을 늘 방출하고 있다. 이것은 토지를 회복하기 위한 약이기도 하지만, 루이스의 말대로 인간에게는 독이 되었다.

이미 그 신기의 영향을 받고 있는 아르가 이를 이해하지 못할 리 없었다.

"아르. 너도 알고 있지? 우리는 더 이상 함께 지낼 수 없다."

"……."

아르는 센류의 말에 이를 세게 물었다.

센류는 그런 아르를 보고 죄책감을 느끼는 듯 커다란 턱을 우물거렸지만, 더 이상 아르에게 할 말을 찾지 못하겠는지 소피 쪽을 바라보며 말했다.

"……이삿짐센터. 나머지 분신도 회수해 줬으면 한다."

"……알겠습니다."

◆

소피 일행은 네 번째 분신을 찾기 위해 앵선향을 거닐었다.

땅에 뻗어 있는 나무뿌리를 넘고 어깨에 떨어진 벚꽃잎을 털어내고 있는 와중에 루이스가 입을 열었다.

"……어떻게 하지?"

루이스가 아무렇지 않게 뒤쪽을 보고 말했다.

"……따라오고 있네요."

프란체스카도 슬쩍 뒤돌아서 말했다.

아까부터 아르가 따라오고 있었다. 일정 거리를 유지하며 이쪽 상태를 살폈다.

"이대로 밀당을 계속할 정도라면 합류하는 편이 나을 거예요."

소피의 제안에 프란체스카와 루이스가 고개를 끄덕였다.

센류의 분신은 쓰러뜨리기 힘든 수준이라, 아르까지 경계하며 싸우는 건 번거로웠다.

그렇다면 차라리 처음부터 옆에 있어 주는 편이 나았다.

"어차피 따라올 거면 좀 더 가까이 오는 게 어때요?"

"……칫."

말을 걸자, 아르는 놀란 모습을 보였지만 이윽고 단념한 듯이 다가왔다.

"잘도 알아차렸네."

"감지 마법이에요."

"……그게 뭔데?"

아르가 고개를 갸웃거렸다. 마법에 대해서는 자세히 모르는 것 같았다.

"왜 따라오죠?"

"당연히 너네를 방해하기 위해서지. 센류를 아무 데도 못 가게 할 거야."

"아르는 센류랑 떨어지고 싶지 않군요."

"당연하지."

확실히 당연한 말이었다.

아르에게 있어서 센류는 부모였다. 친부모에게 버려졌다는 자각이 있는 아이에게 부모 같은 존재였다. 떨어지고 싶다고 생각할 리 없었다.

"하지만 문제없어. 센류의 분신은 모두 강한걸. 어차피 너네는 상대가 안 돼!"

"하지만 우린 이미 세 마리를 쓰러뜨렸어."

"남은 셋은 특별하다고! 너희가 쓰러뜨린 건 시시한 애들이야!"

아르는 정말로 여유롭게 말했다.

"하지만 센류 님은 이 땅을 떠나야 한다는 걸 받아들이고 있어요."

그렇기에 소피에게 이사를 의뢰했다.

프란체스카가 사실을 말하자, 아르는 입을 굳게 다물고 중얼거렸다.

"……시끄러워. 맘이 바뀔지도 모르잖아."

열 살짜리 아이는 이런 느낌이었나, 하고 소피는 생각했다.

조금 기묘한 인생을 살아온 소피에게 있어서 자신의 과거는 별로 도움이 안 되지만, 당시 주위에 있던 동갑내기 아이들을 떠올렸다.

감정과 이론의 싸움. 그 당시에는 언제나 감정이 이론을 이겼던 것 같다.

그것은 이론을 생각할 수 있을 만큼 두뇌가 발달하지 않았기 때문이기도 하고…… 아이들이 사람이나 사물을 소중하게 여기는 마음이 더 강하기 때문이기도 했다.

그때 누군가의 뱃속에서 꼬르륵 소리가 났다.

"죄, 죄송해요…… 저예요."

"그러고 보니 아직 식사를 하지 않았군."

루이스는 창피해서 얼굴이 빨개진 프란체스카에게 말했다.

아르는 프란체스카를 비웃었다.

"뱃속 꼬르륵 드릴."

"찔러버릴 거예요!"

"드릴은 부정하지 않네……."

아르는 프란체스카가 생각보다 놀림당하는 것에 익숙해서 당황했다.

프란체스카는 머리 모양에 관해서는 학생 시절부터 자주 놀림을 받았다.

"그럼 식사할까요?"

소피는 지팡이를 쥐고 《소환(서먼)》이라고 주문을 외웠다.

그러자 소피의 발밑에서 팔이 달린 상자가 나타났다.

"그, 그게 뭐야!"

"미믹이에요. 모르나요?"

"내가 어떻게 알아! 그런 건 앵선향에 없단 말이야!"

미믹은 놀라는 아르를 무시하고 상자 뚜껑을 열었다.

상자 속에는 맛있어 보이는 샌드위치가 들어 있었다.

"식량은 지참하라고 해서 만들어 왔는데…… 조금 많은 것 같네요. 괜찮다면 여러분도 드세요."

"크으, 여성스러움을 티 내는 건가요……?!"

"그렇게 대단한 건 아니지만, 싫으면 됐어요."

"앗?! 머, 먹을 거예요!"

루이스와 프란체스카도 가지고 온 식사를 펼쳤지만, 어느 쪽이나 간소한 휴대 식량이었다. 여러 사태를 예상해서, 먹기 쉽고 운반하기 쉬운 것을 골랐을 것이다. 언제든 소환 가능한 미믹을 도시락 상자 취급하는 소피의 능력이 반칙일 뿐이었다.

"아르도 먹을래요?"

"……줘 봐."

소피는 샌드위치가 든 미믹을 아르 쪽으로 바짝 댔다.

동시에 프란체스카가 아르의 손을 보았다.

"아르, 손에 진흙이 묻었어요. 이걸로 닦아요."

"이대로 괜찮아. 밥 먹는 데 손 같은 건 안 써."

"뭐라고요?"

아르는 손수건을 내미는 프란체스카를 무시하고, 미믹 속에 얼굴을 집어넣더니 손이 아니라 입으로 샌드위치를 꺼냈다. 미믹이 놀라서 펄쩍 뛰었다.

아르는 샌드위치를 그대로 땅바닥에 떨어뜨리더니 동물처럼 입만 사용해 우적우적 먹었다.

"잠깐만?! 어, 어째서 그렇게 버릇없이 먹는 거예요?!"

"센류 같은 소리 하지 마. 난 이게 제일 먹기 편하단 말이야."

센류가 가르친 식탁 예절은 아닌 듯했다. 그렇다면…… 앵선향에 사는 동물의 흉내일까.

"이거 뭐야?! 맛있잖아? 엄청 맛있어!"

아르는 버릇은 없어도 먹성은 좋았다.

샌드위치를 처음 먹어 보는 걸까? 소피가 물었다.

"평소에는 뭘 먹죠?"

"나무 열매나 물고기. 그리고 고기."

자급자족은 할 수 있는 듯했다. 아르의 몸은 앙상하지 않았고 오히려 근육질이었다. 먹을거리는 제대로 섭취하고 있었다.

그래도 평범한 사람하고는 거리가 꽤 있었다.

"뭐랄까…… 몸에서 냄새가 많이 나는데요."

"요즘 비가 안 왔거든."

아르는 빗물로 샤워를 하는 듯했다.

위생 관념도 낮아 보였다.

"그럼……."

프란체스카는 아르의 이야기를 듣고 식사하던 손을 멈췄다.

이어질 말은 소피도 예상이 갔다.

이건— 상상 이상으로 심했다.

대화를 나누는 것은 문제없지만, 그 이외에는 거의 바람직하지 않았다. 인간의 생활 방식이 아니었다.

센류를 책망할 생각은 조금도 없으나, 역시 신수라 해도 사람 아이를 키우는 건 어려워 보였다.

"그 옷은 어디서 얻은 건가요? 치수가 안 맞는 것 같은데……."

"줍거나 뺏은 걸 적당히 입었어."

아르는 누더기 같은 옷을 입고 있었다. 잘 보니 셔츠 자락에는 여자 옷 같은 자수가 놓여 있고, 신발은 좌우가 짝짝이였다. 앵선향에는 때로 관광객이나 모험가가 찾아오기도 하는데, 그 사람들에게서 얻은 것이리라.

"음."

입안의 샌드위치를 삼킨 루이스가 지팡이를 꺼내 들었다.

소피도 입가를 닦은 후, 침착하게 지팡이를 쥐었다.

"가까이에 있군요."

"그래. 하지만…… 눈에 보이지 않는군."

아르는 갑자기 분신의 기색을 감지한 소피 일행을 보고 고개를 갸웃거렸다.

"갑자기 왜 그래?"

"분신이 가까이 있어요. 하지만 왠지 모습이 안 보이네요."

소피가 그렇게 말하자, 아르는 건방진 웃음을 띠었다.

"맛있는 걸 먹게 해 줬으니까 가르쳐 줄게. 너희가 쓰러뜨린 분신 세 마리는 전투 타입이고, 가장 단순한 놈들이야. 하지만 남은 세 마리는 달라. 모습이 보이지 않는 놈이 있다면 그놈은 은밀 타입이야. 몸을 투명하게 만들 수 있어."

소피는 아르가 유난히 자세히 가르쳐 주자 의문을 품었다.

"쓰러뜨려도 괜찮은가요?"

"쓰러뜨릴 수 있을 리가 없잖아. 투명한데? 생각해 보니까 방해할 필요도 없잖아."

아르는 이미 안심한 모습으로 다시 샌드위치를 먹기 시작했다.

소피는 그런 아르에게 동정에 가까운 감정을 품었다.

아아, 이 아이는 **마법을 모르는구나.**

"그럼 쓰러뜨리겠습니다."

일부러 그렇게 선언한 건 속죄하고 싶어서일지도 몰랐다. 아르 앞에서 분신을 쓰러뜨리는 건 마음이 아프지만…… 그래도 쓰러뜨려야 했다.

소피는 센류가 말한 두 번째 과제를 이해했다.

꽤 잔혹한 과제였다.

"우선 모습을 포착하죠."

감지 마법으로 대략적인 위치는 파악할 수 있지만, 역시 눈으로 볼 수 있는 편이 거리감 등을 잡기 쉬웠다.

소피는 발밑의 벚꽃을 띄워서 바큇살 모양으로 쏘았다. 그러자 사선 방향의 앞쪽 공간에서 벚꽃잎이 뭔가에 부딪쳐 공중에서 정지했다.

지체하지 않고 소피가 지팡이를 휘두르자, 꽃잎이 그 물체에 달라붙었다.

분신의 윤곽이 서서히 확실하게 드러났다. 커다란 늑대 같은 모습이었다.

다음 순간, 늑대 꼬리가 단숨에 팽창하여 뭔가를 날렸다.

소피를 포함한 세 마법사는 직감에 따라 정면에 방어 장벽을 만들었다.

장벽에 명중한 무언가가 땅바닥에 타다닥 떨어졌다. 그것을 본 프란체스카는 눈살을 찌푸렸다.

"이건…… 바늘인가요?"

"이거 또 위험한 분신이군……."

투명해질 수 있는 데다 꼬리에서 바늘을 날리는 분신 같았다.

위험했다. 적의 모습을 파악하는 것보다 공격을 먼저 했다면 지금쯤 이 바늘 공격을 받았을지도 모른다. 지금은 전조가 보였기 때문에 간신히 막아 낼 수 있었다.

"프란체스카, 가둬요."

"읏! 알았어요!"

동급생이었던 만큼 프란체스카는 소피의 의도를 금세 알아차렸다.

프란체스카는 바늘을 막으며 장벽으로 분신을 에워쌌다. 분신은 옆쪽으로 훌쩍 뛰어 물러나려고 했지만, 소피가 추가로 장벽 두 개를 펼쳐서 분신의 움직임을 사방으로 완전히 봉인했다.

"루이스 님, 일격을!"

"그래."

루이스가 프란체스카의 외침에 호응하여 지팡이를 아래로 휘둘렀다.

바람의 창이 분신을 바로 위에서 꿰뚫었다.

"이걸로 네 마리째군."

분신이 흩어져 사라지고 핵이 나타나는 것을 보고, 루이스가 한숨을 돌렸다.

예상보다는 간단히 쓰러뜨렸지만, 어떻게 생각해 보면 당연한 일이었다.

궁정 마도사가 두 사람, 거기에 『시대의 마법사』의 계승자가 있다. 방심할 순 없지만, 이 세 사람이 연대하면 지는 일은 없을 것이다.

그러나— 아르가 그들의 능력 같은 걸 알 리가 없었다.

"……어?"

아르는 상처 하나 없이 간단하게 분신을 쓰러뜨린 소피 일행을 보고 눈을 크게 떴다.

"뭐, 뭐야, 그건……."

아르는 떨리는 목소리로 말했다.

아르는 좁은 보폭으로 뒤로 물러났다. 푹, 하고 벚꽃잎이 찌부러지는 소리가 났다.

"그런 힘…… 지금까지 본 적이……."

아르의 눈은 소피 일행을 마치 괴물인 것처럼 쳐다봤다.

말도 안 돼…….

믿어지지 않아…….

아르의 표정이 심하게 일그러졌다.

"……!"

"아르?!"

아르는 어딘가로 달려가 버렸다. 프란체스카가 외쳐도, 아르는 달리기를 멈추지 않았다.

소피 일행은 순식간에 멀어져 가는 작은 뒷모습을 복잡한 심경으로 바라보았다.

"지금까지 앵선향에서 살았으니 괜찮을 테지만 만에 하나의 일도 있으니까. 내가 쫓아가지."

"저도 갈게요."

연이은 싸움으로 마력의 소모가 극심했다. 프란체스카는 루이스 혼자 보내는 것은 불안하다고 판단했다.

아무렇지 않은 소피 쪽이 보통이 아닌 것이다.

"……그럼 저는 핵을 센류 님에게 넘겨 드리고 오겠습니다."

소피도 아르의 행방이 신경 쓰였지만, 두 사람을 믿고 남은 일을 하기로 했다.

게다가…… 센류에게는 묻고 싶은 게 있었다.

◆

아르는 무작정 달렸다.

닥쳐오는 현실에서 도망치듯 계속 달렸다.

갈 곳 따위 있을 리 없었다. 처음부터 자신이 있을 곳은 여기뿐이었다.

자신이 있을 곳은— 센류의 옆뿐이다.

“아르! 어디 있나요?!”

어디선가 크게 아르의 이름을 부르는 소리가 들렸다.

아르는 무시하고 계속 달렸다.

숙련된 모험가조차 방심하면 길을 잃는다는 앵선향이지만 아르에게는 익숙한 정원이기 때문에 헤맬 리가 없었다.

여기에서 센류와 함께 계속 살아가리라고 생각했다.

그런데—.

‘저게 뭐냐고…….’

아르는 달리면서 아까 일을 떠올렸다.

인간이 앵선향에 들어온 일은 지금까지도 몇 번이나 있었다. 마물을 토벌하기 위해 온 모험가, 뭔가를 조사하러 온 기사, 호기심 왕성한 마을 사람, 장삿거리를 찾는 상인, 그 외에도 연구자나 예술가 등 많은 이가 앵선향에 왔었다.

그러나 그런 사람들은 금방 흩어져 달아났다.

그들이 마물이라고 생각한 센류의 분신은 아주 강했다. 앵선향을 찾아온 모험가나 기사는 차례로 앙갚음을 당했다. 자신감이 가득했던 그들의 얼굴이 공포로 일그러져 가는 모습을 보는 건 앵선향에서 사는 아르에게는 조금 통쾌했다. 아르는 「이 땅을 우습게 보지 마」라고 늘 생각했다.

바로 최근에도 갑옷을 단단히 걸친 기사들이 앵선향을 찾아와서 센류와 뭔가 이야기를 나눴다. 내용을 엿들어 보니, 기사들은 센류에게 앵선향을 떠나 줬으면 좋겠다는 부탁을 하고 있었다.

그래서 아르는 그들을 습격했다. 그러자 기사들은 당황한 기색으로 일단 나갔다가 다시 오겠다는 뜻을 센류에게 전하고 앵선향을 떠나려 했다. 하지만 그들은 앵선향을 떠나기 전에 분신을 만나 싸우게 되었다. 기사들은 저항하려 했으나, 분신에게 대적하지 못하고 간신히 달아났다.

아르는 그 모습을 보고 문제없다고 생각했다. ……저런 놈들이 올 때마다 분신들이 쫓아내 준다. 센류는 앵선향을 떠나는 걸 받아들인 것 같았지만, 저 녀석들이 다시 오지 않으면 분명 센류의 마음도 변할 것이다.

여기는 우리 정원이다.

누가 와도 결코 당해내지 못하는 인외마경…… 그곳이 나랑 센류가 있을 곳이다.

그렇게 생각했는데…….

'저 녀석들은…….'

좀 전의 광경이 뇌리에 새겨져 있었다.

지금까지 온 인간은 모두 꼬리를 말고 도망쳤다.

하지만— 저 녀석들은 다르다.

솔직히 말하면, 처음에 분신 세 마리가 쓰러졌을 때는 착각이라고 생각했다. 분명히 운이 좋아서 쓰러뜨린 거겠지. 운이라면 문제없다. 행운이 몇 번이나 계속되지는 않을 테니까. 그들도 네 번째 분신을 쓰러뜨리지 못하고 다른 놈들과 마찬가지로 결국 도망치리라고 생각했다.

그러나 현실은 달랐다.

저 녀석들은— 정말로 강하다.

지금까지 온 방문자들하고는 완전히 달랐다.

드디어 본격적으로 왔다…… 그렇게 느꼈다.

"어떡하지……."

아르는 굵은 나무 밑동에 웅크리고 앉아서 자기 몸을 껴안고 떨었다.

괜히 분신의 특징을 알려줬다.

그 녀석들이라면 분신을 전부 쓰러뜨릴 것이다.

그럼 나는…….

그럼 센류는…….

"센류가…… 진짜로 떠나 버려……!"

◆

프란체스카와 루이스가 아르를 쫓는 한편, 소피는 센류에게 분신의 핵을 돌려주었다.

"네 번째 핵입니다."

"고맙구나. 이걸로 이제 두 개가 남았어."

핵이 센류 앞에서 둥실둥실 떠서 빛의 입자가 되었다. 그 입자는 센류의 몸으로 빨려 들어갔다.

"아르가 폐를 끼쳤나?"

"아뇨, 괜찮았습니다. 오히려 분신의 특징을 가르쳐 줬어요."

"그 애가 너희에게 협력한 건가?"

"협력이라기보다는…… 아마 우리로는 분신을 쓰러뜨리지 못할 거라고 생각해서 가르쳐 준 것 같습니다."

본인은 소피 일행을 도울 생각은 손톱만치도 없었을 것이다.

센류는 「그런가.」 하고 짧게 맞장구를 쳤다.

"내 제어를 벗어난 분신은 독자적으로 진화하기 시작했다. 요양에 전념하느라 움직이지 못한 나보다 아르가 더 상세히 알 수도 있을 거다."

「그렇군요.」 하고 소피는 고개를 끄덕였다.

센류의 등을 잘 보니, 벚꽃 잎이 많이 쌓여 있었다. 아무리 벚꽃이 많이 흩날리는 생선향이라 해도 짧은 시간에 이렇게까지 쌓이지는 않는다. 센류는 몸을 별로 움직이지 않는 것 같았다.

"센류 님. 과제는 두 개 있다고 하셨지요."

소피는 차분한 표정으로 물었다.

"두 번째는 아르를 말씀하시는 건가요?"

"……그래."

센류는 조용히 한숨을 내쉬었다.

그 한숨에는 살짝 긴장감이 어려 있었다.

"아르는 더 이상 신기를 쐬면 안 돼. 그래서 난 이제 아르 옆에는 있을 수 없다. 게다가 너도 알겠지만, 아르는 나 때문에 비뚤어진 채로 성장했다. 아마 그건 옳지 않은 생활 방식이겠지."

"……그렇군요."

아르는 식사법이나 위생 관념 등 인간답지 않은 방법으로 살고 있었다.

이대로는 병에 걸릴 가능성도 높을 것이다. 센류가 인간에 관한 지식이 있는 덕에 아직 고칠 수 있는 범위이긴 하지만 언제까지나 계속해도 괜찮은 건 아니었다.

"네 말대로 그게 두 번째 과제다. 부탁한다. 아르를 인간 세상으로 돌려보내 다오. 그렇지 않으면 나는 안심하고 여행길에 나설 수 없다."

어딘가 먼 곳을 바라보는 듯한 센류의 눈동자는 자애에 차 있었다. 센류는 이미 아이를 지켜보는 부모 그 자체였다.

"미안하다. 이런 일은 이삿짐센터를 하는 네게 부탁할 일이 아니라는 건 알지만……."

"아뇨, 부탁하실 상대는 제가 맞습니다."

소피는 센류를 똑바로 보며 말했다.

"즉, 센류 님은 아르의 이사를 의뢰하고 싶다는 말씀이신 거죠?"

"……음?"

"그렇다면 당연히 맡겠습니다. 저는 이사꾼이니까요."

소피는 가슴에 손을 대고 말했다.

센류는 아르를 앵선향이 아니라 사람이 사는 곳에서 맡아 주었으면 좋겠다고 부탁했다. 이게 이사 의뢰가 아니라면 뭐란 말인가. 그러니 소피에게 맡겨도 전혀 문제없었다.

하나도 사양할 필요 없다. 그렇게 암암리에 고한 소피를 보고 센류는 살짝 웃었다.

"부탁한다. 아르를 인간 사회로 이사시켜 다오."

"알겠습니다."

소피는 센류와 대면하여 이야기해 본 다음 알게 된 사실이 있었다.

신수에게도 인간과 같은 감정이 있다. 외로움도, 그것을 억누르는 감정도.

이 손님도— 진심으로 다가가야 할 상대였다.

"아르의 일은 제게 맡겨 주세요."

◆

그 후, 소피는 프란체스카 일행과 합류했다.

"그런 연유로 의뢰가 늘었어요."

소피는 센류에게 받은 의뢰에 대해 두 사람에게 설명했다.

프란체스카와 루이스는 갑작스러운 발표에 입을 떡 벌렸다.

"센류 님의 이사는 물론 확실하게 처리하겠지만, 제게는 어떤 의뢰든 똑같이 소중합니다. 그래서 앞으로 아르의 이사도 병행해서 진행하고 싶은데요."

"아니, 그거야 자네가 그래도 괜찮다면 우리도 할 말은 없지만……."

루이스가 정말로 괜찮겠느냐고 말하려는 듯이 걱정스럽게 소피를 보았다.

"그 아이를 설득하는 건 너무 어려울 것 같은데."

"……괜찮아요. 아마 아르는 그렇게까지 어리진 않을 거예요."

소피는 앵선향이라는 가혹한 환경에서 자란 아르를 유치한 인간이라고 생각하지 않았다. 아는 게 부족하고, 살아온 세계가 좁을 뿐이지 마음은 분명히 남들 이상으로 자라고 있다고 느꼈다.

"아르는 어디에 있나요?"

"저쪽이에요."

프란체스카가 가리키는 방향에 뾰로통한 표정으로 나무 밑동에 걸터앉은 아르가 있었다.

소피는 아르에게 다가갔다.

"아르, 중요한 얘기가 있어요."

"……뭔데."

소피는 아르와 같은 눈높이로 몸을 굽혀서 시선을 맞췄다.

"혹시 아르는 여기에서 센류 님과 헤어지면 다시는 못 만난다고 생각하는 건가요?"

"……생각하지. 나랑 센류가 떨어져야 하는 이유가 센류의 신기라면 그건 시간이 아무리 지나도 변하지 않잖아."

그 말이 맞다.

아르는 상황을 제대로 이해하고 있었다.

"그걸 내가 어떻게든 해 볼게요."

소피는 눈을 동그랗게 뜬 아르에게 말을 계속했다.

"언젠가 먼 미래가 될 수도 있지만…… 당신과 센류 님이 재회할 수 있도록 하겠어요."

"……어떻게?"

"신기에 견디는 방법이 있어요. 그걸 가르쳐 줄게요. 다만 방법을 익히는 데는 시간이 걸리기 때문에 아쉽지만 센류 님이 여행길에 나서기 전에는 불가능해요."

아르는 그렇게 말하는 소피를 수상하다는 눈길로 보았다.

"안 믿어. 그냥 적당히 거짓말하는 거지?"

마법을 잘 모르는 아르가 소피의 제안을 의심하는 건 무리도 아니었다.

소피는 프란체스카 쪽을 보았다.

"프란체스카, 나에게 불꽃을 쏘아 줄래요?"

"뭐?"

아르가 눈이 휘둥그레진 반면, 프란체스카는 「좋아요.」 하고 선뜻 고개를 끄덕이고 지팡이를 휘둘렀다.

다음 순간, 맹렬히 타오르는 불길이 소피를 태웠다.

"뭐?! 야?! 뭐 하는 거야?!"

너무나 뜨거운 열에 아르는 뒷걸음질 치며 외쳤다.

그러나 가만히 보니— 소피는 불꽃의 중심에서 아무 일도 없는 것처럼 가만히 서 있었다.

"내성 마법이라고 해요. 말 그대로 모든 내성을 익히는 마법이지요. 태워 버릴 듯한 열에도, 얼어붙을 듯한 추위에도 이 마법이 있으면 대처할 수 있어요."

프란체스카가 불을 껐다.

소피의 몸에는 상처 하나 없었다.

아르는 아무 소리도 내지 못할 만큼 놀랐다. 마법을 모르던 아르는 불에 타도 사람이 버티는 광경을 상상조차 못 했을 것이다.

"내성 마법을 사용하면, 신기를 쐬어도 어느 정도는 괜찮아져요. 실제로 우리는 센류 님 앞에서 언제나 이 마법을 사용하고 있고요."

"그, 그런 거야?!"

아르는 프란체스카와 루이스 쪽을 보았다. 두 사람도 고개를 끄덕였다.

엄밀하게 말하면 내성 마법을 써도 신기를 완벽하게 막을 수는 없다.

신기는 더위나 추위와는 사정이 다른, 인간의 지식을 초월한 힘이다. 어떠한 마법으로도 신기를 완전히 무력화시킬 수는 없다. 다만 내성 마법을 쓰면, 일시적으로 부담을 줄일 수는 있었다.

소피가 아는 한, 아르가 센류와 재회하기 위한 가장 좋은 지름길은 이 내성 마법의 습득이었다.

"시간은 걸릴지 모르지만, 내가 당신에게 이 마법을 전수하겠어요. 그 대신 내가 말하는 걸 들어 줄래요?"

소피가 차분한 표정으로 말했다.

"지금은 센류 님과 이별하는 걸 받아들이세요. 그러지 않으면 아르는 죽어요."

아르가 입술을 꽉 깨물었다.

받아들이기 힘든 현실과 어떻게든 마주하려고 하는 것이리라. 소피는 잠시 기다려서 아르의 험한 표정이 풀린 뒤에 이야기를 재개했다.

"센류 님과 헤어진 후, 당신은 인간 사회로 이사하는 거예요. 그곳에서 인간으로 살아가는 법을 배우세요."

"……앵선향에서는 안 돼?"

"여기에서는 사람이 살아가는 법을 배울 수 없어요."

자연 그 자체가 지배하는 이 땅에서 사람이 사람답게 살아가기에는 한계가 있었다.

게다가 센류의 이사가 끝나면 센류도 센류의 분신도 이 땅에서 사라진다. 앵선항은 이윽고 마물이 득시글거리는 환경으로 완전히 변한다. 머지않아 아르가 알고 있던 앵선항이 아니게 될 것이다.

"센류 님과 헤어지고 싶지 않은 당신의 기분은 잘 알아요. 하지만 그 탓에 당신이 죽는다면 그야말로 영원한 이별이에요. 게다가…… 그렇게 헤어지면 센류 님이 몹시 슬퍼하겠지요."

그렇게 주객이 전도된 결과로는 절대 만들고 싶지 않았다.

아르는 그런 소피의 마음을 헤아렸는지 이를 악물고 말했다.

"……만약 내가 그 내성 마법이라는 걸 금방 배우면 센류랑 헤어지지 않아도 되는 거야?"

그 말은 즉 센류가 여행길에 나서는 것보다 먼저 배울 수 있다면, 이라는 이야기다. 확실히 그렇다면 아르는 센류와 동행할 수 있게 되니 헤어질 필요는 없다.

"그러네요. 금방 익힐 수 있다면 가능한 얘기지만요."

"……알았어."

어디까지나 익히는 게 가능했을 때의 얘기지만, 아르는 고개를 끄덕였다.

"네 말을 들어 줄게. 하지만 혹시 네가 거짓말을 한 거면― 죽여 버릴 거야."

"상관없어요."

소피는 이쪽을 세게 노려보는 아르에게 고개를 끄덕였다.

분명 아르의 마음속에는 소피에 대한 의심이 소용돌이치고 있을 터였다. 하지만 아르는 그런 마음을 떨쳐 내고 소피를 믿기로 했다.

소피는 그런 아르의 기분에 부응해야 했다.

"오늘은 이미 늦었으니까 마법 전수는 내일부터 할게요. 우리가 있는 곳으로 오겠어요?"

"……됐어. 잠자리 준비 정도는 내가 할 수 있어."

아르는 휘청거리는 불안한 발걸음으로 어디론가 향했다.

소피는 감지 마법으로 아르의 행선지를 몰래 확인했다. 아르는 앵선향의 바깥쪽으로 가고 있었다. 센류와 조금이라도 떨어진 위치로 이동하고 있다. 겉으로는 신경 쓰지 않는 척했지만, 역시 아르 자신도 더 이상 신기의 영향을 받으면 안 된다는 걸 인식하고 있었다.

"싫은 일을 떠맡겨 버렸군요."

"……이건 내 일이에요. 아무에게도 넘기지 않아요."

죽여 버릴 거라고 말하는 아르는 아이라고 여겨지지 않을 만큼 무서운 얼굴을 했다.

하지만 그것은 아르가 속마음을 토해 낸 증거이기도 했다.

그렇기에 마음에 두지 않았지만, 프란체스카는 소피를 걱정스러운 듯이 바라보았다.

"……궁정 마도사님에게 어린아이를 이끄는 일은 좀 어려울지도 모르겠네요."

"뭐라고욧?! 나, 남이 기껏 걱정해 줬더니……!"

프란체스카는 소피의 농담에 얼굴을 붉히며 화를 냈다.

소피는 프란체스카에게 약간 미안한 마음이 들었다. 하지만 착각하지 말아 주었으면 했다.

소피는 아르를 인도하는 자신의 역할을 자랑스럽게 여겼다.

◆

신기의 영향에서 벗어나기 위해 앵선향 바깥쪽에서 밤을 보내고 — 이윽고 아침 해가 떴다.

눈부신 아침 해가 비추는 앵선향의 경치는 신비롭고, 더럽히기 어려운 것이었다.

"왔네요."

아르가 소피 일행이 있는 곳으로 왔다.

하룻밤이 지나자 각오했는지, 아르는 진지한 눈빛을 소피에게 보냈다.

"아줌마, 나한테 마법을 가르쳐 줘!"

"아줌……마?!"

소피는 이마에 핏대를 세웠다.

"예, 예의 없는 아이에게 가르쳐 줄 마법은 없어요……!"

"엥? 나보다 나이 많은 여자는 그렇게 부르는 거 아냐?"

"확실히 그렇게 부를 때도 있지만, 나는 아직 그런 나이가 아니라고요."

"……내가 어떻게 알아. 그 사람이 몇 살인지, 보는 걸로는 가늠이 안 된다고."

아마도 아르는 센류 이외의 상대하고는 거의 대화도 나눈 적이 없을 것이다.

그런 식으로 자란 것치고 지금까지의 대화가 그럭저럭 통했다는 건…… 오히려 아르의 머리가 좋다는 사실이 여실히 드러나는 부분

일지도 모른다.

“자네는 실제로는 몇 살이지?”

루이스가 물었다.

“열일곱입니다. 마법 학원은 일찍 졸업했어요.”

참고로 프란체스카도 동갑이다.

마법 학원은 6년제로 열두 살부터 입학할 수 있고 순조롭게 진급하면 열여덟 살에 졸업할 수 있다. 소피는 열두 살에 입학했지만, 배울 건 충분히 배웠다고 판단하여 열다섯 살에 졸업했다. 그러자 왠지 동기인 프란체스카도 뒤따라 나왔다.

“아르. 나는 소피라고…… 아니, 스승님이라고 불러요.”

“옙, 스승님!”

아르가 큰 소리로 대답했다.

“내성 마법을 몸에 익히기 위해서라도 우선은 마법 기초를 배워야 해요.”

“응! 센류랑 같이 있기 위해서라면 뭐든 할게!”

의욕이 있는 것 같아서 다행이었다.

“그럼 먼저 몸 안의 마력을 의식하는 것부터 시작하죠. 아르, 가슴에 손을 대고 심호흡하면서 집중해 봐요.”

아르는 소피의 말대로 눈을 감고 집중했다.

소피는 아르가 다섯 번 정도 심호흡하자 가만히 말을 걸었다.

“몸의 중심에 힘의 덩어리가 느껴지지 않나요?”

“음…… 아니, 아무것도 안 느껴져—.”

“한동안 집중해 보세요.”

음, 하고 아르는 어렵다는 얼굴로 신음했다.

일단은 마력의 존재를 의식하지 못하면 그 앞의 수행도 불가능했다. 소피는 시간이 걸리겠다고 판단하고 루이스와 프란체스카에게로 갔다.

"아르가 수행하는 동안, 우리는 센류 님의 분신에 대해 얘기하도록 하지."

잊어서는 안 되는 최초의 의뢰인 센류의 이사에 관해서도 작전을 생각할 필요가 있었다.

"다섯 번째 분신에 관해서는 군과 모험가 길드에서 제공한 정보가 있어. 이 분신은 앵선향뿐만 아니라 그 주변에도 자주 모습을 드러내는 것 같아. 그래서 토벌 의뢰도 몇 번이나 들어왔다. 확실치는 않지만, 항상 하늘을 날고 있는 재빠른 개체이고 몇 군데 토지를 둘러보는 것처럼 전전하고 있다고 해. ……말하자면 정찰 타입이라고 할까."

원래 센류가 만들어 낸 분신의 목적은 본체인 센류를 사람이나 마물에게서 지키는 것이었다. 그렇다면 정찰에 뛰어난 분신이 있어도 이상하지 않았다.

"그래서 이 정찰 타입 분신은 매복하여 쓰러뜨리려고 한다. 정보에 따르면 매일 밤 앵선향 근처에 있는 마을에 찾아온다더군. 지금부터 그 마을로 가서 전투 준비를 하도록 하지."

"마을…… 그러고 보니 오는 도중에 봤어요."

와이번을 타고 앵선향으로 가는 도중, 마을 같은 것이 보였다.

와이번으로 이동할 수 있다면 그리 멀지 않은 거리다.

"안 돼! 아무것도 안 느껴져!"

아르가 머리카락을 쥐어뜯으며 외쳤다.

마력의 반응을 느끼지 못했나 보다.

"아르, 당신도 같이 가요."

"엥, 어디에?"

"여기에서 가까운 데 있는 마을이에요."

행선지를 알려 주자, 아르는 이상하게 생각했다.

"그게 마법이랑 관계있어?"

"어제 내가 말한 걸 떠올려 보세요."

소피가 마법을 가르쳐 주는 대신 아르에게 요청한 것은 두 가지였다.

첫 번째는 일단 센류와의 이별을 받아들일 것, 그리고—.

"센류 님이 이 땅을 떠난 다음 당신은 인간 사회에서 지내는 거예요. 그 후보지가 지금 가는 마을이에요. 아르도 한 번 봐 두고 싶죠?"

"……그건 그렇지만."

아르는 복잡한 표정으로 수긍했다.

"……그쪽이야말로 내가 말한 거 잊지 않았지?"

아르는 소피를 노려보며 말했다.

"내가 마법을 금방 익히면 센류와 헤어질 일은 없어. 이사도 필요 없어지고."

"네, 정확히 기억하고 있어요."

하지만 그게 얼마나 어려운 일인지 아르는 몰랐다.

곧 알게 될 터였다. 그래서 소피는 지금 아무 말도 하지 않기로 했다.

“《소환(서먼)》.”

루이스가 지팡이를 휘두르자 소피 일행을 앵선향으로 데려다준 와이번이 나타났다.

“오, 오오오오?! 굉장해, 이거 뭐야?! 센류의 친군가?!”

“와이번이라는 마물이다. ……그럼 마을로 가자.”

소피 일행은 와이번의 등에 탔다.

아르도 흥분하며 와이번에 올라타려고 했지만—.

“당신은 타면 안 돼요.”

“뭐?”

“마을까지 뛰어서 가세요. 이것도 수행이에요.”

소피가 루이스에게 눈짓했다.

루이스는 아르에게 동정의 눈빛을 보낸 뒤, 와이번에게 지시를 내려서 날아오르게 했다.

아르는 입을 떡 벌린 채, 날아간 와이번을 쳐다보고 있었다.

“괜찮은 거예요?”

와이번이 천천히 비행하는 동안, 프란체스카가 물었다.

“쓸데없는 힘을 빼 버리는 편이 마력을 의식하기 쉬워지니까요. 우선은 체력을 다 쓰게 하려고요.”

“아니, 수행 얘기가 아니라…….”

그렇겠지, 하고 소피는 생각했다.

프란체스카는 궁정 마도사다. 이 정도의 수행법은 알고 있을 것이다.

“내성 마법 습득은 간단하지 않아요. 하물며 신기를 견디려면……

까딱하면 몇십 년이 걸릴지도 몰라요."

소피는 「그렇죠.」 하고 작은 소리로 말했다.

재능이 있으면, 아까 아르가 한 것처럼 가슴에 손을 대고 심호흡만 해도 몸 안의 마력을 의식할 수 있었다. 하지만 아르는 그것조차 하지 못했다.

아르의 마법 재능은 평범하다. 내성 마법 습득에는 예상대로 시간이 걸릴 것이다.

"그래도 희망을 주고 싶어요."

"희망?"

혹시 이대로 센류가 여행을 떠나 버리면, 아르는 더 이상 일어설 수 없을 것이다.

앞으로 어떻게 해서 살아가면 좋지? 누구와 함께 살아가야 하지? ……아무것도 모르는 채로 고독에 빠질 것이다. 그것은 분명 죽음과 마찬가지일 정도로 두려운 일이다.

그래서 희망을 주고 싶었다.

신기에 견딜 방법은 있다. 아르가 그걸 안다면 얻을 수 있는—.

"다시 만날 수 있을지도 모른다는 희망이에요. 그것만 있으면 아르는 분명히 앞으로 계속 나아갈 수 있을 거예요."

이사를 할 때 이별은 따라오는 법이다.

하지만 그렇다고 해서— 누군가 상처 입을 필요는 없었다.

◆

와이번에 탄 채로 마을에 들어가면 필시 혼란이 생길 테니, 루이스는 마을에서 조금 못 미친 곳에 와이번을 착륙시켰다.

그대로 한동안 기다리자, 작은 그림자가 소피 일행이 있는 곳으로 다가왔다.

"괜찮은가요?"

"괘, 괜찮을 리가 없잖아……."

폭포수 같은 땀을 흘린 아르가 땅바닥에 쓰러졌다.

아르가 쫓아올 수 있도록 와이번의 속도를 조금 낮췄지만 그걸 감안하더라도 아르는 생각보다 빨리 도착했다. 처음 만났을 때부터 신체 능력은 좋다고 생각했는데 상상 이상이었다.

소피는 아르에게 작은 병을 건넸다.

안에는 투명한 액체가 들어 있었다.

"좋은 상태군요. 그럼 이걸 마셔요."

"물이야……? 빠, 빨리 줘……."

상반신을 일으킨 아르는 소피에게 받은 병의 내용물을 얼른 다 마셨다.

그 직후, 아르의 눈이 휘둥그레졌다.

"우웨에에엑?! 이거 맛이 왜 이래?!"

"마력을 활성화하는 약이에요."

아무도 물이라고는 하지 않았다.

"마을에 오기 전에 했던 걸 다시 한 번 시험해 봐요. 가슴에 손을 대고 심호흡해요. 지금 가슴 부근에서 뭔가 소용돌이치지 않나요?"

"으…… 뭔가 좀 뜨거운 느낌이 나……."

"그게 마력이라는, 마법의 원천이 되는 힘이에요."

"이게, 마력……? 어쩐지 이거, 이미 알고 있는 느낌 같은데……?"

"그렇겠죠. 아르 당신은 평소에도 무의식적으로 마력을 썼던 것 같으니까요."

그렇지 않으면 뛰어서 여기까지 올 수 있을 리가 없었다.

처음 만났을 때의 재빠른 움직임도 무의식적으로 마력을 사용했기 때문에 나올 수 있는 것이었다.

"그럼 난 왜 뛰어오라고 한 거야!"

"무의식적이 아니라 의식적으로 마력을 조작할 수 있도록 하기 위해서죠. ……시험 삼아 마력을 오른쪽 손바닥으로 이동시켜 보세요."

아르는 소피를 의심의 눈초리로 쳐다보며 손바닥을 쥐었다 폈다 했다.

"……이렇게?"

"훌륭해요. 지금까지 그런 건 하지 못했죠?"

"그렇긴 하지만…… 뭐가 이렇게 복잡해."

소피가 천천히 미믹을 소환했다.

미믹 안에서 지팡이 하나를 꺼내서 그걸 아르에게 내밀었다.

"아르에게 이 지팡이를 빌려줄게요."

"지팡이? 지팡이를 뭐에 쓰는데?"

"마력 제어가 간단해지죠. 아주 능숙하게 움직이는 손가락 같은 이미지예요."

흠, 하고 아르는 아는지 모르는지 구분하기 어려운 맞장구를 쳤다.

"아까 같은 요령으로 마력을 지팡이 끝으로 이동시키세요. 그리고 그 마력을 날려서 여기 있는 돌멩이 밑 부분의 절반을 감싸 보세요."

"크으, 으윽……!"

"좋아요. 그대로 들어 올릴 수 있겠어요?"

아르는 발밑의 돌멩이를 향해 지팡이를 똑바로 내밀었다.

돌멩이가 작게 흔들리다가 이윽고 공중에 떠올랐다.

"우, 우오옷!"

"축하해요. 부상 마법을 습득했군요."

"이, 이 마법은 뭐에 쓰는데……?"

"가구를 들어 올려서 바닥 청소를 하거나, 진창에 빠진 바퀴를 바로 세울 수 있죠. 의외로 편리하거든요?"

소피가 설명하자, 돌멩이가 떨어졌다. 아직 지속하는 데는 어려움이 있는 듯했다.

부상 마법은 물체를 새끼손가락 정도의 높이까지 띄울 수 있다. 대상을 공중에 띄운 다음 자유자재로 움직이게 하는 부유 마법하고는 천지 차이지만, 부상 마법도 꽤 편리하게 사용할 수 있었다.

"그럼 다음은 내성 마법을 가르쳐 줘!"

"아직 일러요."

"그래도 가르쳐 줘! 방법만이라도 괜찮으니까!"

소피는 잠시 생각한 끝에 아르의 의욕에 응하기로 했다.

"먼저 마력을 얇은 막 형태로 만들고 그걸 몸에 덮어요. 다음에는 그 막의 성질을 적절한 걸로 변환시키는 거예요. 예를 들어서 더위에 견디고 싶으면 이런 식으로 내열용 술식을 구축해서 부여하는 거죠."

"……응? 응? 응……?"

“내열용 술식은 공간을 냉각하는 마법을 응용하면 구축할 수 있지만, 여기서 중요한 건 섬세한 마력 제어예요. 섣불리 출력을 올리면 몸이 불타는 것보다 먼저 얼어붙어 버리니까요—.”

“모르겠다고!”

아르가 토라졌다.

그래서 아직 이르다고 했는데.

“내성 마법은 복잡하고 섬세한 마법이에요. 마력을 막 형태로 만드는 것만 해도 몇 년이 걸려요.”

“……그렇게나 걸려?”

소피가 고개를 끄덕이자, 아르는 눈에 띄게 풀이 죽었다.

“내가 보기에 아르의 마력양은 그리 많지 않으니까 오늘 수행은 이걸로 끝낼게요. 이 이상 마력을 쓰면 기절해요.”

“……알았어.”

아르의 마력이 고갈 기미를 보이는 건 여기까지 달려오는 동안 상당히 소비했기 때문이다. 몸 안의 마력을 자각하려면 그렇게 하는 게 제일 좋기에 이번만은 어쩔 수 없었다.

“그럼 마을로 들어갈까요.”

다섯 번째 분신…… 정찰 타입에 대해 마을 사람들에게 물어보고 싶었다.

정찰 타입이 출현하는 건 밤 같지만, 사람들에게 물어보려면 사람이 많은 낮이 더 쉽다는 판단 하에 소피 일행은 이 시간대에 마을로 왔다.

“자네.”

루이스가 작은 소리로 귀엣말을 했다.

"아르는 괜찮을까? 상당히 풀이 죽은 것 같은데……."

"괜찮습니다."

루이스는 선뜻 말하는 소피를 보고 이상하다는 듯이 눈을 동그랗게 떴다.

"아르에게 여기는 새로운 세계…… 즐겁지 않을 리가 없죠."

◆

"우오오오오~~!"

아르는 마을로 들어가자마자 눈을 빛냈다.

한 줄로 늘어선 노점에 넓은 밭, 어디선가 들려오는 이야기 소리, 두렁길을 걷는 아이들. 지금까지 계속 앵선향에 있었던 아르에게 이 광경은 상당히 신선하게 다가오나 보다.

"생각보다 사람이 있네요. 이러면 정찰 타입의 정보도 모을 수 있을 것 같아요."

프란체스카의 말대로 마을 사람의 왕래는 예상보다도 많았다.

도시와 멀어서 접근성은 좋지 않지만, 자급자족이 가능한 곳이기 때문일 것이다. 땅이 넓으니 농업 등의 수요가 늘 있어서, 젊은이들이 일을 찾으러 외부로 나갈 필요가 없었다.

"스승님! 저거! 저건 뭐야? 완전 좋은 냄새가 나!"

"빵이에요. 사 올까요?"

냄새의 근원지는 가까운 곳에 있는 빵집이었다. 소피는 혼자 가게에 들어가서 빵 4인분을 샀다. 종류가 별로 많지 않아서, 가게에서 추천하는 버터빵을 샀다.

소피가 빵이 든 종이봉투를 전원에게 나눠 준 다음 마지막에 아르에게 건네려고 하다가 그 전에—.

“아르, 제대로 손을 사용해서 먹을 수 있어요?”

“에~ 싫은데. 귀찮아.”

“그럼 주지 않겠어요. 예의 없는 사람이 먹게 된다면, 이 빵이 불쌍하니까.”

“뭐?! ……아, 알았어. 손으로 먹으면 되잖아!”

어제 샌드위치를 건네 줄 때, 식사 예절 자체는 센류에게 배운 것처럼 말했는데 역시 알고는 있는 것 같았다.

아르는 떨떠름하게 빵을 손으로 받아서 먹기 시작했다.

“맛있어! 이거 뭐야?! 무지무지 맛있잖아!”

소피는 흥분해서 빵을 먹는 아르를 흐뭇하게 바라보았다.

“여긴 좋은 곳이네요.”

밭을 가는 사람이나 노점에서 장사하는 사람 등 다양한 사람들이 활기차게 움직이고 있었다.

마침 사냥을 나갔던 사냥꾼들이 마차와 함께 마을로 돌아왔다. 큰 놈을 잡았는지, 집이나 가게에서 나온 사람들이 모여서 사냥꾼의 활약을 입을 모아 칭찬했다.

역시 새로운 땅의 경치와 문화를 알아 가는 건 즐겁다.

소피는 자신의 안에서 세계가 넓어져 가는 느낌이 들었다.

“마을이란 거 굉장하다. 이렇게 맛있는 게 있다니.”

"먹을 거라면 그거 말고도 여러 곳에서 팔고 있을 거예요."

"진짜야?!"

소피는 놀라는 아르에게 조금 진지한 얼굴로 말했다.

"아르, 이게 인간 사회라는 거예요. 이런저런 사람이 여러 사람과 함께 손잡고 모두가 지내기 편한 환경을 만들고 있어요. 여기에는 아직 당신이 모르는 게 많이 있답니다."

그렇게 말하자, 아르는 「……인간 사회.」라고 작은 소리로 중얼거렸다.

아르에게 이곳은 미지의 세계였다.

그러나 본래라면 아르는 이런 환경에서 나고 자랐을 것이다.

"……저건 뭐 하는 거야?"

빵을 먹으며 걷는데, 아르가 손으로 가리키며 물었다.

그쪽을 보니 아르 또래의 아이들이 공을 차면서 광장을 뛰어다니고 있었다.

"공을 가지고 노는 거예요."

아이들은 공을 발로 차며 놀고 있었다. 공차기일까. 왕도에서는 한참 전에 유행한 아이들의 놀이지만, 이 마을에서는 지금도 한창 인기인 듯했다.

아이들은 푹 빠져서 공을 차고 있었다.

"아르도 어울리고 싶어요?"

"벼, 별로 그런 말 안 했어."

아르는 그렇게 말하면서도 공을 가지고 노는 아이들을 흘끔거렸다.

소피는 아르에게서는 보이지 않는 각도에서 지팡이를 가볍게 휘둘렀다. 그러자 공이 바람에 날린 것처럼 이쪽으로 굴러왔다.

공은 아르의 발치에서 멈췄다.

"죄송해요!"

아르가 어떻게 하면 좋을지 몰라서 곤혹스러워하자, 아이들이 손을 흔들었다.

"아르, 그 공을 가지고 가면 같이 어울릴 수 있어요."

"그, 그치만……."

아르는 좌우를 흘끔거리며 불안을 드러냈다.

어쩌면 무의식중에 센류를— 부모를 찾고 있는지도 몰랐다.

하지만 여기에 센류는 없다.

부모는 줄곧 아이 옆에 있는 것이 아니다.

"이런, 무서워요?"

"뭐?"

"어쩔 수 없죠, 뭐. 앵선향에 틀어박혀 있기만 했던 아르에게는 힘들겠죠. 자, 공을 이리 줘요. 내가 돌려주고 올게요."

"아, 안 무서워! 내가 돌려줄 거야!"

아르는 얼굴이 빨개진 채 공을 들고 아이들 쪽으로 향했다.

화가 나서 자기가 긴장한 것조차 깜빡한 것 같았지만 그것도 오래가지 않았다.

아이들은 못 보던 애가 와서 흥미가 생겼는지 아르에게 입을 모아 말을 걸었다.

"얘! 너 어디서 왔어?"

"아, 나는……."

"마침 한 명 부족했는데! 너 들어와라!"

"어, 자, 잠깐……?!"

아르는 아이들에게 손을 끌려서 공차기에 참가했다.

소피 일행은 굴러온 공에 당황하는 아르를 멀리서 바라보았다.

"뭐야, 잘 어울리고 있잖아."

"아이는 어른보다 요령이 좋으니까요."

루이스와 프란체스카가 흐뭇한 표정으로 아이들을 보고 있었다.

"……자, 그럼 난 정찰 타입에 대해 사람들에게 물어보고 오겠다."

루이스는 아이들과 노는 아르에게서 시선을 떼고 말했다.

"자네는 어떡할 거지?"

"저는 아르의 수양부모가 되어 줄 만한 사람을 찾아볼게요."

수양부모 찾기는 이삿짐센터로서 지금까지 다양한 가정과 관계를 맺은 자신이 해야 할 일이었다. 게다가 루이스와 프란체스카는 궁정마도사 외투를 걸치고 있었다. 그 복장으로 마을 사람들과 이야기하는 건 솔직히 좀 야단스러웠다. 설령 본인들이 대등하게 교섭을 시도해도, 상대 쪽에서는 거스르기 힘든 압력으로 느껴질 터였다. 가정을 찾는 섬세한 화제에서 그런 일은 피하고 싶었다.

"그럼 내가 아르를 보고 있을게요."

프란체스카는 잘 보살펴 주는 성격이라 믿음직했다.

소피 일행은 서로 나뉘어서 각자 해야 할 일을 하러 갔다.

"저기, 안녕하세요."

소피는 바로 광장 주변에 있는 어른들에게 말을 걸었다.

"지금 저쪽에서 노는 빨간 머리 남자애 말인데요—."

◆

소피가 여섯 번째 사람에게 말을 걸었을 때, 그 사람의 집에 초대되었다.

그는 아담한 여관을 운영하고 있는데 보통은 여행자나 상인 대상을 손님으로 맞이해 장사를 한다고 했다. 그래서인지 타지 사람인 소피에게도 어딘가 익숙하게 굴었다.

"우리 아들은 대체 누굴 닮았는지 어울리지도 않게 야심에 차서 말이야."

카운터 뒤에 있는 방이 주인 부부가 사는 공간 같았다. 마을 사람들이 「여주인」이라고 부른 그 여자는 소피의 맞은편에 앉아서 이야기하기 시작했다.

"아직 빠르다고 했는데도 우리 말은 들을 생각도 하지 않고 상경하더니 그 뒤로는 잘 돌아오지도 않아. 하긴 편지를 보내는 것만 해도 다행이지만. 우리가 자식을 독립시키기 전에 자기가 먼저 자립해 버렸다니까."

여주인 옆에는 남편이 앉아 있었다. 남편은 말이 없는 성격인지 별로 입을 열지 않았지만 아까부터 응, 응, 하며 고개를 끄덕이고 있었다.

이야기를 들어 보니, 부부 사이에는 열다섯 살짜리 아들이 있다고 했다. 그 아들은 기사에 뜻이 있어서 왕도로 상경했단다. 진심으로 기사를 목표로 한다면 열다섯 살에 상경하는 게 타당하지만, 여주인의 「아직 이르다」라는 말은 나이가 아니라 완력을 말하는 것이리라.

방 한구석에는 아들이 사용한 것으로 보이는 모자와 구두가 놓여 있었다. 앞으로 몇 년 있으면 아르에게도 적당한 크기가 될 것이다.

"그래서 남편이랑 둘이 살고 있지만 역시 적적해서…… 수양부모 건은 우리라도 괜찮으면 맡아 줄게."

"감사합니다."

모르는 아이의 수양부모가 되는 건 결코 쉬운 일이 아니다. 소피는 여주인과 그 남편에게 깊이 고개 숙여 감사드렸다.

"이런저런 사연이 있는 아이지만, 잘 부탁드립니다."

"신수님이 기르신 아이지? 오히려 복 받을 거야. 그렇지, 여보?"

"응. 분명 큰 그릇일 테지."

수양부모가 되어 줄 사람들에게 사정을 숨길 수는 없기에 아르의 처지에 관해서는 대략 설명했고, 이 두 사람은 너그러웠다.

이야기가 대충 마무리되어서 소피는 일단 여주인 부부와 헤어졌다.

아이들이 노는 광장으로 돌아가자, 루이스의 모습이 보였다.

"지금 돌아왔습니다."

"왔군. 아르의 수양부모 후보는 찾았어?"

"네, 따스한 가정이었어요."

"그건 잘 됐군. 이쪽도 분신의 정보를 입수했다. 정찰 타입 분신은 매일 밤 다음날로 넘어가는 시간에 마을 상공을 서쪽에서 동쪽으로 가로질러 가는 것 같아. 목격 정보에 따르면 지상으로 내려온 모습은 확인되지 않았다. 아마도 항상 날고 있는 거겠지. 공중전이 되겠어."

"공중전이라면 마을 사람들을 말려들게 할 걱정도 없군요."

주위에 끼치는 피해를 고려해야 하는 지상보다 공중 쪽이 더 싸우기 편하다. 특히 소피나 궁정 마도사처럼 대규모 마법을 사용할 수 있는 사람에게는 더 그랬다.

"그런데 왜 프란체스카까지 어울려서 놀고 있는 건가요?"

"공이 아르의 얼굴에 맞았거든. 화가 나서 달려가더니 어느새 저렇게 됐어."

프란체스카는 아이들 사이에 섞여서 공을 차고 있었다.

세로로 돌돌 말린 금발이 떨어져 나갈 정도로 휘날리고 있었다. 갈기를 휘날리는 귀한 짐승 같았다.

"이 마을은 아이들이 건강하게 자라고 있더군. 안심하고 아르를 맡길 수 있겠어."

"그러네요."

소피와 루이스는 광장에서 노는 아이들을 바라보았다.

아르가 프란체스카한테서 공을 채갔다. 마을 아이들과 완전히 친해졌는지, 「달려!」, 「아르! 슛!」 하고 같은 팀 친구들의 응원을 받고 있었다.

"마왕과 전쟁하던 시대에 이런 시골 마을은 버려졌다고 들었는데, 이렇게 보니 그런 생각은 들지 않네요."

"응. 당시는 마왕군의 침공을 두려워해서 시골에 사는 사람들은 빠짐없이 왕도로 도망쳤으니까. 한때는 확실히 마을이란 마을을 다 포기했지. 그러나 지금은 그 사람들도 고향으로 돌아갔고, 부흥도 대개 끝났을 거야."

소피도 자세히는 몰랐기 때문에 「아하.」 하고 맞장구를 쳤다.

"결국 용사님 덕분에 마왕군은 이 나라에 한 번도 들어오지 않았다면서요?"

"정확하게는 마을 한 곳만 희생되었지만, 마을 사람은 이미 피난을 끝내서 피해는 없었다고 들었어. 마왕군의 분풀이였겠지. 용사님에게는 아무리 감사해도 모자라."

이 마을도 용사가 지킨 곳 중 하나였다.

소피는 새삼 용사의 위대함을 뼈저리게 느꼈다. 그렇다고 재상이나 기사단장처럼 의존하는 건 또 다른 문제겠지만.

"에이~! 아르는 덧셈도 못 해?!"

그때 아이들의 큰 목소리가 들렸다.

아이들은 놀다 지쳤는지, 공차기를 그만두고 다 같이 모여서 도란도란 이야기하고 있었다.

"뭐, 뭐야! 상관없잖아!"

"상관이 왜 없어. 그러면 똑똑하게 살 수 없다, 너?"

"똑똑하지 않아도 난……."

아르는 대꾸하려고 했지만, 아무 말도 생각나지 않는지 입을 다물었다.

"얘들아, 밥 먹을 시간이다!"

"네!"

아이 부모들이 저녁 식사 시간을 알렸다.

아르에게는 도움의 손길이었다. 「안녕!」, 「내일 또 놀자!」 하고 즐겁게 말을 나누는 아이들 틈에서 아르는 어딘지 내키지 않는 듯한 모습으로 이쪽으로 왔다.

"어서 와요. 재미있었나 보네요."

아르는 소피의 말에 반응하지 않았다.

"……있잖아. 덧셈이라는 거, 할 수 있는 게 나아?"

아르는 고개를 숙인 채 물었다.

소피는 그 물음에 천천히 뜸을 들이고 나서 입을 열었다.

"아르는 어떻게 생각해요?"

"모르겠어. 하지만 애들은 다 할 수 있대…… 못 하면 좀 창피한 것 같아."

아르는 주먹을 꽉 움켜쥐었다.

분해 보였다. 초조해하는 것처럼도 보였다. 그러나 기분 나빠할 일이 아니라는 걸 알고 있으리라. 그래서 아르는 창피함을 견디고 있었다.

그것은 인간 사회에서 살아가는 이라면 당연히 느끼는 것이다.

아르는 지금 처음으로 **다른 모든 사람**과 마주했다.

"그럼 배워 보죠. 아르에게 의지만 있다면 기회는 얼마든지 있어요."

이 마을의 교육이 어디까지 되고 있는지는 모르지만, 왕도의 아이들은 열 살부터 간단한 사칙연산 정도는 할 수 있다.

"아, 여기 있었네."

아르가 공부에 뜻을 보인 그때, 여자 한 명이 아르를 보고 이쪽으로 왔다.

아르의 수양부모 후보인 여주인이었다.

"아르 군, 괜찮으면 우리 집에서 밥 먹고 가지 않겠니? 오늘 아침에 이 동네 사냥꾼이 큰 멧돼지를 잡아 줘서, 고기가 많이 남았어. 그래서 지금 다 같이 전골을 만들고 있는데……."

"전골……? 그, 그건 맛있나?!"

"그럼, 아주 맛있지"

여주인은 그렇게 말하며 소피 쪽을 보았다.

혹시 괜찮으면 오늘 밤에라도 아르와 이야기해 보고 싶다—소피는 여주인과 그런 약속을 나눴다. 여주인은 예정대로 아르와 이야기할 기회를 만들려는 것이다.

"다녀와도 괜찮아요. 단, 예의범절은 제대로 지켜야 해요."

"……그, 그럼! 준다고 하면 받는 게 예의지!"

아르의 예의범절이 엉망인 데 대해서는 여주인에게도 미리 말했으니, 그것 때문에 정이 떨어지는 일은 없을 것이다.

그러나 아르는 예의야 어쨌든, 말은 능숙하게 했다.

천 년 이상의 시간을 살아온 센류와 어릴 때부터 대화를 나눴다. 적어도 말하는 것에 관해서는 또래보다도 식견이 넓을지도 모른다. 상식이 모자라는 것만큼은 역시 어려운 문제지만.

소피는 눈을 반짝이며 여주인과 이야기하는 아르를 보고 안도했다.

다행이다.

아르가 인간 사회에도 마음을 열어 줘서.

센류와 앵선향, 이 두 가지가 아르에게 무엇보다 중요하다는 것은 이해했다. 그러나 그 두 가지밖에 눈에 들어오지 않는 아이는 아니었다. 음식에, 놀이에, 경치에…… 인간 사회에 제대로 흥미를 보였다.

그렇다면 분명 괜찮을 것이다.

아르는 이 마을에서도 행복하게 살아갈 수 있다.

"아르."

"스승님, 왜?"

소피는 즐거운 듯이 돌아보는 아르에게 알렸다.

"오늘 밤중에 분신을 쓰러뜨릴 거예요."

"아……."

아르의 얼굴이 급격히 굳어졌다.

"날짜가 바뀔 무렵에 광장으로 오세요. 같이 분신을 쓰러뜨립시다."

아르는 대답하지 않았다.

소피는 그대로 여주인에게 이끌려서 자리를 뜨는 아르를 말없이 지켜보았다.

"말하지 않는 게 낫지 않았을까?"

"저는 아르를 속이고 싶지 않으니까요."

말하지 않고 분신을 쓰러뜨리면, 아르는 격앙할지도 모른다.

그리고 후회할 것이다. 인간 사회와 관계를 맺은 것을.

"제대로 상대하길 바라요. 아르라면 분명히 그럴 수 있을 거예요."

아르는 아직 어린아이지만, 자신의 인생과 마주 볼 강인함을 가지고 있다.

소피는 그렇게 믿고 있었다.

◆

머리 위에 떴던 달이 지기 시작할 무렵, 소피 일행은 광장에 모였다.

싸울 준비를 하는 소피 일행이 있는 곳으로 아르가 혼자서 왔다.

"식사는 맛있었어요?"

"……맛있었어. 아마도."

"아마도?"

"아무 맛도 못 느꼈어! 스승님이 최악인 말을 하니까!"

확실히 말할 타이밍은 좀 더 고려해야 했다. 하지만 그 타이밍을 놓치면 전할 수가 없었으니 어쩔 수 없었다는 생각도 들었다.

"아르, 우리가 분신을 쓰러뜨리는 걸 도와줘요. 이것도 수행 중 하나예요."

"……스승님, 수행이라고 하면 내가 다 따를 거라고 생각하는 거 아냐?"

"그렇지 않아요."

소피가 지팡이를 휘두르자, 아르의 몸이 공중에 두둥실 떴다.

"우와?! 모, 몸이 떴어……?!"

"하늘을 달릴 수 있는 마법을 걸었어요."

소피는 아르에게 설명하면서 자신에게도 같은 마법을 걸었다.

"이번에는— 공중전이라서요."

조금 전부터 감지 마법으로 파악하고 있던 분신이 바로 옆까지 접근했다.

루이스와 프란체스카가 공중을 날면서 각각 바람의 창을 던졌다. 그러나 분신은 창을 가볍게 움직여서 피했다.

"재빠르다기보다—."

"작네요!"

달빛이 분신의 모습을 비췄다.

정찰 타입 분신은 구체에 얇은 날개를 단 것처럼 생겼다. 크기는 사람의 머리뼈를 한 단계 작게 만든 정도고 어두운 밤에 섞이기 쉬운 검은색이었다.

"아르. 지금 당신 몸에는 내 마력이 달라붙어 있어요. 마력의 막으로 몸을 덮는 내성 마법과 같은 원리예요. 그 감촉을 배우면서 분신의 토벌에 협력해 줘요."

"알, 알았어!"

아르는 곤혹스러워하면서도 공중을 박차고 분신에게 다가갔다.

"우, 우오오오…… 어떡하지?!"

공중을 달린 아르는 그 기세를 멈추지 못하고 분신 옆을 통과했다.

황급히 방향을 전환하려고 한 직후, 아르는 자세가 무너져서 구르다가 공중에 두둥실 떴다.

"익숙해질 때까지는 급가속은 삼가는 게 좋아요."

"먼저 말하라고!"

아르에게는 일단 완충 마법도 걸려 있어서 땅바닥이나 분신에 충돌해도 다치지는 않았다.

프란체스카가 소리치는 아르 옆에서 바람의 칼날을 발사했다.

그러나 분신의 몸은 바람의 칼날을 튕겨냈다.

"딱딱, 하다고요?!"

분신은 딱딱한 외피 같은 것으로 보호되어 있었다. 어설픈 마법은 통하지 않는다.

"하지만 이만큼 넓은 공간에서 싸울 수 있다면 이런 마법도 쓸 수 있지!"

루이스가 바람의 대포를 몇 발이나 발사했다.

인간에게 명중하면 치명상을 입힐지도 모르는 무시무시한 마법, 그것을 대량으로 발사했다.

"굉장해……."

아르가 눈앞의 광경에 중얼거렸다.

"말도 안 되게, 굉장하다……."

프란체스카와 루이스와는 서로 다른 각도에서 바람의 대포를 쏘았다.

동료인 만큼 같은 마법을 사용할 수 있는 듯했다.

두 사람의 마법을 본 아르는 소피 쪽을 향했다.

"……스승님. 신기를 막는 마법은 지금 스승님들이 쓴 마법보다 어려워?"

"그러네요. 공격 계통 마법은 의외로 시스템이 단순해요. 내성 마법이 더 어려울 거예요."

별것 아닌 스승과 제자의 대화— 그럴 터인데 아르가 고개를 숙였다.

아르의 상태가 이상했다. 소피는 고개를 갸우뚱했다.

"소피! 손을 빌려 줘!"

소피는 루이스의 외침에 응했다.

떠올라서 분신을 향해 공격하려고 생각한 찰나—.

"아르?!"

갑작스럽게 뒤쪽에서 아르가 돌진해 와서, 소피는 즉각 피했다.

갑작스러운 일에 루이스와 프란체스카도 움직임을 멈췄다.

아르는 눈물 고인 눈으로 소피를 노려봤다.

"거짓말쟁이!"

아르가 불같이 화를 냈다.

"스승님 거짓말쟁이! 내가 마법을 익히면 센류랑 다시 만날 수 있다고 했잖아!"

"거짓말이 아니에요. 정말이고—."

"거짓말이야!"

아르는 주룩주룩 눈물을 흘렸다.

"아까부터 너희가 뭘 하는지 하나도 모르겠단 말이야. 하늘을 날고 불을 뿜고…… 그런 엄청난 마법을 내가 어떻게 배워!"

아르는 얼굴이 새빨개져서 눈물을 흘리며 호소했다.

소피는 순간적으로 아르의 심경을 헤아리고 입을 다물었다.

—넘어야 하는 산의 높이를 잘못 알았다.

아르는 내성 마법을 진심으로 노력하면 센류가 여행을 떠나는 것보다 일찍 습득할 수 있다고 생각한 것이다. 그렇게까지 빠르지 않더라도 2, 3년만 있으면 익힐 수 있다. 그렇게 굳게 믿었다.

하지만 현실은 달랐다.

마법사로서 첫발을 내디딘 지금의 아르는 이해할 수 있었다. 소피 일행이 얼마나 뛰어난 마법사인지를…… 자신이 목표로 삼은 영역이 너무나 멀다는 것을.

여기 있는 사람들의 마법 능력은 엄청났다.

너무 엄청나다.

그렇기에 깨닫고 말았다.

—난 이렇게 되지 못한다고.

"아르, 진정해요!"

소피는 아르에게 말을 걸었다.

"무의식적으로 마력을 방출하고 있어요. 당장 멈추지 않으면……."

"닥쳐! 이제 안 속아……!"

흥분한 아르는 소피의 말을 듣지 않았다.

그때 아르의 몸이 갑자기 심하게 취한 것처럼 휘청거렸다.

"어, 라……?"

"……마력이 거의 다 떨어진 거예요. 더 이상 마력을 사용하면 기절해요."

이미 기절까지는 아니어도 아르는 의식이 몽롱해지고 몸도 맘대로 움직이지 않을 터였다.

소피는 아르에게 걸었던 하늘을 달리는 마법을 해제했다.

"제길…… 제길……."

소피는 당장이라도 정신을 잃을 듯한 아르를 안고 조심스럽게 땅바닥에 내려놓았다.

아르는 이미 서 있기조차 힘든지, 분한 듯 신음을 흘리며 누웠다.

"끝내죠."

다시 부상한 소피는 분신을 바라보며 루이스와 프란체스카에게 말했다.

그 눈은 아까보다도 더 예리해져 있었다.

"간다!"

프란체스카가 바람의 칼날을 던졌다. 노리는 것은 분신의 비행 루트를 유도하는 것이었다.

무수한 바람의 칼날이 분신을 쫓는 가운데, 루이스가 지팡이를 똑바로 내밀었다.

그러자 분신의 비행 속도가 눈에 보이게 떨어졌다.

"가중 마법으로 움직임을 둔하게 했다! 소피, 마무리를 지어라!"

소피는 몇 배나 되는 중력이 걸린 분신에게 공중을 박차고 다가갔다.

하지만 그때 분신이 우지직 소리를 내며 입을 벌리더니 그 새빨간 입속에서 공기를 태울 정도의 불길을 토해냈다.

그 직후, 소피는 온몸에 희미한 빛을 감고 그 빛으로 불꽃을 받아넘겼다.

내성 마법— 아르가 동경하는 마법이었다.

불꽃 속에서 유연하게 멈춰 선 소피는 지팡이로 분신의 외각을 쿡 찔렀다.

다음 순간, 분신의 몸 안에서 수많은 빛의 바늘이 돋아났다. 몸 안쪽에서 바늘로 공격하는 강력한 마법이었다. 외각은 단단했지만, 내부에서 오는 충격에는 약한 듯했다.

분신은 땅에 떨어져서 움직임을 멈췄다.

전투 종료였다.

"아르, 괜찮아요?"

소피는 곧장 땅바닥까지 내려가서, 누워 있는 아르에게 말을 걸었다.

아르는 말없이 소피를 노려봤다. 의식은 확실해 보였지만, 증오는 사라지지 않은 것 같았다.

"아르, 부디 날 믿어 줘요."

소피는 쪼그려 앉아 아르에게 얼굴을 가까이했다.

"길은 확실히 험하겠지만, 아르라면 분명 습득할 수 있어요."

"……거짓말이야. 그런 마법, 난 못 익혀"

"그런 판단을 할 수 있는 시점에서 아르에게는 자질이 있는 거예요. 아마 무의식이긴 해도 마력을 사용해서 살아왔기 때문일 거예요. 당신에게는 마력의 흐름을 감지하는 재능이 있어요."

마법을 어느 정도 배웠을 뿐인데 이미 소피 일행의 실력을 파악할 수 있었다.

아르는 몸 안의 마력을 의식할 때까지가 길었기 때문에 일반인 수준의 재능밖에 없다고 생각했다. 하지만 아니었다. 한 번 요령을 익히자, 아르의 재능이 각성했다.

아르는 마력의 흐름을 감각으로 파악할 수 있는 것 같았다. 마력에 대한 감이 날카롭다고 할까. 귀중한 재능이었다.

"내가 책임지고 마법을 가르쳐 줄게요. 그러니까 믿어 줘요."

마력의 흐름을 세세하게 알아차릴 수 있다면 마법의 모방도 하기 쉽다. 기초만 배우면 평범한 사람보다 빠른 속도로 마법을 차례차례 습득할 것이다.

"……어느 정도 걸리는데?"

아르는 떨리는 목소리로 물었다.

자질은 틀림없이 있었다. 하지만 그렇다 해도―.

"……짧게 잡아도 20년이에요."

안타깝지만 마력의 흐름을 느끼는 재능과 마력을 조작하는 기술은 별개다.

아르는 소피의 정직한 대답을 듣고 얼굴을 일그러뜨렸다.

"제길…… 길잖아……."

아르의 입가가 오열을 참듯이 떨렸다.

"센류가……."

아르는 작은 목소리로 말했다.

"센류가 보고 싶어……."

소피 일행은 아르가 쉰 목소리로 쥐어짜낸 소원을 받아들이기로 했다.

◆

소피 일행은 와이번을 타고 앵선향으로 귀환하자마자 곧바로 센류를 만나러 갔다.

밤이 한참 깊었지만, 센류는 자지 않고 있었다. 멀리서 봤을 때는 눈을 감고 있었으나 다가가자 그 큰 눈을 떴다.

"이사꾼인가."

소피는 말없이 고개를 숙였다.

"다섯 번째 핵을 가지고 왔습니다."

"고맙구나."

핵이 빛의 입자가 되어 센류의 몸으로 빨려 들어갔다.

핵의 회수가 끝난 뒤, 센류는 눈이 부은 아르를 응시했다.

"아르, 무슨 일이 있었니?"

"딱히."

아르는 센류를 외면했다.

여기까지 이동하는 사이에 아르의 몸 상태는 어느 정도 회복되었다. 그러나 새빨갛게 부은 눈은 그대로였다. 센류는 걱정스러운 눈으로 아르를 보았다.

"인간의 마을은 어떻더냐?"

"……별거 없던데. 생선향에 있는 게 더 편해."

센류는 눈이 가늘어졌다.

아르의 대답은 센류에게 슬프기도 하고…… 기쁘기도 했을 것이다.

그러나 기뻐하면 안 된다. 센류는 소피에게로 시선을 가만히 옮겼다.

아르가 마을에 어울리지 못했나? 그런 센류의 말 없는 물음에 소피는 고개를 저었다. 그런 일은 없었다. 아르는 제대로 어울렸다.

센류는 고개를 살짝 끄덕였다. 내심 그렇게 예상했다는 듯이.

"센 척하는 건 그만둬."

센류는 부드럽게 타이르듯 말했다.

"즐거웠지? 배가 평소보다 불룩하지 않나."

"이건 별로, 그냥 너무 많이 먹은 거고……."

아르는 당황하며 배를 가렸다.

센류는 아르가 아기였을 때부터 돌봤다. 차이도 금방 알아본다.

"사람과 신수는 같이 있을 수 없는 법이야."

센류는 아르를 바라보며 말했다.

"몸의 크기가 다르다. 수명도 다르지. 가치관도, 좋아하는 환경도

달라. 신기 같은 게 없어도 나와 아르가 함께 생활하는 데는 한계가 있었다."

그건 분명 정확한 지적이었다.

소피는 오히려 10년이나 이 관계를 유지했던 게 기적이라고 느껴졌다. 서로 겉으로는 드러내지 않지만, 참고 견디며 옆에 꼭 붙어서 지냈을 것이다.

아르와 센류가 부모 자식 관계가 될 수 있었던 건 기적이었다.

하지만 그들 사이에도 자식이 자립할 때는 온다.

"그러니까 아르, 네가 마을을 마음에 들어 하는 건 당연한 일이다."

센류는 마치 그게 거스를 수 없는 운명이라는 듯이 말했다.

하지만 그런 센류의 태도는 아르에게 받아들여지지 않았다.

"왜 그런 말을 하는데……."

아르는 새빨갛게 부은 눈으로 센류를 노려봤다.

"왜 나만 매달리는 건데……."

아르의 태도가 갑자기 변하자, 센류의 눈동자가 흔들렸다.

아르는 몇 번이나 저항했다. 센류의 여행에, 신기에, 그 모든 것에 저항하려고 했다.

그런 아르에게 지금 센류가 한 말은 타인처럼 느껴졌다. 센류는 처음부터 깨닫고 있었던 것처럼 저항하지 않고 그 흐름에 몸을 맡겼다.

그건 센류가 어른이기 때문이지만, 아이인 아르는 어른의 이유를 이해하지 못했다.

센류는 나 같은 건 아무래도 좋은 거야. 그렇게 느꼈다.

"이제 됐어…… 너 같은 건 아무 데나 가 버려!"

아르는 센류를 향해 외쳤다.

그 직후— 아르가 갑자기 쓰러졌다.

"아르?!"

갑자기 쓰러진 아르에게 소피 일행이 다가갔다.

"마력이 떨어진 건가……?"

"아뇨, 이건……?!"

소피는 쓰러진 아르를 똑바로 눕히다가 말문이 막혔다.

아르의 목에서 벚꽃이 피고 있었다.

신기의 영향이었다.

아르의 몸이 벚나무로 변하고 있었다. 불과 며칠 전까지는 옆구리만 변했는데, 어느새 신기의 영향은 목과 팔꿈치…… 그리고 어깨까지 침식했다.

이대로 두면 아르의 목숨이 위험했다.

"센류 님, 아르를 멀리 옮기겠습니다!"

"……부탁한다."

소피는 부유 마법으로 아르를 띄워서 서둘러 센류에게서 떨어뜨렸다.

"미안하다."

소피의 등 뒤에서 센류의 힘없는 목소리가 전해졌다.

◆

소피 일행은 센류의 신기에서 벗어나기 위해 아르를 다시 마을로 옮겼다.

여주인에게 여관방을 하나 빌려서 아르를 침대에 눕혔다. 그 후, 소피 일행은 셋이서 아르에게 내성 마법을 걸고, 몸에 스며든 신기를 어떻게든 처리하려고 시도했다.

약 한나절이 지났을 때—.

"……그럭저럭 일단 목숨은 건졌군."

땀범벅이 된 세 사람은 지팡이를 집어넣었다. 고비를 넘겼기에 겨우 한숨 돌렸다.

내성 마법은 원래는 자신에게 거는 마법이라 남에게 걸면 효율이 압도적으로 떨어졌다. 그래도 아르를 살리기 위해서는 이 마법을 구사할 수밖에 없었다. 신기로 인한 몸의 이상을 정공법으로 치료하려면 특수 도구와 약이 필요하지만, 그런 걸 이 마을에서 구할 수는 없었다.

"물을 가져올게요."

"그럼 난 먹을 걸 사 오지. 아침부터 아무것도 안 먹었으니."

프란체스카와 루이스가 방을 나갔다. 그 사이에 소피는 혼자서 아르를 간병했다.

"……으."

그때 아르의 입술에서 작은 신음이 흘러나왔다.

"어……? 나, 무슨……."

"깨어났나요?"

아르가 소피 쪽을 보았다.

그리고 자신이 침대에 누워 있는 것을 알아차렸다.

"……그런가. 또 이렇게 됐네……."

아르는 당황하지도 않고 현재 상황을 받아들였다.

어쩌면 이렇게 될 것을 추측하고 있었던 것 같았다.

생각해 보면, 아르는 센류가 여행을 떠난다는 이야기를 들어도 별로 센류 옆에서 지내려고 하지 않았다. 보통 센류와 헤어지는 것이 쓸쓸하다면, 그것을 막으려고 할 뿐만 아니라 조금이라도 오래 옆에 있고 싶다고 생각할 텐데.

그러지 않은 이유는 분명히 이렇게 될 걸 알았기 때문이리라.

신기는 자신의 몸을 좀먹고 있었다. 더 이상 센류의 옆에 있으면 몸이 버티지 못한다.

자신이 쓰러지면 **센류가 상처 받는다**.

"……알고 있었어. 더 이상 센류 옆에는 있을 수 없다는 거."

아르는 천장을 바라보며 중얼거리듯이 말했다.

몸이 약해졌기 때문인지, 아르는 마음속에 감췄던 속내를 털어놓았다.

"……예전에 딱 한 번 지금처럼 센류랑 싸운 적이 있어."

아르는 가느다란 목소리로 말했다.

"그때도 센류한테 심한 말을 하고 도망쳤어. ……하지만 화가 가라앉아서 센류가 있는 곳으로 돌아갔을 때…… 난 봤어."

『너 같은 건 아무 데나 가 버려.』

아르는 감정적으로 내뱉은 그 말을 곧 후회했고 다시 센류에게로 돌아갔다.

그곳에서 아르가 본 것은—.

"센류는…… 울 것 같았어. 내내 슬퍼 보였고 고개를 숙이고 있었어……."

아르의 눈에 눈물이 맺혔다.

분명 당시에도 똑같았을 것이다. 센류에게 심한 말을 하고, 후회하며 돌아왔다. 그랬더니 센류는 무척 슬퍼 보여서— 그걸 보고 아르는 울었을 것이다.

"센류는…… 외로워 보였어."

아르의 뺨을 눈물이 타고 흘렀다.

그것은 공감의 눈물이었다.

부모에게 버림받고 이 앵선향에서 살아온 아르에게 외로움은 친근한 감정이었다. 그러기에 센류가 그 감정을 품고 있다는 걸 알고 남의 일로 생각되지 않았던 것이다.

—내가 옆에 붙어 있어야 해.

그런 아르의 마음의 소리가 들린 느낌이 들었다.

◆

프란체스카와 루이스가 돌아왔을 무렵에는 아르는 다시 잠들어 있었다. 회복은 순조로워서 지금은 호흡도 안정되고 식은땀도 심하게 흘리지 않았다.

"센류 님께 아르 얘기를 한번 하고 오겠습니다."

"알겠다. 와이번으로 데려다주지."

"아뇨, 저 혼자서도 괜찮아요. 두 사람은 아르 옆에 있어 주세요."

셴류도 걱정하고 있을 것이다. 아무튼 아르가 무사하다고 전해 주고 싶었다.

소피는 마을 바깥으로 나온 후, 예전에 용사를 운반했던 것처럼 주얼 드래곤을 불러서 등에 탔다.

앵선향에 도착하자 곧바로 셴류에게 향했다.

"아르는 어떤가?"

소피가 온 것을 안 셴류는 곧바로 그렇게 물었다.

아르의 일을 신경 쓰고 있었으리라. 셴류의 숨결은 평소보다 거칠고, 코 주위에서 뻗은 가늘고 긴 수염이 작게 흔들렸다.

"지금은 진정되었습니다."

"……그러냐."

진심으로 안도했는지 숨을 깊게 토했다.

셴류의 숨결이 소피의 머리카락을 들어올렸다.

"이걸로…… 이제 됐어."

셴류는 땅바닥을 바라보며 말했다.

"역시 신수와 인간은 같이 있을 수 없는 법이다. 의사소통은 할 수 있지만 공존하기는 어려워. 조심조심하며 아르를 키웠지만…… 더 이상 그 아이를 괴롭힐 수는 없다."

그러니까 이걸로 됐어.

이대로 아르와 헤어지면 된다. 셴류는 그렇게 말했다.

하지만 소피는 그렇게 생각하지 않았다.

"셴류 님. 갑자기 여쭤봐서 죄송하지만, 병의 상태는 어떤가요?"

셴류가 눈을 휘둥그레 떴다.

갑작스럽게 화제를 바꿔서 놀란 것 같았다.

"혹시 그 병…… 재발하지 않았나요?"

센류의 눈이 휘둥그레졌다.

"어떻게 알았지?"

역시 그랬구나, 하고 소피는 생각했다.

"짚이는 데가 있어서요. 자세한 용태를 여쭤봐도 될까요?"

"……말로는 잘 표현하지 못하겠지만 가슴이 괴로워진다."

센류는 목을 그르르르 울리며 말했다.

"네 말대로 요 며칠 사이에 갑자기 병이 도졌다. 어차피 이 땅을 떠나야 하니까 말하지 않고 있었지만…… 지금도 가슴이 찢어질 것 같구나."

센류는 원래 의문의 병을 앓았기 때문에 이 계곡에 내려와서 요양하고 있었다. 백 년이 지난 지금, 그 병이 나아서 이사를 진행하고 있었지만…… 아무래도 그 병이 악화된 것 같았다.

그건 참기 힘든 괴로움이라고 센류는 말했다.

"그건 치료할 수 없는 병입니다."

"뭐라고?"

센류가 되물었다.

"그건 누구나 안고 있는 병이고…… 누구나 마주해야 하는 법입니다."

소피는 병의 정체를 알고 있었다.

센류는 소피를 노려보듯 바라보았다. 오랜 세월, 자기 몸을 괴롭혔던 병의 정체는 무엇인가. 평범한 이사꾼이 어째서 그걸 아는 것인가. 의아해하고 있으리라.

대단한 것은 아니다. 그 병은 누구나 알고 있었다.

"병명은…… 고독."

소피는 센류를 똑바로 바라보며 말했다.

그 거대한 몸속에 있는 여린 마음을 향해서 말했다.

"센류 님은 고독에 괴로워하고 있습니다."

◆

병의 정체를 소피가 말한 순간— 센류는 먼 옛날의 일을 떠올렸다.

약 오백 년 전에 센류는 신수로서 사명을 다하기 위해 사람이 사는 마을 근처의 토지에 머물렀다. 당시는 아직 문명도 발달하지 않아 신수에 대해 아는 인간이 적었기 때문에 처음에는 센류를 마물이라며 두려워했지만, 끈기 있게 대화를 시도한 끝에 인간들과 신뢰관계를 쌓을 수 있었다.

센류가 가물었던 그 땅을 원래대로 돌려놓자, 마을 사람들은 눈물을 흘리며 감사했다. 물어보니, 그 땅은 원래 큰 밭이었다고 한다. 가뭄이 들고 나서는 제대로 먹을거리를 수확하지도 못했고 그렇다고 따로 밭으로 쓸 만한 땅도 찾지 못해서 꽤 오랫동안 굶주린 것 같았다.

센류는 신기를 계속 쐬면 위험하다고 말했지만, 그래도 사람들은 센류에게 다가와서 잔치를 열었다.

사람들은 술을 마시며 어울렸고 센류와 허물없이 이야기를 주고받았다.

센류는 그들과 어울리고 있는 사이에 마음이 따스해지는 것을 느꼈다.

'……아.'

생각해 보면 이것이 계기였다.

이윽고 그 땅의 회복이 끝난 후, 센류는 사명을 완수하기 위해 다음 토지로 향했다. 마을 사람들은 구름 사이로 올라가는 센류를 눈물을 흘리며 배웅했다.

센류는 사람들과 헤어진 후, 조금씩 마음이 차가워져 가는 것을 느꼈다. 마음은 마을 사람들과 교류하기 전의 온도로 돌아갔을 뿐 아니라 더욱 차가워졌다.

그 차가움은 끝이 없었다. 예전에는 흔들린 적조차 없었는데, 어느새 센류의 마음은 어둡고 차가운, 허우적거리는 것조차 허용되지 않는 바닥없는 늪으로 가라앉았다.

백 년이 지나도, 이백 년이 지나도, 마음은 계속 가라앉았다.

센류는 그걸— **병**이라고 생각했다.

"……그런가."

이 마음의 괴로움은.

이 견디기 어려운 아픔은.

"……그랬던 건가."

타자와 교류하지 않으면 결코 치유되지 않는 것이고—.

그래서 아르와 만난 날을 경계로 회복되었다.

센류는 아르를 주웠을 때 이 아이의 부모가 되어야 한다고 생각했다. 인간을 기른 경험은 없지만, 따로 부탁할 사람이 없어서 자신이기를 수밖에 없다고 생각했다.

그러나 실은 센류가 아르를 보호했다는 건 반쪽의 사실에 지나지 않았다.

"……지켜진 쪽은 나였던 건가."

아르는 센류가 고독에 괴로워하는 것을 알아차렸을지도 모른다.

지켜 주고 있었던 건 센류만이 아니었다.

센류 또한 아르가 지켜 주었다.

◆

소피 일행은 아르의 간병을 위해 여주인의 여관에서 하룻밤을 보냈다.

다음 날 아침. 잠에서 깬 소피는 곧바로 아르의 방을 찾아가서 상태를 확인하려고 했다.

"아르, 들어갈게요."

대답이 없었다. 아직 자고 있을까.

소피는 소리 내지 않고 문을 열었다.

아르는 침대 위에서 상반신을 일으키고 말없이 벽을 바라보고 있었다.

눈은 뜬 것 같았다. 의식도 확실해졌을 것이다. 그러니 어제 센류와 말다툼한 일도 기억할 터였다.

"몸은 완전히 나았지요?"

"……응."

아르의 목소리에는 짜증이 담겨 있었다.

어제는 몸이 약해진 상태라서 아르의 속마음을 들을 수 있었다. 그러나 몸 상태가 회복된 지금, 아르의 속마음은 다시 껍질 속에 틀어박혀 버린 듯했다.

"우린 이제부터 마지막 분신을 쓰러뜨릴 거예요. 그 후에 센류 님이 이사하실 예정이고요."

실은 좀 더 시간을 들여야 할지도 모르지만…… 루이스가 말하기를 센류는 한시라도 빨리 토지 회복이라는 사명을 다시 시작해야 한다고 했다.

"어떻게 할래요? 이대로라면 센류 님은 정말 가 버려요."

"……알 게 뭐야."

그게 아르의 본심이 아닌 것은 명백했다.

"아르, 당신은 지금 화가 나서 슬픔을 외면하고 있을 뿐이에요."

소피는 입술을 깨물고 있는 아르에게 상냥하게 말을 걸었다.

"싸우고 헤어지면 편하다는 건 알아요. 하지만 그렇게 하면 언젠가 반드시 후회해요."

"……아는 척하지 마."

아르는 그제야 소피의 얼굴을 보았다.

"드릴 아줌마한테 들었어. 스승님, 엄청 대단한 마법사지? 마법 학원이라는 데를 1등으로 졸업했고. 스승님처럼 뭐든지 잘하는 사람은 모른다고."

이 슬픔도, 이 초조함도 넌 몰라.

그렇게 내치려고 하는 아르에게— 소피는 한 걸음 다가섰다.

"난 다섯 살 때 부모님을 잃었어요."

"……어?"

"그 후 어느 마을에서 맡아서 키워 줬죠. ……신기하게도 아르가 걸어가려는 인생과 비슷하죠?"

그건 예상치 못했는지, 아르는 놀라서 눈이 휘둥그레졌다.

"자, 아르. 그렇게 살아온 내가— 불행해 보이나요?"

분명히 그렇게 보이지 않을 것이다.

아르 자신이 아까 말했으니까. 뭐든지 잘하는 사람이라고. 적어도 아르에게는 그렇게 보였다.

"인생에는 어떻게 해도 피할 수 없는 만남과 헤어짐이 있어요. 둘 다 무섭지만 뛰어넘어야 하죠."

아르도, 센류도, 뛰어넘지 않으면 앞으로 나아갈 수 없다.

예전의 소피도 그랬다.

"살아간다는 건— 만남과 헤어짐을 되풀이하는 거예요."

그러기에 소피는 이삿짐센터를 하고 있었다.

만남과 헤어짐, 즉 살아가려고 하는 사람들을 격려하기 위해서—.

"……살아간다."

아르는 작은 목소리로 중얼거렸다.

"난…… 살아가는 거구나."

"그래요. 당신은 센류 님 덕분에 지금도 살아가고 있어요."

아르는 눈을 감았다.

그대로 몇 번이고 심호흡했다. 흔들리는 감정을 천천히 매듭짓듯이.

"……마지막 분신, 어디 있는지 알아?"

"아뇨, 그건 이제부터 찾을 건데……."

아르는 그 눈에 강한 의지를 담고 말했다.

"……안내해 줄게."

◆

앵선향으로 돌아간 소피 일행은 아르의 안내에 따라 마지막 분신이 있는 곳으로 향했다.

앵선향 중에서도 가장 뒤얽힌 지형— 여러 갈래로 나뉜 강을 넘고 폭포 옆에 있는 동굴을 통과하여 이상하게 성장한 나무뿌리를 건넜다. 이윽고 소피 일행은 목적지에 도달했다.

"저게 최후의 분신인가."

갑주를 걸치고 대검을 쥔 사람 모양의 분신이 서성이고 있었다. 그 모든 게 수목으로 이루어졌고, 갑주 표면은 나뭇가지를 겹겹이 이은 것처럼 울퉁불퉁했다. 대검은 두툼한 나무판 같아 보였다.

"마치 기사 같네요."

그래서 기사 타입이라고 이름 지었다.

아르는 기사 타입에 대해 자세히 알았다. 애초에 센류에게 있어서 최종 방위선을 담당하는 분신인지, 그 성질상 맡은 자리에서 움직이지 않는 것 같았다. 그러나 백 년이라는 세월이 흐른 지금은 적과 아군의 구별을 못 하게 되어서, 자기 쪽에서는 움직이지 않아도 누군가 접근하면 묻지도 않고 냅다 공격하는 분신이 되고 말았다.

다가가지 않으면 무해하다. 그러나 한번 움직이면, 그 강력함은 다른 분신과는 비교가 되지 않았다.

그런 수목의 기사를 앞에 두고 아르가 입을 열었다.

"나한테 시켜 줘."

"네?"

프란체스카가 갑작스러운 말을 꺼낸 아르에게 되물었다.

"내가 저놈을 쓰러뜨릴게."

프란체스카는 의도를 알지 못해서 아르를 바라보았다.

아르의 눈에는 무시무시한 열량의 결의가 깃들어 있었다.

이제까지와는 달랐다. 지금의 아르는 마치 각오가 뭉친 결정 같았다. 만지면 화상을 입을 것 같은 세찬 열을 띠고 있었다.

"위험해지면 말릴 거예요."

"응."

지금의 아르라면 신뢰할 수 있다. 소피 일행 세 사람은 그렇게 생각했다. 아르가 품은 결의는 순진한 아이에게는 어울리지 않는, 아픔이나 괴로움과 맞선 끝에 생긴 흙내 나는 강인함으로 보였다.

아이의 성장은 빠르다. 막 만났을 때 느낀 제멋대로 구는 아이라는 인상은 이미 사라졌다.

"이얍!"

아르는 삽시간에 기사에게 바짝 다가가서 세게 쳤다.

단단한 갑주를 입은 기사는 반응은 하지만, 아르의 민첩한 움직임을 따라가지 못했다. 우선은 여유를 주지 않겠다고 말하는 듯한 아르의 맹공에 기사는 조금 물러섰다.

"빠르군."

"강화 마법을 간단하게 사용하고 있어요."

루이스와 프란체스카가 냉정한 눈으로 전황을 지켜보았다.

"원래 이 마법은 무의식적으로 발동할 수 있었으니까, 요령을 배우니 금방 습득했어요."

육체에 마력을 불어넣어 신체 능력을 끌어올리는 마법— 강화 마법. 아르는 이전부터 이 마법을 무의식적으로 발동할 수 있었다. 처음 만났을 때의 재빠른 움직임도 이 마법에 의한 것이었다.

그래서 조금 배우기만 했는데도 이제 의식적으로 발동할 수 있게 되었다.

아르의 맹공이 이어졌다.

그때, 기사가 비틀거리며 대검을 휘둘렀다.

"윽?!"

아르는 대기와 함께 베어 넘기는 듯한 기사의 검에 동요했다. 인간의 힘이 아니었다. 아르는 순간적으로 검을 피했지만, 풍압만으로 지면이 푹 파이는 모습을 보고 굳었다.

한순간 주저하던 아르는 다시 주먹을 꽉 쥐고 기사에게 맞섰다.

"우오오오오—!"

아르가 울부짖었다. 대검을 종이 한 장 차이로 피한 아르의 발차기가 기사의 몸통에 세게 명중했다.

때리고, 막고, 차고, 피하고. 치열한 응수가 이어지는 가운데, 기사도 아르도 상처투성이가 되었다. 아르의 주먹이 기사의 팔을 부러뜨리고, 기사의 대검이 아르의 배를 강타했다. 아르는 신음하며 구역질을 참는 기색을 보였지만, 그 눈에 깃든 전의는 약해지지 않았다.

"아직, 아직이야!"

아르는 가끔 무릎을 휘청거리면서도 기사의 품으로 파고들었다.

옆으로 휘두른 기사의 대검을 몸을 굽혀 피하고, 기사의 턱을 쳐올리듯이 주먹이 파고들었다.

하지만 그 공격이 상대에게 읽혔는지, 기사는 쓰러지지 않고 검을 세차게 내리쳤다.

"악—?!"

"아르?!"

프란체스카가 비명을 질렀다.

아르는 순간적으로 팔을 교차하여 검을 막았지만, 충격을 다 받아내지 못하고 세게 날아 떨어졌다.

일어선 아르는 쓰러질 것처럼 휘청거리다가 간신히 버티고 섰다. 의식이 깜빡 나갔다 돌아온 것이다. 너무나 심한 아픔에 입술을 깨물며 참고 있었다.

"한계예요! 더 이상은 아르가—."

"시끄러워! 방해하지 마!"

아르는 달려오려는 프란체스카를 피를 토하며 제지했다.

"내가…… 내가, 제대로 하지 않으면! 센류가 안심하고 여행을 떠나지 못한다고!"

그건 자기 자신에게 들려주는 듯한 말이었다.

프란체스카가 아르의 바람을 알고 멈춰 섰다.

"센류는, 지금까지 날 지켜 줬어!"

아르는 자신을 고무하듯이 외쳤다.

"센류는, 나에게, 유일한 부모가 돼 줬어!"

아르의 눈에서 생각이 흘러넘치듯이 눈물이 흘렀다.

"그러니까, 하다못해 내가……!"

아르는 눈물을 흘리며 기사를 계속하여 후려쳤다.

"내가 센류를, 격려해 줄 거야—!"

기특하기 짝이 없는 생각이 아르를 밀어붙여 움직이도록 했다.

프란체스카의 뺨에 눈물이 흘러내렸다.

아르는 결코 제멋대로이기만 한 아이가 아니었다. 센류가 품고 있는 고독을 느끼고, 그래도 보내줘야 한다는 것을 알고 그 안에서 자기가 할 수 있는 일을 열심히 생각했다.

이 결투는 보은이었다.

십 년 동안 길러 준 부모에 대한, 아르 나름대로의 보은.

자신은 이 정도의 일밖에 못하니까. 무지하고 무력하고 보호만 받던 자신이 할 수 있는 일에는 한계가 있으니까.

그러니까 하다못해— **내가**.

내가 하는 거다.

내가 센류의 등을 떠밀어 주는 거야.

소피도 프란체스카도 루이스도 아니다. 내가 해내겠다. 그런 강한 의지가 아르의 일거수일투족에서 넘쳐났다.

"우오오오오오—!"

기사의 검에서 재빨리 빠져나간 아르는 오른 주먹으로 날카롭게 쳤다.

기사의 몸이 조금 비틀거렸다.

좋은 기회. 그렇게 생각한 순간, 소피가 외쳤다.

"아르! 아까 가르쳐 준 마법을!"

"스승님, 알고 있다고!"

아르는 주머니에서 지팡이를 꺼냈다.

소피에게 배운 대로 마력을 지팡이로 이동시켜서 조작했다.

"꺼져랏—!"

아르의 지팡이에서 거대한 불꽃이 발사되었다.

타오르는 불이 기사를 날려 버리고, 아르도 그 반동으로 뒤쪽으로 쓰러졌다.

폭발의 충격으로 기사의 갑주가 부서졌다. 불꽃은 순식간에 기사의 온몸을 태웠다.

이윽고 기사는 땅바닥에 쓰러져서…… 움직이지 않았다.

"화, 화염 마법……."

"어느 틈에 익힌 거예요……."

정말 방금 전이었다.

분신을 자기 손으로 쓰러뜨리길 바라는 아르의 집중력은 대단했다. 소피는 그 집중력이 있으면 한 가지 정도 더 마법을 익힐 수 있다고 판단했다.

아직 서툴러서 마법이 실패할 가능성도 충분했다.

그래도 마지막에 멋지게 마법을 구사 해낸 건— 집념에 의한 것이리라.

마력이 고갈 직전에 이른 아르는 땅에 엎어져서 움직이지 않았다.

그때, 아르와 마찬가지로 쓰러졌던 기사가 천천히 일어서려고 했다. 온몸이 새까맣게 탄 기사는 드득드득 소리를 내며 검을 들어 올리고 유령처럼 으스스한 눈길로 아르를 노려봤다.

하지만 그 모습은 명백히 풍전등화 상태.

—싱거웠다.

소피가 지팡이를 작게 휘둘렀다. 그러자 눈에 보이지 않는 바람의 칼날이 기사의 사지를 절단했다.

기사는 이번에야말로 완전히 침묵했다. 그러나 쓰러뜨린 사람은 소피가 아니었다. 해낸 사람은—.

"잘했어요."

소피는 땅바닥에 누운 아르에게 다가가서 말을 걸었다.

"당신의 승리예요, 아르."

"헤, 헤헤…… 어때."

아르는 위를 보고 누워서 웃었다.

아르의 온몸이 떨리고 얼굴도 창백했다. 마지막 한 방울의 힘까지 쥐어짠 것이리라. 몸에는 수도 없이 상처가 났고, 화염 마법의 반동으로 오른팔에 가벼운 화상을 입었다.

아이의 모습이 아니었다. 아르는 전사였다.

"아르, 마지막으로 센류 님과 이야기할래요?"

"……할 수 있어?"

"제가 신기를 잠시 막아 줄게요."

솔직히 꽤 무리해야 하지만, 제자가 이만큼 열심히 해 주었으니 스승이 힘껏 버텨 주지 않으면 체면이 안 선다.

"……부탁해."

“손쉬운 일이에요.”

소피는 기사가 떨어뜨린 핵을 회수했다.

그리고 다 함께 센류가 있는 곳으로 향했다.

센류의 모습이 보이자, 소피가 자기만이 아니라 아르에게도 내성 마법을 걸었다.

몸이 나무가 되어 버린 아르를 치료했을 때와 마찬가지다. 본래 자기 자신에게 거는 이 마법을 타인에게 걸면 효과가 현저히 떨어진다. 그래서 원래 하는 것보다도 마력을 대량으로 쏟아부어야 했다.

소피는 마력을 심하게 소모하는 중이지만 겉으로는 피로감을 드러내지 않았다.

두 사람의 대화를 방해하지 않도록.

“아르.”

“……센류.”

두 사람은 서로의 이름을 불렀다.

그러고 보면 두 사람은 싸우고 헤어진 뒤로 처음 만났다.

하지만 그 건에 대해서 이야기할 필요는 없을 것이다. 서로 상대를 소중히 여기기 때문에 어긋났을 뿐이라는 걸 알고 있었다. 두 사람은 시선을 나누는 것만으로도 서로 그걸 이해했다.

“보고 있었다.”

센류가 눈을 가늘게 뜨고 말했다.

그 눈은 역시 자식의 성장을 지켜보는 부모의 눈빛이었다.

“강해졌구나.”

“……전혀 강하지 않아. 센류랑 같이 있지 못하잖아.”

"그건 서기 있는 이삿짐센터 일행에게도 어려운 일이야. 창피한 일이 아니다."

센류의 말대로였다. 소피 일행의 내성 마법도 신기에 대해서는 임시방편에 불과했다.

"아르, 한 번 더 묻겠는데 마을은 어떻더냐?"

"……즐거웠어."

아르는 시선을 살짝 내리깔고 말했다.

"난 몰랐어. 바깥세상에는 그렇게 맛있는 음식이 있고 그렇게 재미있는 놀이가 있다는 걸."

"……미안하다. 나는 가르쳐 줄 수 없는 거였어."

"센류 때문이 아니잖아."

아르가 미소 지었다.

"여관 아줌마가 나한테 그랬어. 같이 살지 않겠냐고……. 난 그런 말을 들을 거라고 생각해 본 적이 없어서. 아무 대답도 못 했어."

아르는 입술을 살짝 깨물면서 말했다.

"지금이라면 대답할 수 있겠니?"

"응. ……할 수 있어."

아르의 눈꼬리에 눈물이 맺혔다.

"센류…… 미안해……. 나, 바깥세상이 즐거웠어……."

"그럼 됐다. ……그게 자연스러운 거야."

아르는 죄를 고백하듯이 말했지만, 센류는 그것을 수긍했다.

처음으로 마을 안에 들어간 아르는 무척 즐거워 보였다. 역시 그 감정에 거짓말을 할 수는 없다고 생각했을 것이다.

센류는 기쁨과 쓸쓸함이 함께 담긴 웃음을 띠었다.

"아르, 나도 고독했다."

센류는 자신의 마음을 모두 말했다.

"나 역시 아르에게 구원받은 거다. 아르가 있어 줬기에 지금까지 살아올 수 있었다. ……그러니까 난 가야 해. 아르 같은 어린아이가 마음 놓고 살아갈 수 있도록 이 세계를 지키고 싶다. 내가 이런 마음을 먹을 수 있었던 건 아르 덕분이야."

신수는 태어나면서부터 세계를 지키기 위해 여행을 한다는 사명이 있었다.

그러나 센류는 그 사명에서 처음으로 진짜 의의를 찾아냈다. 그것은 분명 센류에게 있어서 다시없는 것이었다.

"아르, 언젠가 날 만나러 와 주렴."

센류의 눈동자에 흐느껴 우는 아르가 비쳤다.

"언젠가 성장한 너를 보여 줘."

"응…… 그럴게! 꼭 만나러 갈게……! 약속이야……!"

"그래, 약속이다."

센류의 목소리도 떨렸다.

"그 약속만 있다면…… 내 마음은 두 번 다시 가라앉지 않을 거다."

언젠가 만날 수 있는 날이 온다. 그 약속은 아르와 센류의 마음을 이어 주었다.

설령 헤어지더라도 마음은 언제까지나 이어져 있다. 그러니까 아르는 계속해서 앞으로 나아갈 수 있고, 센류도 고독함에 빠지지 않는다.

"이사꾼."

"네."

소피는 센류의 머리에 탔다.

이사꾼으로서 만일을 위해 센류가 다음 토지에서도 안전하게 살 수 있는지 확인하고 싶었다. 그래서 센류가 다음 토지에 도착할 때까지는 소피 혼자 동행하도록 계획을 세웠다. 『시대의 마법사』 소피라면 한동안 신기에도 버틸 수 있다.

센류가 백 년 만에 그 몸을 꿈틀거렸다.

몸을 덮고 있던 벚나무가 우지끈거리며 벗겨져서 떨어졌다.

"아르! 설령 몇십 년— 몇백 년이 지나도 난 널 기다리고 있겠다!"

센류의 몸이 공중에 뜨자, 앵선향을 물들이고 있던 벚꽃이 급격히 시들어 갔다.

마치 꿈에서 깨어난 것처럼. 벚꽃은 차례로 모래처럼 변해서 사라졌다.

"이건……?!"

"신기가 사라져서 앵선향이 원래 모습으로 돌아가는 건가……!"

프란체스카와 루이스는 이변의 정체를 재빨리 알아차렸다.

센류의 여행길을 축하하듯 벚꽃잎이 화려하게 흩날렸다.

그 속에서— 아르는 슬퍼 보이는 얼굴을 했다.

"……싫어."

쉰 듯한 그 목소리가 소피의 귀에 닿았다.

"사라지는 건 싫어……! 우리의 장소가…… 우리, 추억이……!"

더 이상 흩날리지 말아 줘.

더 이상 떨어지지 말아 줘.
우리의 추억이.
우리의, 소중한 유대가—.

"—사라지게 하지 않아요."

소피는 지팡이를 쥐면서 말했다.
"당신들의 추억을— 사라지게 두지 않겠어요."
소피는 있는 마력을 모두 쏟아서 마법을 발동했다.
센류가 떠남에 따라, 앵선향의 벚꽃은 차례로 사라졌다.
하지만 그 중심에 갑자기 거대한 뿌리가 자라났다.
뿌리는 대지를 강하게 부여잡고, 그 뿌리를 토대 삼아 굵은 가지가 하늘 높이 올라갔다. 이윽고 무수한 가지와 잎이 되어 아르와 다른 사람들의 머리 위 하늘을 덮었다.
가지와 잎 끝에서 일제히 분홍색 꽃이 피었다.
그것은 벚꽃— 앵선향을 상징하는 아름다운 꽃이었다.
조형 마법. 소피는 이 마법으로 거대한 벚나무를 재현해 냈다.
앵선향처럼 이 계곡을 통째로 감쌀 정도의 규모는 아니지만…… 마을에서는 보일 정도의 크기로 만들었다.
여기에 당신들의 추억은 분명히 있었다고 나타내기 위해서.
소피는 울음을 그친 아르를 보고 지팡이를 집어넣었다.
센류는 구름과 함께 날았다.
"고맙다, 이사꾼 소녀여."

센류는 큰 벚나무를 내려다보고 말했다.

빙대한 마력을 쏟아부은 거라서 상당히 무리했다. 하지만 그 덕분에 저 벚꽃은 당분간 마력을 주입하지 않아도 사라지지 않는다. 십 년이나 이십 년 동안은 유지될 것이다.

"센류 님. 제가 아르를 잘 가르치겠습니다."

소피는 바람에 머리카락을 나부끼며 말했다.

"언젠가 그 아이가 센류 님을 만나러 갈 수 있도록."

"……그 말은 신뢰할 수 있구나."

소피의 마법 실력이 탁월하다는 것은 센류도 눈치챘다.

그런 소피가 가르치겠다고 한 것이다. 마음이 놓였다.

"감사하구나, 이사를 도와주는 마법사."

센류는 하늘을 헤엄치듯 전진하며 감사를 전했다.

"이런 개운한 기분으로 여행길에 나설 수 있었던 건 태어나서 처음이다."

천 년 이상을 살고 있는 센류의 무게 있는 말이었다.

3장 왕립 마법 도서관의 이사

신수가 이사한 지 한 달이 지났을 무렵.

소피의 가게에 잘 아는 남자가 찾아왔다.

"어머나, 루이스 님."

"오랜만이군."

프란체스카의 상사인 궁정 마도사 루이스가 카운터로 다가왔다.

"선물을 가지고 왔어."

"감사합니다."

루이스가 종이봉투를 건넸다.

소피는 그 자리에서 봉투에 든 것을 확인했다. 안에 들어 있는 것은 전병이었다.

"이건……."

"프란이 자네가 좋아하는 건 전병이라고 했거든. 이 나라에서는 잘 안 팔아서 한참 찾았지."

루이스는 찾느라 애썼는지 조금 의기양양한 표정을 지었다.

프란체스카에게는 말을 너무 퍼뜨리지 않았으면 좋겠다고 했을 텐데……. 자신의 취향이 그다지 소녀답지 않다는 것은 자각하고 있기에 소피의 심정은 복잡했다.

"아르는 잘 지내나?"

"네, 요전에도 편지가 왔어요. 마을에는 이미 완전히 익숙해졌나 봐요. 제가 보낸 마법 교과서도 순조롭게 진도를 나가는 중이고, 최근에는 마법 학원 입학도 검토하는 것 같아요."

아르는 지금까지 머리를 쓴 적이 별로 없었을 것이다. 편지에는 공부가 힘들다는 푸념도 적혀 있었지만, 앵선향이 있던 장소에 자라난 벚나무를 볼 때마다 의욕을 불태우는 듯했다. 좌절할 것 같을 때 그 벚꽃을 보면, 몇 번이고 다시 일어설 수 있을 것 같다고 한다.

"가끔 직접 지도하는 거지? 마법 실력은 어때?"

"마력은 적지만, 역시 마력을 다루는 감이 좋아서 마법 습득은 빠른 편이에요."

"그런가. 재능이 있어 보이면 지금 말을 해 두고 싶은데 아직 너무 성급한가."

"지금은 환경이 바뀐 직후니까요. 장래 일은 차차 생각하게 하는 게 나을 거예요."

궁정 마도사도 인력이 부족하니 우수한 인재를 찾는 기분은 이해가 갔다.

"그래서 루이스 님, 무슨 용건인가요? 매일 격무에 시달리는 궁정 마도사님이 그저 잡담을 나누고 전병을 주시려고 저를 보러 오신 건 아닐 텐데요?"

"……추측대로 이번에도 의뢰가 왔다. 지금부터 함께 가 주겠나?"

아무래도 안내하고 싶은 장소가 있는 듯했다.

소피는 고개를 끄덕이고 루이스와 함께 가게를 나왔다.

◆

"신수의 이사가 성공하자 자네에게 관심을 가진 사람이 여러 명 있어."

루이스가 와이번을 타고 공중을 이동하며 설명했다.

"그중에서도 한 사람, 무슨 일이 있어도 자네에게 의뢰하고 싶다는 사람이 있었어. 지금부터 그 사람을 만나 줬으면 해."

"그건 상관없지만 어디로 가는 건가요?"

이미 왕도의 성채는 넘었고 지금은 넓은 벌판 위를 날고 있었다.

다른 거리로 가는 걸까? 하고 생각했지만, 와이번은 예상보다 일찍 고도를 낮췄다. 소피와 루이스는 왕도에서 마차로 두 시간 정도 이동한 거리에서 지상에 내렸다.

"여기다."

왕도에서 잘 보이는 산기슭이었다. 여기까지 오니, 소피도 목적지가 어디인지 알았다.

소피는 걸음을 멈춘 루이스 옆에서 눈앞의 거대한 건물을 쳐다보았다.

"왕립 마법 도서관인가요."

거대한 원기둥 모양의 건물이었다. 8층이라 왕국 안에서는 가장 높은 건물이었다. 탑의 바깥 둘레는 굵은 회색 돌기둥을 여러 개 줄지어 세워서 만들었고, 균형 잡힌 기하학적 외관은 멀리서 보면 세련된 느낌이 들지만 가까이에서 보면 장엄하게 느껴지기도 했다.

그냥 도서관이 아니다. 여기는 **마법** 도서관이었다.

그 이름의 유래는…… 들어가 보면 알 수 있었다.

소피는 루이스와 함께 도서관으로 들어갔다.

도서관은 벽면 전체에 책장이 빈틈없이 들어차 있고, 중심에는 책장 외에 의자와 탁자도 나란히 놓여 있었다. 천장은 높고, 나선 계단이 벽을 따라 위로 이어졌다.

옛날과 변함없는 풍경에 안도하고 있으니, 소피에게로 책 한 권이 **날아왔다**.

"도서관의 마법은 여전하군요."

"역시 자네도 이곳에 대해서는 자세히 알고 있나 보군."

"네. 학생 시절에 자주 신세를 졌죠."

여러 개의 책이 넓은 천장을 자유로이 날아다니고 있었다.

어떤 책은 누군가에게로 날아가고, 다른 어떤 책은 누군가로부터 도망치려 했다. 마치 책에 각각 자기 의사가 있는 듯한 광경이었다.

"언제 봐도 불가사의한 광경이네요."

"그래. 이 도서관에 있는 책은 필요로 하는 사람에게 스스로 날아가고, 불필요한 사람에게서는 도망치지. ……시스템은 모르지만, 여기 오기만 해도 발전시켜야 할 재능을 알 수 있다는 아주 중요한 시설이야. 우리 궁정 마도사들도 가끔 여기에서 공부하고 있어."

루이스의 손에도 책 한 권이 배달되었다.

지금 이 손에 있는 책이야말로 자신들에게 필요한 지식이라는 이야기였다. 루이스의 말대로 그 시스템은 모르지만, 효과를 신뢰할 수 있다는 사실은 경험으로 알았다.

소피를 포함한 왕도 주민은 이 신비한 현상을 도서관의 마법이라고 불렀다.

마법 도서관은 왕도의 상징 중 하나이자…… 왕도의 집세가 비싼 이유의 하나이기도 했다.

그러나 이번에 소피 일행은 책을 읽으러 온 것이 아니었다. 루이스는 탁자가 나란히 놓인 중심부를 가로질러서 안쪽에 있는 문을 노크했다.

"궁정 마도사 루이스입니다. 그녀를 데리고 왔습니다."

"아, 기다렸어요."

문 저편에서 부드러운 목소리가 들렸다.

기억에 있는 목소리라고 생각한 소피의 눈앞에서 루이스가 문을 열었다.

"소피, 오랜만이에요."

조촐한 응접실에 들어가니, 거기에는 어떤 나이 든 남자가 서 있었다.

노화로 하얗게 센 머리카락은 짧게 깎았고, 호리호리한 체형과 상냥한 눈매가 어우러져서 편안한 느낌을 자아냈다.

소피는 이 사람을 알고 있었다.

"사서장님, 오랜만에 뵙습니다."

왕립 마법 도서관 사서장이었다.

사서장은 소피가 학생이었던 때부터 여기에서 근무했다.

"혹시 이번 의뢰인은……."

"맞아요, 접니다."

사서장은 고개를 끄덕였다.

"일부러 이렇게 오시게 해서 죄송합니다. 아무래도 바쁜 일이라서."

"……그렇겠죠. 눈 밑의 다크서클이 옛날과 변함없네요."

"하하하, 이래 봬도 옛날보다는 쉬면서 하고 있는데 말이죠."

사서장이 소파에 앉으라고 재촉했다. 소피와 루이스가 앉자, 맞은 편에 사서장도 앉았다.

"사서장님은 루이스 님과 아시는 사이인가요?"

"그래요. 나랑 루이스의 관계는 나와 소피의 관계와 똑같아요."

그 말은…….

"나도 학생 시절에 이 도서관을 애용했거든. 사서장님께는 신세 많이 졌지."

"두 사람 다 부지런했으니까요. 난 교사는 아니지만, 제자가 두 사람이나 찾아온 기분이라서 반갑네요."

사서장이 상냥하게 웃었다.

그렇군, 그런 연결점이 있어서 루이스는 사서장에게 자신을 소개한 건가. 소피는 그렇게 이해했다.

"쌓인 이야기는 많지만, 일 얘기부터 먼저 할까요. 이번에 소피에게 부탁하고 싶은 건 이 왕립 마법 도서관의 이사예요."

"도서관의 이사, 말씀인가요?"

"그래요. 아직 정식으로 발표하지는 않았지만, 가까운 시일 안에 이 도서관을 마법 학원 옆으로 옮길 예정입니다. 소피는 그걸 도와주었으면 해요."

이번은 사람의 이사가 아니라 시설의 이사인가 보다.

"그럼 저는 책이나 탁자 같은 걸 운반하면 되나요?"

"그렇게 되겠지요. 장서를 처분할 계획은 없으니, 여기 있는 책을 전부 운반해 주었으면 해요. 양이 상당한데 괜찮겠어요?"

"괜찮습니다."

소피가 그렇게 대답하자, 사서장은 눈이 휘둥그레졌다.

그렇게 시원스레 대답하리라고는 생각하지 않았던 듯하다.

"자네, 혹시나 해서 묻는데 이 도서관에는 마도서 종류도 보관되어 있어. 만지기조차 힘든 것도 있는데 문제없나?"

"충분합니다."

용사의 이사 과정에서 이미 지나온 길이었다.

루이스도 사서장과 마찬가지로 눈을 휘둥그레 뜨고 굳었다.

두 사람은 마주 보고 쓴웃음을 지었다.

"여전히 우수하군요."

"여전히 말도 안 되는군."

루이스의 말은 약간 이상하지만, 둘 다 칭찬으로 받아들이자.

"하지만 어째서 도서관을 옮겨야 하나요?"

"……이유는 두 가지입니다."

사서장은 조금 슬퍼 보이는 표정으로 말했다.

"하나는 건물의 노후화예요. 책상, 의자, 책장 같은 내부 설비는 정기적으로 교체했지만, 건물 자체는 삼백 년도 더 됐으니까요. 솔직히 대부분 부실해졌어요. 요전에도 바닥이 빠져서 부상자가 나왔죠. 조심해 가며 건물 수리도 계속했지만, 더 이상은 한계예요."

"제가 다닐 때부터 너덜너덜했지요. ……하지만 역사적인 건물인데 건물 자체는 보존하지 않는 건가요?"

"소위 주축이 되는 부분이 수명을 다했다고 해서, 일단 철거하는 게 안전한가 봅니다."

이미 전문가 의견을 들은 뒤인지, 사서장은 안타까운 듯이 말했다.

"두 번째 이유는 단순히 접근이 불편해서예요. 다들 아는 대로 이 도서관은 왕도에서 떨어진 위치에 있어서, 두 사람처럼 하늘을 이동할 수 있는 마법사들은 다니기 쉬워도 일반인들은 마차를 타지 않으면 올 수 없어요. 그래서 이사할 장소는 왕도의 중심으로 정해졌어요."

마법 학원은 왕도의 중심가에 있으니, 그곳에 도서관이 생기면 이용객들이 오기도 훨씬 편해진다.

"좀 섭섭하네요. 저는 이 도서관까지 오는 길을 좋아했는데."

"그런 사람도 적지 않지만, 이 문제는 어쩔 수가 없군요."

학생 시절의 소피도 방과 후에는 하늘을 날아서 이 도서관으로 왔다.

마법 학원이 있는 왕도 중심가는 무척 번잡했다. 그곳에서 도서관이 있는 산으로 향하면, 소음이 조금씩 사라지고 자연스럽게 머리가 맑아지는 느낌이 들었다. 산길을 가볍게 걸으며 그 고요함에 마음을 맡기는 것이 공부를 시작하는 루틴이었다.

"나도 이 도서관에는 추억이 있어서 허전해요. 창문으로 보이는 푸르른 산이나 이따금 들려오는 작은 새의 지저귐은 왕도에서는 맛볼 수 없으니까요."

사서장은 창을 통해 바깥을 바라보며 말했다.

"특히 도서관의 마법이 사라지는 건 유감스러워요."

이어서 사서장이 중요한 사실을 알려주자, 루이스는 놀라서 눈이 커졌다.

"잠깐만요. 지금 도서관의 마법이 사라진다고 하셨나요?"

"맞아요. 도서관의 명물이라고도 할 수 있는, 책이 자유롭게 날아다니는 마법…… 그건 유실 마법(로스트 매직)이라서요."

유실 마법. 그것은 현대에서는 해명이 어려운 마법, 또는 그 마법을 이용한 도구를 가리켰다.

도서관의 마법도 그중 하나였다. 이 마법의 시스템은 아직 아무도 해명하지 못했다.

"마법이라서 운반도 불가능하고, 그렇다고 지금 기술로는 재현도 어려우니까요. 이사를 마치고 나면, 안타깝지만 이 마법은 사라지겠지요."

도서관의 마법이 사라진다는 건 소피도 처음 듣는 얘기였지만, 어렴풋이 예상하던 거라 놀랍지는 않았다.

"아니면…… 소피가 맡으면 어떻게든 가능할까요?"

"……확실히 어렵겠네요."

유실 마법은 과거에 해명된 건수가 한 손으로 꼽을 정도였다. 떠 있는 섬의 핵인 영구 부유 기관이나 모래를 담수로 바꾸는 원소 연성모형 등 어느 것이나 사람의 지혜를 뛰어넘는 도구였다. 해명되었을 때는 세계가 뒤흔들렸지만, 그런 만큼 막대한 시간을 들여서 하나하나 해명하고 있었다. 백 년에 한 명 나오는 천재가 연구 성과를 여러 세대 물려받고 거기에 운이 좋으면 해명할 수 있는 것이다.

왕립마법도서관은 건물이 이미 무너지기 직전이고 수리도 불가능했다. 이 도서관의 마법은 유실 마법 중에서는 비교적 간단한 시스템이지만 그래도 시간이 부족할 것이다.

"국정에서도 의논한 결과, 도서관의 마법이 사라지는 건 어쩔 수 없다는 결론에 이르렀습니다. 그러니 도서관의 마법은 신경 쓰지 않아도 괜찮아요. 짐 운반만 부탁하겠습니다."

"……알겠습니다."

복잡하긴 하지만, 그것이 의뢰이니 일단 고개를 끄덕였다.

"도서관 폐관은 내일 고지할 거예요. 폐관은 1개월 뒤고, 개관은 4개월 뒤. 이사에 쓸 수 있는 기간은 길어도 3개월입니다. ……애초에 그때까지 이 건물이 버틸지 모르겠지만."

"노후화가 그렇게 심한가요?"

"그래요. ……아무래도 건물 수명뿐 아니라 도서관의 마법 자체도 상태가 이상해요. 그것까지 고려해서 이사를 추진하기로 한 겁니다."

도서관의 마법도 이상해지고 있으니, 최악의 경우에는 사라져도 할 수 없다…… 그런 결단이 소피가 모르는 곳에서 내려진 듯했다.

'3개월은 조금 짧네요…….'

소피는 머릿속에서 스케줄을 작성하며 사서장을 바라보았다.

"사서장님, 도우미를 불러도 될까요?"

"상관없어요. 다만 이쪽이 직접 고용하는 사람은 소피뿐이니까, 도우미와 교섭하는 건 소피한테 맡기게 될 텐데……."

"그건 괜찮습니다."

이쪽 사정으로 도우미를 부르는 거니 당연한 일이다.

"그럼 한 달 뒤에 폐관하면, 도우미와 함께 작업에 들어가겠습니다."

"그래요, 잘 부탁할게요."

소피와 루이스가 응접실에서 나왔다.

문을 닫기 직전, 사서장은 책상 위에 있는 서류를 집어 들려고 했다. 한숨 돌릴 틈도 없이 일할 생각인 듯했다. 루이스도 그렇고 사서장도 그렇고 정신없이 바쁜가 보다.

“도우미로는 누굴 부를 생각이지?”

루이스가 도서관의 조용한 분위기를 깨지 않도록 작은 소리로 물었다.

“프란체스카예요. 일정이 비어 있을 때 얘기지만요. ……루이스 님은 가능하신가요?”

“아니, 미안하군. 다음 달에는 일정이 빡빡해서. 그렇지만 프란은 문제없을 거야. 일단 오늘 안으로 내가 연락해 놓지.”

소피는「그래 주시면 감사하고요.」하고 인사를 했다.

평범한 책이나 탁자 등을 나르기만 하는 거라면 그리 시간이 걸리지 않지만, 마도서 종류를 운반하려면 몹시 신경 써야 한다. 이 도서관에는 분명히 저주받은 마도서도 있을 것이다. 운반 자체는 가능하지만, 시간이 걸린다.

“모처럼의 기회이니 아르도 부를 생각이에요.”

“……역시. 마법으로 물건을 나르는 건 좋은 훈련이 될 테니까. 나도 어렸을 때 많이 했어.”

과연 궁정 마도사다. 마법에 관해서는 이야기가 빨랐다.

“그런데 아무리 자네의 실력이라도 이만큼의 책을 혼자서 운반하는 건 힘든가?”

“아뇨, 물건을 나르기만 하는 거라면 저 혼자서도 아마 시간 안에 가능하겠지만…… 이게 마음에 걸려서요.”

소피는 그렇게 말하면서 자기가 가지고 있는 책을 루이스에게 보여 주었다.

"그건…… 도서관에 들어왔을 때 날아온 책이지?"

"네. 참고로 이런 책이에요."

책 표지를 보여 주자, 루이스가 눈을 휘둥그레 떴다.

—유실 마법의 해명 · 마도구학으로 접근하기

"도서관의 마법은 제게 운반해 주었으면 하나 봐요."

도서관의 마법은 소피에게 이 책을 읽어야 한다고 말하고 있었다.

◆

한 달 뒤.

소피는 약속대로 도우미 두 명과 함께 마법도서관으로 갔다.

"우와아아아, 왕 크다!"

아르는 눈앞에 우뚝 선 탑 같은 건물을 보고 흥분했다.

프란체스카는 그런 아르를 보고 어이없다는 표정을 지었다.

"소리가 너무 커요."

"우와, 왕 큰 드릴이다!"

"후벼팔 거예요!"

"멘탈 강하네……."

프란체스카는 자신의 머리 모양을 가지고 괴롭히면 어김없이 되받아쳤다.

프란체스카와 아르의 관계는 오랜만에 만났는데도 이전과 다름없었다.

그러나 아르는 이전에 비하면 여러 가지 변화가 보였다. 적당한 길이로 짧게 자른 머리에 깔끔한 옷 등 생선항에서 만났을 때와 비교하면 확실히 깨끗해졌다.

“왕립 마법 도서관에 잘 왔어요. 아쉽게도 이미 폐관했지만.”

사서장이 직접 소피 일행을 맞이했다.

인사하는 소피와 프란체스카를 따라서 아르도 어색하게 고개를 숙였다. 예의도 몸에 밴 것 같았다.

“사서장님, 다크서클이 사라졌어요.”

“폐관해서 업무량이 줄었으니까요. 별로 기쁘진 않지만.”

사서장이 도서관 안으로 안내했다.

안에 들어가자, 책 몇 권이 공중을 날아다니고 있었다. 도서관이 폐관했다고는 해도, 안에는 이번 이사에 관계된 사서나 업자들이 있었다. 책이 그 사람들에게 반응하여 움직이는 것이다.

“이게 도서관의 마법이라는 건가. ……앗?! 뭐가 와!”

아르가 있는 곳으로 책 한 권이 날아왔다.

아르는 눈을 빛내며 그 책을 받았다.

“어떤 책이 왔나요?”

“어디 보자…… 어? 제로부터 시작하는 기초 마법 4권이야. 이거 지금 내가 읽고 있는 시리즈지? 난 아직 2권을 읽는 중인데…….”

제로부터 시작하는 기초 마법 시리즈는 소피가 아르에게 준 교과서 중 하나였다. 독학을 전제로 한 마법 입문서 같은 책이라 정기적으로 아르에게 보내고 있었다.

지금 아르는 2권을 읽고 있어서 다음에는 3권을 줄 예정이었지만, 여기에서 4권이 날아왔다는 건—.

"아르는 3권을 뛰어넘어도 괜찮겠네요."

3권은 치유 마법에 관해 쓰여 있는데, 아르에게는 필요 없는 지식인가 보다.

"프란체스카한테는 무슨 책이 왔어요?"

프란체스카에게도 책이 도착했다. 그러나 프란체스카는 그 책을 등 뒤로 숨겼다.

"……난 됐어요."

됐다니 뭐가.

소피와 아르가 똑같은 생각을 품었다.

"이리 내!"

"뭐예욧?!"

아르가 타고난 빠르기로 프란체스카한테서 책을 낚아챘다.

초조해하는 프란체스카를 무시하고 책 표지를 본 아르는 고개를 갸웃거렸다.

"이게 뭐야? 친구가 별명으로 부르게 하는 법……?"

"이, 이리 줘요!"

프란체스카는 얼굴을 붉히며 아르에게서 책을 빼앗았다.

"별명으로 부르잖아. 드릴이라고."

"그건 악명이지요!"

"악명이라는 인식은 있구나……."

프란체스카는 뺨을 붉힌 채, 소피 쪽을 흘금거리며 신경 썼다.

소피는 서비스업을 하는 만큼 타인의 감정에 예리한 편이었다. 아마도 별명으로 불러 주길 바라는 친구란 나겠지…… 하고 짐작했다.

솔직히 말하면, 상대가 친해지고 싶다고 생각하는 건 그리 기분 나쁘지 않았다. 그러나 소피는 지금 정도의 거리감이 편해서 굳이 건드리지 않기로 했다.

소피는 뭔가에 연연하지 않는 성격이었다.

"스승님 책은 유실 마법의 해명이야?"

"그래요. 전이랑 똑같은 책이 왔어요."

"스승님이 제일 시시하네."

"아르도 변함없잖아요."

재미있는 건 프란체스카뿐이었다.

"예전에 소피가 처음 이 도서관에 왔을 땐 그야말로 난리였답니다."

사서장이 과거를 그리며 이야기했다.

"몇 십, 몇 백 권이나 되는 책이 일제히 책장에서 튀어나와서 소피 앞에 모였어요. 난 이 도서관에서 오십 년 정도 일했지만, 그런 광경을 본 건 처음이었죠."

그러고 보니 그런 일도 있었지, 하고 소피도 당시의 일을 떠올렸다.

시야가 온통 책으로 꽉 찬 것이다. 어쩐지 무수한 벌레가 몰려든 느낌이 들어서 실은 좀 징그러웠다.

"우와…… 그건 스승님한테는 재능이 엄청 많았다는 거야?"

"그것도 그렇지만, 소피 자신이 여러 가지를 배우고 싶다는 의지가 강했지요. 실제로 소피는 날아온 책을 전부 독파했거든요. 매일

마법 학원이 끝나면 도서관에 와서 한결같이 탁자에 쌓인 책을 읽었어요."

"이야~ 스승님, 좀 하네."

딱히 숨기고 싶은 일은 아니었지만, 과거의 노력이 파헤쳐진 기분이 들어서 조금 쑥스러웠다.

소피는 화제를 바꾸기 위해서라도 얼른 일을 시작하기로 했다.

"그럼 이사 계획을 세우죠."

자기 일이 있는 사서장과 일단 헤어진 뒤, 소피는 그 자리에 있는 두 사람에게 말했다.

"우선 책장에 있는 책을 제 미믹에 옮길 거예요. 책의 장르에 맞춰서 미믹도 구분해서 쓰고요. 아르는 마법 연습 겸 책을 회수해 줘요. 프란체스카는 아르의 상황을 보면서, 마도서를 운반 가능한 상태로 만들어 주세요."

도우미들이 고개를 끄덕였다.

"난 두 사람을 도우면서 도서관의 마법 해명을 시도해 볼게요."

"……진심이에요?"

프란체스카가 차분한 표정으로 소피를 보았다.

유실 마법의 해명은 결코 간단히 할 수 있는 일이 아니었다. 프란체스카의 얼굴에는 「무모해」, 「당치 않아」라는 솔직한 감상이 드러나 있었다.

"일에 지장을 줄 생각은 없어요. 다만…… 난 이 도서관의 마법에 몇 번이나 도움을 받았으니까 이건 내 나름대로 하는, 도서관에 대한 보은 같은 거예요."

"……그 마음은 이해해요."

학생 시절, 소피는 프란체스카와 이 도서관에서 어깨를 나란히 하고 공부한 적도 있었다. 서로 도서관의 마법에는 은혜를 입었다. 마법 학원 학생이라면 누구든 마찬가지일 것이다.

'하다못해 뭔가 실마리가 발견되면 좋겠는데…….'

완전히 기초부터 해명할 수 있을 거라고는 생각하지 않았다. 그러나 이 도서관의 마법은 삼백 년 전에 만들어진 것이어서 유실 마법 치고는 **역사가 짧았다**. 조사해 보면 실마리가 있을지도 모른다고 소피는 예상했다.

"저기, 스승님."

"왜요?"

"저 책장, 좀 이상한 소리가 나지 않아?"

아르는 안쪽에 있는 책장을 가리키며 말했다.

그곳은 마도서가 보관된 장소였다. 아무리 건망증이 심한 사람이라도 내용을 절대 잃어버릴 수 없는 책이거나 읽기만 해도 거기 기록된 음식의 맛을 체험할 수 있는 등 그런 특수한 책이 마도서다.

"아르, 떨어져요!"

"뭐? ―으악?!"

아르의 눈앞에서 책장이 파지직, 하는 소리를 내며 마력 충격파를 방출했다. 마치 책장이 통째로 전기를 띤 것처럼 공기가 떨리고 있었다.

소피의 목소리를 듣고 가까스로 뒤로 피한 아르는 어이없다는 표정으로 책장을 응시했다.

"……역시 그렇군요. 아무래도 도서관의 마법과 여기 있는 많은 마도서가 간섭을 일으켜서 마력의 불화가 일어나는 것 같아요."

"마력을 띤 물체를 한곳에 모아 두면 가끔 일어나는 그거군요."

소피와 프란체스카는 금방 이 현상의 정체를 추측했다.

프란체스카가 지팡이 끝에 렌즈를 만들어서 책장을 관찰했다.

"음…… 이건 생각했던 것보다 어렵겠네요. 도서관의 마법과 마도서의 상호 간섭을 벗기는 데 아무래도 시간이 걸리겠어요."

"그러게요. 도우미가 더 필요할지도요."

사서장은 업무에 있어서 보수를 얼마든지 추가해도 괜찮다고 했으니, 여기에 관한 건 추가 요금을 받기로 하자.

도서관의 마법이 지닌 마력과 대량의 마도서가 지닌 마력, 이 두 가지가 상호 간섭을 일으켜서 마치 뒤엉킨 밧줄처럼 엉망진창으로 꼬였다. 마도서를 운반하려면 먼저 이 뒤엉킨 밧줄 같은 마력을 풀어야 했다.

"프란체스카, 도우미를 구할 만한 연줄이 있을까요? 난 이제 없어서……."

"변함없이 교우 관계가 좁군요."

"윽—."

소피가 아픈 곳을 찔려서 거북한 표정을 지었다.

그것만큼은 아무 말도 할 수 없었다. 예전부터 소피가 서툰 분야였다. 손님과 양호한 관계를 쌓는 건 잘하지만, 사적인 시간을 함께 보내는 친구는 예나 지금이나 적었다.

"제자를 데려올게요."

"제자?"

"가끔 마법 학원에서 특별 강사를 하고 있어요. 그러니 학원 학생을 불러오죠. 그들이라면 마법도 나름대로 할 수 있어서 쓸모가 있을 거예요."

"고마워요."

프란체스카가 그런 일을 하고 있었던가? ……아니, 편지에 쓰여 있었던 것 같기도 했다.

"우선 가능한 일부터 시작할까요? 나는 밖에서 미믹을 소환해 오죠. 안에서 소환하면 미믹들이 맘대로 돌아다닐 것 같으니."

귀중한 것을 발견하면 곧바로 상자 속에 넣고 싶어 하는 게 미믹의 습성이었다. 마법 도서관에는 가치 있는 책도 많으니, 먼저 밖에서 미믹을 소환하고 나서 적당히 안에 들여보내기로 했다.

혼자서 밖으로 나간 소피는 지팡이를 꺼냈다.

곧장 소환하려고 했지만…… 문득 멀리서 이쪽을 바라보고 있는 사람이 있다는 사실을 알았다.

이쪽이라기보다 도서관을 보고 있는 것 같았다. 키는 작지만 몸통은 단단한, 노령의 남자였다. 붉은 기가 도는 갈색 머리가 헌팅캡에서 삐져나왔고, 입가에도 같은 색의 굵은 수염이 나 있었다. 얼굴 절반이 털로 가려져 있지만, 그 안에 있는 눈동자만은 아이처럼 순수해 보였다.

그 노인이 도서관을 너무 똑바로 쳐다봐서, 소피는 조금 신경이 쓰였다.

"무슨 일 있으신가요?"

"응? 아, 아닐세, 딱히 무슨 일이 있는 건 아니야."

노인은 묵직하고 낮은 목소리로 말했다.

"이 도서관은 없어져 버리는 건가?"

"네."

"도서관의 마법도 없어지겠구먼."

"……아쉽지만요."

지금 그걸 어떻게든 해 보려 하고 있지만, 확실한 말을 해 줄 수 없는 현 시점에서 희망적인 말을 하는 건 괜히 기대만 하게 만드는 일이었다. 소피는 그렇게 생각하고 짧게 고개를 끄덕였다.

"그런가……. 섭섭하군."

노인은 그렇게 말하고 터벅터벅 그 자리를 떴다.

왕도에서 떨어진 위치에 있는 이 도서관에 노인이 오는 건 힘든 일이다. 분명 저 노인에게 이 도서관은 그만큼 추억이 있는 장소겠지.

좀 더 힘내자. 소피는 멀어져가는 노인의 뒷모습을 보며 그렇게 생각했다.

◆

다음 날, 예정대로 프란체스카가 많은 학생을 데려와 주었다.

"……다들 젊네요."

"그러게요. 우리도 옛날에는 저렇게 반짝거렸죠."

"아니, 스승님도 드릴 아줌마도 별로 나이 차이 안 나잖아."

아르는 어딘지 감개무량해하는 소피와 프란체스카를 보고 어이없어 했다.

프란체스카가 데려온 학생들은 입을 다물고 예의 바르게 소피 앞에 모여 있었다. 무릎까지 오는 남색 로브가 반가웠다. 마법 학원 교복은 이 로브 한 벌뿐이라서, 멋을 내는 사람은 로브 안에 화려한 옷을 받쳐 입었다. 이 자리에 모인 학생 중에도 그런 사람이 몇 명 있었다.

도우미로 와 준 학생은 스무 명 정도였다. 소피는 하루 만에 이만큼 사람을 모아 준 프란체스카에게 마음속으로 고마워했다.

“여러분, 오늘은 이야기했던 대로 왕립 마법 도서관 이사를 도울 겁니다. 자세한 지시는 여기 있는 소피에게 들으세요.”

프란체스카가 그렇게 말하고 소피 쪽을 보았다.

학생들의 시선이 꽂히는 가운데, 소피는 고개를 살짝 숙였다.

“소피라고 해요. 일손이 모자랐는데, 여러분이 협력해 줘서 정말 고마워요.”

소피는 되도록 예의 바르게 인사했다.

그러자 학생들이 손을 들고 질문하기 시작했다.

“소피 님은 프란 선생님이랑 동급생이셨나요?”

“맞아요. 같은 나이에 입학하고 같은 나이에 졸업했습니다.”

그럼 월반해서 졸업한 건가, 하고 누군가 말했다. 학생들은 프란체스카가 마법 학원을 월반하여 졸업한 사실을 알고 있는 것 같았다.

“그래서 지금은 무슨 일을 하세요?”

소피는 여학생의 질문에 간결하게 대답했다.

“이삿짐센터를 해요. 왕도 교외에 가게가 있습니다.”

소피가 그렇게 답하자 학생들은 노골적으로 아쉽다는 얼굴을 했다.

비웃는 사람, 노골적으로 업신여기는 사람, 이런저런 반응이 있지만, 소피는 일부러 무시하고 이야기를 진행했다.

"여러분은 도서관 책을 이쪽에 있는 미믹에게 날라 주세요. 단순노동이지만, 아르바이트 비용은 나오니까 참아 주세요."

어제 일어난 그 건 때문에 역할 분담은 재조정했다. 프란체스카에게는 마도서 운반에 집중해 달라고 하고, 짐 운반의 대부분은 도우미에게 맡기기로 했다.

학생들은 알기 쉬운 잡일에 다시 아쉬운 듯한 얼굴을 했지만, 마지못해서 소피를 따라 움직이기 시작했다.

"나는 위층에 있을 테니 무슨 일이 있으면 이쪽으로 오세요."

소피는 뾰로통한 표정의 학생들에게 그렇게 말하고 2층으로 올라갔다.

그대로 자기 일에 집중하는…… 척하다가 몰래 1층으로 돌아왔다.

도우미로 와 준 것 자체는 고맙지만, 학생들에게 의욕이 없는 것은 한눈에 알아봤다. 잡일이라고는 해도 엉성하게 일하면 곤란하니 만일을 위해 상태를 확인했다.

'흠…… 일은 제대로 하고 있군요.'

학생들은 소피의 지시대로 일을 해치우고 있었다. 프란체스카의 말대로 마법 학원 학생은 쓸모가 있었다. 학생들은 즉시 부유 마법으로 책을 몇십 권 운반하고 있었다.

학생들의 근본은 성실해 보였다. 하지만 입에서는 불평이 흘러넘쳤다.

"우리가 왜 이런 시시한 일을 하는 거야……."

"프란 선생님, 엄청 의욕이 넘치시길래 분명히 큰일인 줄 알았는데."

"선생님이 눈을 반짝거렸잖아."

학생들은 한숨을 쉬면서 책을 계속 날랐다.

"막상 뚜껑을 열어보니 그냥 잡일이잖아."

"게다가 소피 님은 그냥 이사꾼이라니……."

"궁정 마도사 프란 선생님하고는 하늘과 땅 차이야."

"마법 학원을 졸업했는데 이삿짐센터라니…… 오라는 데가 어지간히 없었던 거 아냐?"

다들 제멋대로 떠들었다.

'음…… 아직 젊네요.'

이렇다 할 정보도 없으면서 타인의 인생을 쉽게 평가하고 싶어 하는 건 아이의 특징이다. 일방적으로 남을 유추하는 건 재미있는 일이겠지.

하지만 소피는 학생들이 느끼는 기분도 이해했다. ……보통 마법 학원 졸업생은 궁정 마도사까지는 아니어도 그 나름대로 고귀한 직업에 종사했다. 그러기에 평범한 이삿짐센터에서 일하는 소피를 낙오자라고 생각하는 것이다.

"스승님, 화 안 나?"

어느새 옆에 서 있던 아르가 학생들을 째려보며 물었다.

"유별난 방식으로 살아가고 있다는 자각은 있으니까요. 할 수 없죠."

남에게 이해받기 어려운 인생을 선택한 것은 자신이다. 오해받기 쉬운 건 어쩔 수 없는 일이었다.

그러나 아르는 이해하지 못했다. 불쾌한 듯이 학생들을 쳐다보는 아르의 옆모습을 보고 소피는 저도 모르게 미소 지었다.

스승이 바보 취급을 당해서 마음이 복잡한 것이다.

다정한 아이였다. ……센류가 여행길에 나설 때도 자기 자신 이상으로 센류를 걱정했다.

"괜찮아요. 이런 건 행동으로 보여 주면 되니까."

어디, 제자를 위해서라도 힘 좀 써 볼까요.

소피는 지팡이를 꺼내 들고 학생들에게 다가갔다.

"여러분, 작업 속도를 좀 올려 볼까요."

소피는 부유 마법을 발동했다.

그러자 주위에 있는 책장이 일제히 공중에 떠오르고, 탁자와 의자, 산더미처럼 쌓여 있던 책까지 한꺼번에 공중에 떴다.

마치 소피 주위만 중력에서 해방된 것처럼 모든 물체가 공중에 떠올랐다.

"어……?"

"뭐지……?"

"마, 말도 안 돼……?!"

학생들이 눈앞의 광경에 아연실색했다.

책장 백 개, 책 천 권, 그 외의 크고 작은 가구들—.

마도서를 제외하고, 도서관 1층의 **모든 물체**가 공중에 떠 있었다.

"이 정도는 동시에 운반해도 되거든요? ……가능할 때의 얘기지만요."

◆

제각기 이사 작업을 하는 가운데, 소피는 도서관의 마법을 해명하는 데 힘쓰고 있었다.

이 마법이 자신에게 와 준 책—《유실 마법의 해명 · 마도구학으로 접근하기》 덕에 조금씩이지만 해명이 진전되고 있었다.

도서관의 마법의 주요 효과는 그 사람에게 적절한 책을 배달하는 것과 그 사람에게 적합하지 않은 책을 도망치게 하는 것, 이 두 가지였다. 전자를 구성하는 요소는 『사람의 재능을 분석하는 마법』, 『그 재능에 적합한 책을 검색하는 마법』, 『검색한 책을 배달하는 마법』, 이 세 가지다. 후자는 이 세 가지를 변형하는 것뿐이고 본질은 다르지 않았다. 효과는 두 가지라도 한쪽만 해명하면 필시 이 마법의 재현은 가능해질 것이다.

이 중에서 『책을 검색하는 마법』과 『검색한 책을 배달하는 마법』은 이미 해명을 마쳤다. 그러나 남은 한 가지인 『사람의 재능을 분석하는 마법』을 전혀 알 수 없었다.

전혀 알 수 없다.

불완전하나마 『시대의 마법사』라 불리는 소피로서는 처음 겪는 일이었다.

'역시 무리인 걸까요. ……아냐, 포기하기에는 아직 일러.'

조금 쉬는 게 나을 것 같았다.

기가 죽을 것 같아서 휴식 겸 도우미들의 상황을 보러 가기로 했다.

계단을 내려가서 1층에 도착하자, 학생들은 부지런히 책을 나르고 있었다.

'……빠릿빠릿하게 일해 주게 됐군요.'

아르도 학생들 사이에 섞여서 부유 마법으로 책을 공중에 띄우고 있었다. 그러나 아직 조작이 불안정해서, 책이 이쪽으로 휘릭, 저쪽으로 휘릭, 불안정하게 움직였다.

"아르, 부유 마법의 진척은 어때요?"

"어, 엄청 어려워, 이거…… 부상 마법이랑은 전혀 달라."

"한 방향으로만 힘을 주는 부상 마법과 달리 부유 마법은 모든 방향으로 힘을 줘야 하고, 타이밍까지 컨트롤해야 하니까요."

보는 것 이상으로 어려운 것이 부유 마법의 특징이었다.

소피는 주위를 둘러보았다. 그러자 한 남학생이 눈에 들어왔다.

"거기 있는 학생."

"아, 네!"

"마력을 잘 다루는군요. 일과 병행해도 되니까 여기 있는 아르에게 부유 마법을 좀 가르쳐 줄래요?"

"알겠습니다!"

남학생은 등을 꼿꼿하게 펴고 마치 수습 기사처럼 긴장하며 대답했다.

내가 조금 지나치게 위협했나. 소피는 반성했다.

어느 정도 책이 포장되었는지 확인하기 위해 미믹이 있는 곳까지 갔다. 그러자 미믹 한 마리가 소피에게 다가와서 뭔가 말하고 싶은 듯한 시선을 보냈다.

"어머나, 벌써 배가 가득 찼나요? 그럼 밖으로 나갈까요."

미믹의 상자가 땡땡하게 부풀어 있었다. 조금 힘들어 보였다.

사역마를 소환하는 마법은 한 마리씩 발동하기보다도 한 번에 모아서 소환 및 송환하는 편이 연비가 좋았다. 그래서 이 미믹은 한동안 도서관 밖에서 대기시키기로 했다.

소피는 미믹을 데리고 바깥으로 나갔다.

그때 이쪽을 가만히 보고 있는 사람이 있었다.

'저 사람은…….'

또 그 노인이었다.

소피는 노인에게 다가가 인사를 건넸다.

"안녕하세요."

"……아, 너는 어제 본……."

노인도 소피를 기억하는 것 같았다. 두 사람은 인사를 나눴다.

"혹시 자네가 도서관 이전을 맡고 있는 건가?"

"맞습니다. 책임자는 아니고 주로 짐 운반을 맡고 있어요."

소피가 대답하자, 노인은 그러냐며 고개를 끄덕이고 말이 없어졌다.

이 도서관을 상당히 애용하고 있었나 보다. ……소피는 그래서 더 진지하게 대해야 한다고 생각하며 차분히 설명했다.

"이 도서관은 이제 이사할 수밖에 없어요."

노인의 눈에 소피가 비쳤다.

"도서관의 마법과 마도서, 두 가지의 마력이 불화를 일으키고 있어요. 그 영향이 커져서 건물의 노후화가 가속되고 있습니다. ……아마 도서관의 마법은 마도서가 보관되는 걸 가정하지 않았을 거예요. 당시에는 마도서 같은 건 없었으니까요."

이전에 사서장은 도서관의 마법 자체도 상태가 이상하다고 말했다. 소피는 도서관의 마법을 해명하는 사이에 그 이유에 도달했다.

마도서라는 것이 보급되기 시작한 건 지금으로부터 약 백 년 전이다. 도서관의 마법이 만들어진 삼백 년 전에는 존재하지 않았던 것이다. 그러기에 도서관의 마법은 마도서 보관을 상정하지 않았다.

이 노령화는 예상치 못한 현상이었다.

“그렇구먼.”

노인의 반응은 소피가 생각한 것과는 달랐다.

“확실히 그것까지 가정하진 않았어. 그건 원래 취급이 어렵고 섬세한 마법이라 마도서 같은 예민한 걸 보관하기에는 처음부터 적합하지 않았지.”

소피는 어라? 하고 고개를 갸웃했다.

마치 당사자인가 싶을 만큼 도서관의 마법을 자세히 아는 모습이었다. 무엇보다도 도서관 마법을 **그건**이라고 불렀을 때의 애정이 깃든 목소리…….

“……실례지만 혹시 얼굴을 자세히 확인해 봐도 될까요?”

소피가 그렇게 묻자, 노인은 살짝 웃었다.

“궁금한 건 이걸 테지.”

노인은 모자를 벗고 적갈색 머리카락을 쓸어 올려서 귀를 보여 주었다.

작고 뾰족 솟은 그 귀는 노인이 인간이 아니라는 사실을 나타냈다.

—드워프.

오래전부터 대장일을 특기로 해 온 종족이다. 굵고 뻣뻣한 털, 다

부진 몸, 작은 키, 그리고 작게 솟은 귀가 드워프의 특징이다.

드워프의 평균 수명은 이백 살이지만 오래 사는 자는 **삼백** 년 넘게 살 때도 있었다.

그리고 왕립마법도서관이 지어진 것은 지금으로부터 대략 **삼백 년** 전의 일이었다.

"선생님은 이 도서관 관계자이신가요?"

노인은 소피의 물음에 슬며시 웃으며 대답했다.

"그래. 이 도서관은 내가 지었다."

◆

드워프 노인의 이름은 잭이라고 했다.

목소리는 잠기고 눈도 작아졌다. 장수하는 드워프는 삼백 년 이상 살기도 하지만, 꽤 무리하고 있는 것처럼 보이기도 했다. 적갈색 머리카락은 덥수룩했고 근육도 불거져 있지만, 뭐랄까 분위기가 늙어 있었다. 어딘지 용사와 비슷한 분위기가 느껴졌다.

"……잭 님이라면 도서관의 마법을 재현하실 수 있지 않나요?"

도서관을 지은 장본인이라면, 소피와 도서관이 부딪힌 벽에 대해서도 자세히 알 것이다. 소피는 그렇게 생각해서 질문했지만, 잭은 고개를 저었다.

"무리야. 건물은 내가 지었지만, 마법은 아내가 개발했거든."

"그럼 부인께 부탁드리면……."

"아내는 사고로 죽었다네. ……이 도서관이 완성된 직후에."

잭은 눈을 내리깔고 말했다.

"그래서 아무도 마법을 이어받을 틈이 없었어. 나도 예외가 아니고."

소피는 입을 다물었다.

눈앞에 있는 것은 의문에 싸인 도서관 건설과 관련된 이였다. 그래서 뭔가 도서관의 마법에 대해 단서를 얻을 수 있지 않을까 기대했지만, 그건 어려울 것 같았다.

잭은 소피의 모습을 보고 오해했는지 눈매가 부드러워졌다.

"오해하지 말았으면 하는데, 난 도서관 이사에는 찬성이야."

잭에게는 소피가 죄책감에 억눌린 듯이 보였을 것이다.

잭은 도서관을 바라보며 마치 손녀딸에게 들려주듯이 말했다.

"당시에는 이 산기슭에 작은 거리가 있었어. 아이들이 많은 거리라서 그 아이들이 이용하길 바라며 이곳에 도서관을 지었지. 그러나 오랜 세월이 흐르며 그 거리는 왕도에 흡수되어서 사라져 버렸다……. 지금 와서는 다들 이 도서관이 『멀어서 불편』하다며 아쉬워하지. ……시대에 맞지 않는 건물을 그대로 남겨두는 건 내 뜻과도 맞지 않아. 도서관의 이사는 꼭 진행되었으면 좋겠네."

잭은 이야기를 잘 알아듣는 태도를 보였다.

분명 진심일 것이다. 하지만 본심을 전부 털어놓는 것은 아니었다.

그 증거로 잭의 표정은…….

"그렇다면 왜 그렇게 슬퍼 보이는 얼굴을 하고 계시죠?"

잭이 입을 꾹 다물었다.

"내 개인적인 사정이야. 신경 쓰지 않아도 돼."

잭은 벽을 쳤다.

그렇다면 파고들지 않는 게 나을지도 모른다. 그러나 이삿짐센터로서는 되도록 자신이 어떤 걸 나르는지 알아 두고 싶었다.

마음이 바뀌지는 않을까 기대하며 잭을 바라보고 있자—.

"……듣고 싶나?"

"솔직히 말하면 궁금해요."

"알겠다. 얘기하지. 얘기할 테니 그런 눈으로 보지 말게."

잭이 복잡한 표정을 지으며 말했다.

"나랑 아내 사이에는 자식이 없어."

잭은 아마 가장 중요한 얘기를 처음부터 꺼냈다.

"아내는 엘프였지. 그래서 우리 사이에 아이는 태어나지 않았다네."

엘프는 드워프보다 오래 사는 종족이다. 그러나 두 종족 다 장수한다는 공통점은 있지만, 둘 사이에서 아이는 태어날 수 없었다. 기본적인 생물학적 문제이자 넘을 수 없는 벽이었다.

"그런 나와 아내 사이에 유일하게 남은 것이 이 도서관이야. …… 건축가인 나와 마법사인 아내, 우리 둘이 고민하고 힘을 합쳐서 겨우 완성했지. 나에게 이 도서관은 아내의 유품이자…… 내 자식 같은 존재야."

잭은 과거를 그리워하듯 도서관을 바라보았다.

다 큰 자식을 지켜보듯이.

"이게 그저 목조 인형 같은 것이라면 나도 미련이 남지 않았겠지만, 꽤 자랑스러운 모습으로 살아 주었지."

잭은 살짝 웃음을 지으며 말했다.

"일찍이 이 나라에서는 학문을 소홀히 했어. 마물에 대한 저항 수단이 적었던 시대라서 학문보다도 무력을 중시했지. 그러나 아내는 그런 세계의 존재 방식에 의문을 품고, 누구나 누릴 수 있는 배움의 장을 만들고 싶다고 내게 말했지. 그렇게 해서 만들어진 게 이 도서관일세."

잭은 분명 삼백 년 전의 정경을 떠올리면서 말했을 것이다.

"도서관의 영향은 대단했고, 특히 아내가 개발한 도서관의 마법은 순식간에 효과를 발휘했어. 이 마법 덕분에 왕국에는 수많은 영재가 탄생했고 문명도 발전했지……. 난 그게 정말 기뻤다네. 아내는 떠났어도, 이 도서관은 사람들에게 도움이 되고 장래성 있는 젊은이를 바르게 이끌어줬어."

결코 남의 일이 아니었다. 소피 또한 도서관의 영향을 받은 한 사람이었다.

잭은 도서관이 자랑스러운 것이리라. 이 도서관은 왕도의 명물이라 해도 과언이 아니었다. 게다가 삼백 년이나 이어졌다. 지금에 와서는 멀고 불편하다는 볼멘소리가 많지만, 그래도 찾아오는 사람이 많이 있었다. 소피는 그것이 건축가로서의 명예가 아닐까 생각했다.

"그 자긍심이…… 건축가인 나를 둔하게 만들었다네."

잭은 자조하듯 말했다.

"어떤 건물에도 수명은 있어. 건축가로서 충분히 이해했다고 생각했지. 그런데 막상 도서관이 사라진다는 말을 들으니 이만큼 마음이 아릴 줄이야……."

잭은 눈물이 나올 것 같은 얼굴로 도서관을 보았다.

"……용서하게나. 이미 다 됐다고 생각한 마음의 준비가, 언젠가는 올 걸 알았을 터인데, 각오가 아직 부족할 뿐이야."

그래서 그렇게도 슬퍼 보이는 얼굴을 했던 걸까.

잭에게 이 도서관은 그저 건물이 아니었다. 아내의 유품이자 아내와의 사이에서 태어난 자기 자식 같은 존재이며 자기 자신에게는 자랑거리 그 자체이기도 하다…….

도서관은 잭의 인생 대부분을 차지하고 있는지도 몰랐다.

"그저 노인네의 허튼소리이니 신경 쓸 것 없다. ……본래 자네가 이 도서관의 이사를 맡는다는 말을 들으면 기뻐해야 하는데."

"……저를 알고 계셨나요?"

"학생이었을 때 이 도서관에 자주 왔지? 골똘히 집중해서 책을 읽던 네 모습을 똑똑히 기억하고 있어."

잭은 소피를 똑바로 응시하며 얘기했다.

당연한 것처럼 말하지만, 그것은 결코 당연하지 않았다.

—줄곧 지켜본 것이다.

삼백 년, 그렇다면 정말로 오랜 시간 동안 줄곧 이 도서관을 지켜봤으리라.

그거야말로 본인에게는 당연한 것처럼 느껴질 정도로.

'그런 거였나요…….'

소피는 내내 의문을 품고 있었다.

오랜만에 이 도서관을 찾았을 때, 소피의 손에는 책 한 권이 배달되었다. 그것은 분명 도서관의 마법을 해명하기 위한 것이었지만, **누굴 위해 도서관의 마법을 해명하는지는** 몰랐다.

자기만족이라는 이유만으로는 동기가 약한 느낌이 들었다. 게다가 사서장을 포함해 이번 이사의 관계자들은 도서관의 마법이 없어진다는 사실을 받아들인 듯 보였다.

그럼 누구를 위해서? 그런 의문이 지금 해결되었다.

이 사람을 위해서다.

이 사람을 구하기 위해— 도서관의 마법은 나에게 그 책을 보낸 것이다.

“전 지금 도서관의 마법을 해명하려고 하고 있어요.”

소피는 사실을 알려 주었다.

실은 저항하고 있다고.

여기에 한 사람, 도서관 마법이 없어지는 사실에 수긍하지 않고 저항하는 사람이 있다는 사실을 잭에게 전했다.

“……가능할까?”

「가능하다고 생각하나?」가 아니라 「가능할까?」 잭은 그렇게 물었다.

소피를 비롯한 지금 시대의 인간에게 유실 마법의 해명은 불가능한 곡예라고 해도 좋았다. 그러나 잭은 달랐다. 잭은 도서관의 마법이 만들어지는 순간을 누구보다도 가까이에서 봤다.

잭에게는 도서관의 마법을 재현하는 것이 꿈일지언정 기적은 아니었다.

혹시 이 세계의 어딘가에 그걸 재현할 수 있는 사람이 있을지도 모른다. 마음속 깊은 곳에 감춰 놨던 그 어렴풋한 희망이…… 잭의 목소리를 조금 젊게 해 주었다.

“하는 데까지 해 보겠습니다.”

소피는 그 기대에 응하기 위해 고개를 끄덕였다.

"그러니까 잭 님. 당분간 저와 함께 사시죠."

"뭐?"

소피는 눈이 휘둥그레져서 놀라는 잭에게 설명했다.

"저도 마법을 개발한 적이 있어서 아는데…… 마법을 개발하기 위한 발상은 일상의 사소한 일이 계기가 될 때도 많아요. 그러니 잭 님의 부인이 어떤 일상을 보냈는지 알면, 도서관의 마법 시스템을 이해할 수 있을지도 몰라요."

잭은 동그란 눈동자를 끔벅거렸다.

"잭 님, 부인의 성함은요?"

"……밀리라네."

"그럼 잭 님. 저한테 밀리 님에 관해 가르쳐 주세요. 되도록 아주 자세하게요."

◆

그날 밤부터 소피는 잭의 집에서 지내기로 했다.

잭의 집은 왕도 교외에 있었다. 원래는 도서관 근처에 있었다는데, 그 집도 건물의 수명이 다 되어서 지금 집으로 이사한 것 같았다. 밀리가 살았던 곳은 이사하기 전의 집이라고 했지만, 소피는 그래도 단서는 있으리라 생각하고 한동안 잭의 집에서 살기로 했다.

건축가로 성공을 거둔 잭의 집은 꽤 넓어서 손님 한두 명쯤 재울 공간은 충분했다. 소피는 비어 있는 방을 빌리기로 했다.

다음 날 아침, 간단히 준비를 마친 소피는 거실에서 잭과 식사를 했다.

"오전 다섯 시, 잭 님과 함께 아침 식사. 이때 밀리 님이 먹는 건 빵, 그리고 마시는 건 우유 한 잔에 물 한 잔이지요?"

"……그래."

먼저 우유를 마시고 나서 물을 마셨던 것 같다.

소피 맞은편에 앉은 잭은 어딘지 거북해 보이는 얼굴로 빵을 우물우물 먹었다.

"아침 식사 후에 창을 열고 환기하면서 집 청소. ……이건 제 일과와 비슷하네요."

접시를 치운 소피는 창을 열고, 현관 가까이에 세워 둔 빗자루를 들고 청소를 시작했다. 잭은 성격이 꼼꼼한지, 먼지는 별로 없었다.

"잭 님. 밀리 님은 언제나 몇 시쯤에 집에서 나가셨나요?"

"……여섯 시야. 지팡이가 든 가방을 들고 건축 중인 도서관을 보러 가서 그 근처에서 마법 개발에 힘썼지."

"그렇군요. 그럼 저도 같은 시간에 나갈게요."

소피는 청소하며 시계를 확인했다.

"……정말 이런 걸 하는 게 의미가 있을까?"

"있었으면 좋겠다는 게 솔직한 심정이에요."

잭도 말했듯이 당시는 학문을 소홀히 취급했던 것 같았다.

그렇다면 밀리도 외부 지식이 아니라 자신의 발상으로 마법을 개발한 걸로 보였다. 밀리는 도서관의 마법을 개발할 때 무엇에서 힌트를 얻고 무얼 소중히 여겼을까. ……그런 내용을 알 수 있다면 분명히 도서관의 마법을 해명할 수 있다.

소피는 청소를 마치자, 빗자루를 현관에 두고 뭔가 중얼거리면서 밀리에 관한 정보를 정리했다.

새로운 마법을 개발하는 것은 결코 간단하지 않다. 그래서 개발 중에는 오로지 책상에 매달려서 먹고 자는 것도 잊어버릴 정도로 몰두하는 사람도 있었다. 그러나 밀리는 그렇지 않았다. 마법 개발과 병행하여 적극적으로 집안일을 해치웠다.

아마도 밀리는 이론으로 채우는 타입이 아니라 갑작스럽게 떠오르는 아이디어를 중요시하는 감각파였을 것이다.

"……점심때가 되면, 밀리는 일단 집으로 돌아와서 나랑 식사를 했지."

잭이 갑자기 이야기를 꺼냈다.

진지하게 밀리에 대해 알려고 하는 소피를 보고, 얘기할 마음이 생긴 것 같았다.

"대개 나는 묵묵히 먹기만 했지만, 밀리는 언제나 즐거운 듯이 개발 중인 마법에 관해 얘기했어. 본인은 나와 식사하는 게 한숨 돌리는 좋은 시간이 된다고 했지만, 결국 입에서 나오는 건 마법 이야기뿐이었고…… 옛날부터 마법을 아주 좋아했어."

식사 중에도, 남편과 이야기할 때도 밀리의 머릿속은 마법으로 가득 찼다.

분명 그런 사람이었을 것이다.

"밀리 님은 어떤 성격이었어요?"

"한없이 밝았어. 언제나 순수했고 아이처럼 떠들어댈 때가 많았다."

소피의 성격과는 정반대에 가까웠다.

그러나 밀리의 발상에 다가가려면 그 점도 흉내 내야겠지.

"……내친김에 전력을 다해 볼게요."

이삿짐센터로서의 자부심이 소피를 움직였다.

"그럼 다녀오겠습니다."

"그래. ……무리하진 말고."

오전 여섯 시. 소피는 지팡이가 든 가방을 들고 도서관으로 향했다.

이사는 순조롭게 진척되었다. 1층의 짐은 전부 포장이 끝났고 지금은 2층에서 작업 중이었다.

단 한 가지, 예상 밖의 일이 있었다. 2층에는 앞쪽에 일반서, 안쪽에 마도서를 보관하는 구역이 몇 군데 있었다. 책을 먼저 치우지 않으면 프란체스카가 작업을 시작할 수 없기에 오늘은 아침 일찍부터 학생 도우미들에게 작업하도록 했다.

"아, 소피 님! 안녕하세요!"

"안녕하세요!"

학생들이 소피를 향해 인사했다. 처음하고는 태도가 상당히 달라졌다.

한없이 밝고 언제까지나 순수하고 아이처럼 떠들어댈 때가 많다…… 소피는 잭이 가르쳐 준 밀리의 특징을 머릿속에서 되새기며 입을 열었다.

"안녕하세요! 여러분, 오늘도 이사 작업, 힘내 봅시다!"

도우미 학생들이 입을 쩍 벌렸다.

옮기던 책이 투둑투둑 바닥에 떨어졌다.

"이머나, 무슨 일이죠? 좀 더 기운 내 주세요! 아자, 아자, 아자!"

학생들은 주먹을 높이 드는 소피를 보고 아무런 반응도 하지 못하고 굳어 버렸다.

빨간 머리 소년도 그런 소피를 보고 있었다.

"스, 스승님? 왜 그래. 머리라도 한 대 맞았어?"

"사정이 있어서 당분간은 이 상태로 갈게요!"

아르 또한 입을 벌린 채 그대로 굳었다.

그때 계단 쪽에서 낯익은 금발 롤이 올라왔다.

"아, 프란! 안녕!"

"—프란?!"

프란체스카는 경악하며 발소리도 시끄럽게 달려왔다.

"소, 소, 소피, 소피……?! 다, 당신, 지금 날 프, 프란이라고 불렀어요……?!"

"네, 불렀는데요? 당신과 나 사이잖아요!"

아하하! 하고 반짝이는 웃는 얼굴을 보이는 소피를 보고, 프란체스카는 자기 볼을 꼬집었다.

"이, 이건 꿈일까……? 내가 언제나 망상하는 꿈의 세계……?"

"대체 뭘 망상하고 있는 거죠, 당신은."

"힉?! 지, 진짜네?!"

어째서 진짜가 나오면 겁내는 거냐고.

이런, 순간적으로 민낯을 드러내고 말았다. 소피는 헛기침하며 얼버무렸다.

"그럼 난 오늘도 도서관의 마법을 분석하고 올게요!"

밀리 모드

삐그덕, 소리가 울릴 것처럼 고개를 기울이며 윙크한 소피는 계단을 올랐다.

얼굴에서 불이 날 것 같았다.

◆

점심 휴식 시간이 되어서, 소피는 일단 사람들이 있는 곳에 얼굴을 내밀었다.

"미안해요! 난 점심때 갈 데가 있어서 나갔다 올게요~!"

평소에는 도서관에서 다른 사람들과 함께 밥을 먹지만, 밀리가 사는 방식을 모방하고 있는 지금은 점심때 책의 집으로 돌아가야 했다.

아르와 프란체스카가 도서관을 나서는 소피의 뒷모습을 바라보았다.

"있잖아…… 나 어쩐지 무서워서 눈물이 날 것 같아……."

"동감이에요. 가족이 인질로 잡혀도 저러지는 않을 것 같은데……."

그렇게까지 인정머리 없는 인간은 아니라고.

소피는 대꾸하기도 귀찮아 발을 멈추지 않고 책의 집으로 향했다.

주얼 드래곤의 등에 타고 가서 왕도 근처에서 내렸다. 여기에서 책의 집으로 가려면 대로보다도 공원을 가로지르는 게 더 빠른 길이었다.

"……어?"

가로지르려던 공원에 무슨 일인지 사람들이 모여 있었다.

잭은 그 무리의 가운데에 있었다. 남자 여러 명에게 둘러싸인 듯했다.

"잭 님! 부탁드립니다!"

"저희만으로는 도저히 안 됩니다! 제발 지도해 주세요!"

남자들은 잭에게 고개를 숙였다.

그러나 잭은 한숨을 쉬고 곤란하다는 듯이 말했다.

"몇 번이나 말했을 텐데. 내가 할 수 있는 일은 이제 없네."

발길을 돌리려던 잭은 그제야 소피의 존재를 알아차렸다. 잭은 어딘지 거북한 듯 눈을 피하고 자기 집을 향해 걸어갔다.

소피는 그런 잭의 뒷모습을 바라보며 남자들에게 다가갔다.

"저기요—."

"응? 뭔데, 자네도 잭 님의 제자가 되려고 지원하는 사람인가?"

"제자로 들어간다고요……? 아뇨, 저는 잭 님이랑은 개인적으로 아는 사이랄까…… 여러분은 잭 님과 어떤 관계죠?"

"우리는 잭 님에게 가르침을 청하고 싶어서 모인 건축가야."

역시 그런 모임이었나.

어쩐지 몸이 탄탄한 남자가 많았다.

"잭 님에게 지도받고 싶어 하는 사람이 많은가요?"

"물론이지. 잭 님은 원래 우리나라의 보배라고 해도 과언이 아닐 정도로 대단한 건축가야. 현역에서 물러나셨다고는 해도 그 지식이나 경험은 변함없이 귀중하지. 그러니 조금이라도 후진 양성에 협력해 주셨으면 좋겠는데……."

남자는 괴로운 듯이 한숨을 토하고, 자기 밑에 딸린 젊은이들을 보았다.

“난 도서관을 처음 봤을 때의 감동을 잊을 수 없어…… 특히 그 기둥의 섬세한 형태!”

“건축 자재에 콜트레이강을 이용하는 것도 대단한 발상이야. 그 지식량…… 제자로 들어가고 싶어…….”

젊은 남성 건축가들이 눈을 빛내며 떠들었다.

“다들 잭 님을 존경하고 있군요.”

“그래. 세간에서는 살아 있는 전설이라고 하면 용사님이지만, 우리 건축가에게는 잭 님이지. 잭 님의 제자로 들어가고 싶다고 지원하는 사람이 많아. ……나도 그중 한 사람이고.”

아무튼 삼백 년이나 유지되는 마법도서관을 건설한 사람이었다. 마력적으로 불화를 일으키지 않았다면 좀 더 오래 갔을 테고, 이만큼 오래되었지만 현대에도 통하는 외견을 갖추고 있다. 어렴풋이 알고 있긴 했지만, 잭은 다른 건축가에게 동경의 대상인 듯했다.

“그러나 잭 님은 까다롭기로도 유명하지. 왕녀 전하의 의뢰도 거절했을 정도니까.”

“아이린 왕녀 전하가 잭 님에게 의뢰했다고요?”

“그래. 자세히는 모르지만, 마왕 토벌 직후에 왕녀 전하에게서 작은 마을을 만들어 달라고 의뢰받으신 것 같아. 보수는 상당히 높았다고 하는데, 그래도 잭 님은 거절했어.”

처음 듣는 이야기였다.

게다가 마을을 만든다는 건…… 좀처럼 보기 드문 의뢰인데.

도락일까, 부흥일까. 아니면 외적에게서 벗어날 수 있는 안전지대를 원한 것일까. ……조금 신경 쓰이는 이야기였지만, 지금은 관계 없어 보였다.

용사님하고는 계속 편지를 주고받으니, 다음에 물어보자.

"잭 님은 처음에 그 일을 의뢰 받은 건축가야. 아니나 다를까 거절하신 것 같지만. ……거절했다고 해도, 왕족에게서 지명 받을 정도의 건축가야. 역시 우리에게는 동경의 대상이라고."

왕가의 일을 하는 건축가가 될 가능성도 있었다는 걸까.

그러나 잭은 소피 앞에서는 한 번도 그런 이야기를 하지 않았다. 도서관을 세운 이야기는 자랑스럽게 했지만, 지위나 명예에는 신경을 쓰지 않는 거겠지. 장인다운 장인이었다.

소피는 건축가들과 헤어지고 잭의 집으로 돌아갔다.

잭은 거실에서 식사 준비를 하고 있었다.

"저 왔어요."

"……그래."

잭은 질문하면 착실히 대답해 주지만, 말수가 없는 성격이었다. 그러나 지금의 잭은 말수가 없다기보다는 그저 벽을 치고 있는 듯이 보였다.

그래도 소피는 파고들어 보기로 했다. 그것이 돌고 돌아서 도서관의 마법을 해명하는 것으로 이어질지도 모르니까.

"제자가 되려는 지원자가 많던데 왜 받아주지 않으시나요?"

"그 사람들한테 들었나……. 난 현역에서 은퇴한 지 오래야. 이제 와서 내 지식이 젊은 사람들에게 도움이 될 것 같진 않구나."

잭은 베이컨을 먹었다. 마치 맛없는 고무를 씹는 표정처럼 보였다.

"……아니, 미안하다. 이건 반은 거짓말이야."

잭은 조용히 나이프와 포크를 놓았다.

"아내를 잃은 뒤로 의욕이 사라졌어……. 도서관을 완성한 직후인 것도 맞물려서 이제 충분하다고 생각했지. 더 이상 큰 건물을 만들 수도 없고, 진심으로 기쁘게 해 주고 싶은 상대도 없어. 이런 내가 젊은 사람들을 키워 내는 건 예의 없는 짓이야."

쉽사리 조언할 수 없는, 섬세한 감정의 문제였다.

공원에서 눈을 빛내던 건축가들이 생각났다. 잭은 자신이 의욕 없는 것을 자각하고 있기에 의욕이 넘치는 그들을 지도하는 게 더욱 주저될 것이다.

"네 쪽은 어떠냐. 마법 해명은 진전이 좀 있고?"

"난항을 겪고 있어요. 기술로 어떻게든 되는 영역은 넘어선 것 같지만……."

마법 개발에는 발상과 기술이 필요하다. 이 중에서 기술은 문제없다는 걸 지금까지 한 조사에서 확인했다. 나머지는 역시 밀리의 머릿속을 들여다보는 게 과제였다.

"차라리 건물째로 이사하는 방법도 생각해 봤지만, 역시 노후화를 막는 건 어려울 것 같아서요……."

이른바 환경 통째로 옵션이다. 건물의 노후화를 멈추지 못하는 시점에서 이 안은 없던 걸로 했지만. 게다가 저 규모의 건물을 통째로 운반하려면 어차피 3개월로는 어려웠다.

"……밀리는 언젠가 자신을 뛰어넘을 사람이 나타났으면 좋겠다고 했어."

잭은 컵 속에 있는 물을 응시하며 말했다.

"검이나 창 같은 완력이 말하는 시대에서 살아왔으니까. 학자 기질인 밀리로서는 고독을 느끼기 쉬운 세계였지. 그래서 언젠가 자기와 같은 길을 걷는 사람이 나타나서 자기를 넘어서길 기대했어. ……사람들의 배움과 성장을 누구보다도 존중한 밀리만의 소원이었다."

잭은 그 얼굴에 무념이라는 두 글자를 새기며 이야기했다.

"도서관의 마법이 사라지면…… 아내의 소원도 사라져 버릴 것 같은 기분이 들어."

이 나라의 교육과 재능 발굴에 크게 공헌하고 있는 것이 도서관의 마법이었다.

그게 없어지면 확실히 밀리의 소원은 멀어져 갈 것이다.

◆

그 후로도 비슷한 나날이 이어졌다.

소피는 이사 작업 중에는 평소와 다른 명랑한 태도로 사람들을 놀라게 하고, 집에 돌아오면 한결같이 잭에게서 밀리에 관한 이야기를 들었다.

"애당초 밀리 님은 왜 도서관의 마법을 개발하셨을까요?"

"……그건 우리 사이에 아이가 태어나지 않았기 때문이야."

두 달이 지났을 무렵, 잭은 소피에게 상당히 협력적인 태도를 보였다. 서서히 밀리와의 복잡한 문제도 이야기하게 됐다.

"너도 알듯이, 엘프와 드워프 사이에는 아이가 태어나지 않아. 하지만 밀리는 천재고 본인도 그걸 자각하고 있었어. 밀리는 자기가 좀 더 옛날부터 이 문제를 연구했다면 우리 사이에서도 아이를 낳을 수 있는 마법을 만들 수 있었을지도 모른다며 후회했지."

생물 본연의 모습을 바꾸려는 마법이다. 그것이야말로 몇백 년이라는 시간을 들이지 않고서는 개발할 수 없는 마법이었다. 엘프인 밀리라면 긴 시간을 견딜 수 있겠지만, 드워프인 잭은 그렇게까지 오래 살 수 없었다. 그래서 이미 늦었다는 것을 깨달았을 것이다.

혹시 좀 더 전부터— 그야말로 잭과 만나기 전부터 연구했다면, 천재인 밀리는 분명히 그런 마법을 개발할 수 있었을 것이다.

밀리는 그걸 알았기에 자책했고, 그리고 **앞**을 보기로 했다.

"배움의 장을 만들고 싶다는 것도 분명히 본심이겠지만, 첫걸음은 분명히 후회였어. ……더 이상 우리 같은 사람을 늘리지 않기 위해서. 미래를 위해 지금 배워야 하는 것을 알기 위해 도서관의 마법을 만들었지."

이런 마법이 있었더라면 좋았을 텐데…… 밀리는 그런 마음을 담아서 도서관의 마법을 구상했을지도 모른다.

"도서관의 마법에는 밀리 님의 여러 가지 생각이 가득 차 있는 거군요."

"그래."

자신들처럼 후회하는 사람이 나타나지 않도록. 그런 마음이 담겨 있었다.

"참, 이걸 좀 봐 줘."

잭은 갑자기 일어서더니 책장 위에 놓아둔 나무 상자를 가지고 왔다.

상자 속에는 책 한 권이 정중하게 보관되어 있었다.

"이건…… 마도서군요. 어디에서 이런 걸 찾으셨어요?"

"요전에 밀리의 친정에 편지를 보냈어. 도서관의 마법을 재현하고 있으니, 밀리에 대해 알고 있는 게 있으면 뭐든 좋으니 알려 달라고. 그 대답의 일부가 이 책이었다네. 밀리가 나랑 만나기 전에 자기가 개발한 마법을 이 책에 정리해 둔 것 같아."

"애써 주셔서 감사합니다. ……이건 귀중한 자료예요."

삼백 년 전의 천재가 남긴 책이었다. 소피는 순수한 호기심이 솟구쳤다.

당장 소피가 책을 펴자— 책에서 보이지 않는 마력이 방출되어 소피의 머리에 들어왔다.

곧바로 마력을 떨쳐내려고 했지만, 해를 끼치는 종류는 아니라는 것을 알고 일부러 그대로 뒀다. 잠시 후, 책의 마력은 흩어져 사라졌다.

"……그렇군요. 나쁜 생각을 품은 사람은 읽지 못하게 되어 있네요."

그것이 이 마도서의 효과였던 것 같다.

소피는 독자로 문제없다고 판단했는지 마도서의 내용을 제대로 읽을 수 있었다. 이 책의 마도서로서의 기능은 그뿐이었고, 나머지는 일반 책과 똑같이 다룰 수 있었다.

책 속에는 새로운 마법이 몇 가지 적혀 있었다.

어느 것이나 귀중한 마법이지만, 그중에서도 특히 소피의 눈길을 끈 것은—.

"기억을, 되살리는 마법……?"

그 항목을 읽은 순간, 소피는 한 사람을 떠올렸다.

마왕 토벌 여행에서 기억을 잃어버린 남자— 용사였다.

"실은 제 지인 중에 기억을 잃은 사람이 있어요. 도서관 이사하고는 관계없는 개인적인 사정인데 그걸 위해서 이 책을 이용해도 괜찮을까요?"

"상관없어. 그 책은 원래 너에게 줄 생각이었어. 좋을 대로 사용하면 돼."

"감사합니다."

마도서 안에는 기억에 관한 마법이 몇 가지나 기술되어 있었다.

……아마 도서관의 마법은 이용자의 기억을 뒤져서 그 사람의 재능을 판단하고 있는 것이리라.

'직접 마법을 걸지 않아도 마법약을 만들면 될 것 같네요.'

마도서에는 마법이 아닌 약으로 기억을 되살리는 방법도 쓰여 있었다. 이 방법을 사용하면 용사를 부를 필요도 없고, 소피가 용사의 마을에 갈 필요도 없다.

약 제조법이 완성되어 있다는 건 밀리가 실제로 이 약을 만들었다는 이야기였다. 소피는 이것도 밀리의 머릿속을 들여다보기 위한 것이라고 생각하며 곧바로 재료를 사 왔다.

제조법 자체는 간단했다. 책의 집으로 돌아온 소피는 빈방을 빌려서 당장 기억을 부활시키는 약을 제조했다.

"……좋아. 남은 건 이걸 보내는 것뿐이네요."

소피는 약이 들어있는 병의 마개를 단단히 막았다.

오늘 중으로 보내자. 소피는 그렇게 결정하고 거실로 돌아왔다.

"잭 님, 감사합니다. 덕분에 약을 만들었어요."

"그러냐."

잭은 평소대로 짧은 맞장구를 쳤다.

이전에 잭의 제자가 되길 지원한 건축가가 잭은 성격이 까다롭다고 했지만, 남성 드워프는 원래 천성이 그런 자가 많았다. 좋든 나쁘든 장인 기질이랄까, 말할 시간이 있으면 손을 움직이고 싶어 하는 게 그들의 성향이었다.

그러나 익숙해지면 그 과묵한 태도는 관록으로 보여서 존경받기 쉬운 성향이기도 했다. 소피도 이 두 달 동안 잭의 성격에 완전히 익숙해졌다. 잭은 꾸밈없고 강건한 인상이다.

"넌 상당히 우수한 마법사잖아."

소피가 의자에 앉아 한숨을 돌리는데, 잭이 소피 쪽을 보고 말했다.

"두 달이나 함께 지내면 알 수 있다. 그 정도 실력이 있는데 왜 이사를 도와주는 마법사가 된 거지?"

평소 같으면 그 물음에는 간단히 대답할 뿐이었다.

하지만 굳이 진심으로 대답하려고 결정한 건 이 두 달 동안 쭉 잭에게 이야기를 들었기 때문이었다.

"……그러네요. 이야기하자면 길어질 테니 다과를 준비할게요."

소피는 부엌에 서서, 익숙한 모습으로 차와 과자를 준비했다.

재료는 **처음부터 준비되어 있었다**. 원래 이 집에서는 차에 과자를 곁들여서 먹는 습관이 있었을 것이다.

밀가루, 벌꿀, 생크림을 섞고, 굳어지면 물을 조금 넣어서 촉촉하게 한다. 완성된 반죽을 네모난 판 모양으로 얇게 밀고 공기를 충분히 뺀 뒤에 잠시 기다린다.

마지막으로 찬찬히 구우면 완성된다.

"오래 기다리셨죠."

소피는 완성한 과자를 가지고 가서 잭 앞에 내놓았다.

"……어떻게 된 거지?"

잭은 소피가 내민 과자를 보고 눈이 휘둥그레졌다.

"이건 아내가 옛날에 자주 만들어 준 엘프 과자다. ……어떻게 네가 이걸 만들었지?"

밀리의 요리에 관해서는 아직 이야기를 듣지 않았다. 그래서 잭은 소피가 이미 밀리와 똑같은 과자를 만들 수 있다는 사실에 놀랐다.

소피는 비스킷을 약간 크게 만든 것처럼 생긴 이 과자를 한 입 깨물고 나서 대답했다.

달콤하고 바삭바삭했다. ……다행이다. **고향의 맛**이 제대로 났다.

"실은 엘프와 인연이 있었어요."

잭에게는 기회가 있으면 말할 생각이었다.

도서관의 마법을 재현하기 위해서라고는 하지만, 잭에게는 지금까지 여러 이야기를 들었다. 그중에는 분명 무덤까지 가지고 가고 싶은 이야기도 있었을 것이다. ……그렇게 생각하면 자기 과거를 하나도 이야기하지 않는 건 비겁하지 않나. 그런 생각이 소피의 입술을 가볍게 해 주었다.

"저는 부모님을 사고로 잃었어요."

소피는 과거를 이야기하기 시작했다.

이 이야기를 아는 사람은 프란체스카를 포함하여 극히 일부 지인뿐이었다.

"사고 원인은 마법의 실패라고 들었습니다. 저희 집은 그 나름대로 강력한 마법사 가문이었던 것 같아요. 부모님은 제가 철들기 전에 돌아가셨고 조부모님도 만난 적이 없으니 별로 실감은 나지 않지만요."

사고를 일으킨 시점에서 강력한 마법사인지 솔직히 미심쩍었지만, 사고 현장에는 커다란 크레이터가 생겼다고 한다. 그 정도의 마법을 쓸 수 있는 사람은 그리 많지 않았다. 그러니 가족 이야기에 거짓은 없을 것이다.

"그 후, 저는 부모님과 교류가 있었던 엘프가 맡아 줘서 엘프 마을에서 자랐어요. 엘프는 제게 마법 재능이 있는 것을 알아보고 마법을 가르쳐 줬지요."

"……그러냐. 그래서 이 과자도 만들 수 있었던 건가?"

"네. 밀리 님과 같은 곳에서 자랐는지는 모르지만, 이건 엘프 사이에서는 유명한 과자거든요. ……분명히 밀리 님도 잭 님에게 선보인 적이 있을 거라고 생각했어요."

그동안 들은 이야기를 생각해 보면 밀리는 잭을 진심으로 사랑했다. 그러니 자연스럽게 엘프의 문화도 전달했을 거라고 생각했다. 이 과자 재료가 갖춰져 있는 것을 깨달은 순간, 그 생각은 확신으로 변했다.

"가끔 아내가 만드는 걸 봤으니 흉내 내서 만들려고 해 본 적이 있어. 다만 어떻게 해도 잘 만들어지지 않더군. 건축은 능숙하지만, 요리는 서툰 것 같아. 그래서 두 번 다시 이건 먹을 수 없다고 생각했는데."

잭은 과자를 먹었다.

"……아, 오랜만에 먹어 보는구나. 이런 맛이었지."

그렇게 말해 주니, 이쪽도 만든 보람이 있었다.

"엘프는 제게 아주 친절히 대해 줬어요. 그러나 제가 성장하기 시작하자, 엘프들은 모두 고민하기 시작했죠. ……인간과 엘프의 수명 차이가 있으니, 같은 시간을 보낼 수 없다면 일찌감치 바깥세상으로 돌려보내는 게 낫지 않겠냐고요."

수명 문제를 차치 하더라도, 엘프 마을은 폐쇄적이고 특수한 환경이었다. 엘프들은 숲이나 강 같은 자연과 함께 사는 습관이 있고 너무 큰 집은 많이 만들지 않는다. 인간인 소피에게는 때로 불편하게 느껴지는 사회이기도 했다. 엘프에 비해 인간은 벌레 물릴 때도 많고 병에 걸리기도 쉽다. 드넓은 숲속에서 몇 년이나 계속 사는 건 인간인 소피에게는 혹독하지 않은가…… 엘프들은 그렇게 생각했다.

"하지만 저는 쭉 엘프 마을에서 자랐기 때문에 바깥 세계를 무서워해서 나가려 하지 않았어요. ……지금 생각하면 부모님의 죽음을 의식하고 있었던 것 같아요. 부모님의 죽음이 저에게 바깥세상은 무서운 거라는 인상을 심어 줬죠."

"……무리도 아닌 이야기구나."

잭은 고개를 끄덕였다.

"그때 엘프들이 저를 맡긴 게 왕도에서 이삿짐센터를 운영하는 어느 노부부였어요. 마을을 통치하던 엘프 수장이 그 노부부와 연관이 있었는지, 제 일을 의논했나 봐요. 인간 아이에게 바깥세상을 가르쳐 줬으면 좋겠다고요."

그 노부부는 인간이었다. 엘프는 인간이 인간을 기르기에 적당하다고 생각했을 것이다.

"그 노부부는 저를 왕도로 데려왔고, 그리고 저는— 넓은 세상에 매료되었어요."

소피는 그때의 광경을 머리에 떠올리며 말했다.

"내리쬐는 햇빛, 화려하고 넓은 거리, 바람에 실려 떠도는 음식의 향, 활기차게 생활하고 있는 주민들의 목소리까지 이 눈에 비치는 모든 것이 저에게 감동을 주었어요."

그야말로 소피에게는 신세계였다.

자신은 여기에서 살아갈 수밖에 없다. 이렇게 지낼 수밖에 없다. ……어느새 축적된 그런 가치관이 말끔히 부서진 듯한 기분이 들었다.

"그때까지 저는 굉장히 소극적인 성격이었어요. 하지만 그런 성격도 날아가 버릴 만큼 멋진 기분이 들었지요. 그래서 저는 엘프 마을에서 나올 결심을 했습니다. ……그리고 제게 감동을 준 노부부의 일을 이어받고 싶다고 생각했어요."

이렇게 해서 이야기는 이어졌다.

엘프 마을을 나온 소피는 노부부의 집에 살면서 두 사람의 일을 거들었다. 그런 나날을 보내는 사이에 이삿짐센터를 이어받고 싶다는 소피의 마음은 점점 더 커졌다.

"노부부…… 아저씨와 아주머니는 마법사였어요. 마법 학원에도 입학하지 못할 정도의 소소한 마법밖에 사용하지 못했지만, 두 분이 마법과 이사로 손님을 기쁘게 하는 걸 보고 저도 똑같은 일을 하고 싶다고 생각했어요. ……아저씨도 아주머니도 처음에는 크게 반대했지만요. 능력이 아깝다며 잔소리를 들었어요. 하지만 저는 역시 그 두 분을 동경했어요. 궁정 마도사보다도, 학자보다도, 군인보다도."

어떤 역사상의 위인을 인용해도, 역시 소피가 가장 동경하는 건 그 두 사람이었다. 그것만은 예나 지금이나 변함없었다.

"그래서 저는 이사를 도와주는 마법사가 된 겁니다."

소피는 가슴을 펴고 당당하게 말했다.

이 결의에 후회는 없고, 이 과거는 자랑스러운 것이라고 생각했다.

그런 소피의 마음을 헤아렸는지, 정면에 앉은 잭은 조용히 웃음을 지었다.

"멋진 인생이구나."

"네."

노부부는 소피가 마법 학원에 입학하기 직전에 천수를 다했지만, 마지막까지 손님의 세계를 펼쳐 보이는 멋진 이삿짐센터로 일했다.

그 후 소피는 학원에 다니며 이삿짐센터를 운영할 때 필요한 마법을 하나하나 배웠다. 그랬더니 어느새 『시대의 마법사』라며 호들갑스러운 이름으로 불리게 되었지만, 소피에게는 그다지 관계없는 이야기였다.

소피는 어린 시절의 체험을 통해 헤어짐을 아쉬워하는 기분도, 만남을 두려워하는 기분도 깊이 이해했다.

그러기에 그런 손님을 격려할 수 있는 이삿짐센터가 되고 싶다고 생각했다.

'소피, 우리에게는 신념이 있단다.'

어느 날 노부부는 그런 말을 했다.

'손님의 새출발을 멋지게 만드는 거야.'

그 말은 소피의 마음 깊이 새겨져서 지금도 가슴속에서 계속 울렸다.

언제일까. 가게를 방문한 손님이 마침 이런 이야기를 했다. —이 가게는 어떤 사람이든지 멋진 새출발을 하게 해 준다는 소문이 있다고.

이런 생각을 말로 직접 한 적은 없었지만 얼굴도 이름도 모르는 사람에게 그 뜻이 전해진 것이다.

그 사실이 너무나 기뻤다. 울 정도로 감동했다.

아마 인생에서 가장 많이 울었던 일일 것이다.

"이렇게 잭 님한테 밀리 님 이야기를 듣기로 한 것도 작은 승산이 있었기 때문입니다. 전 엘프 마법도 상세히 알고 있으니 어쩌면 재현할 수 있을지도 모른다고요."

"……빈틈없구나. 그 점은 밀리와는 많이 달라."

"엘프는 침착한 성격이 많지만요."

그런 점에서 밀리의 성격은 엘프 중에서는 보기 드물었다.

"……너무 무리하지는 마라."

잭은 차분한 표정으로 말했다.

"이런 다 늙어빠진 노인네라도 정이 샘솟을 여지는 아직 있는 것 같구먼. ……네가 열심히 하는 건 이미 충분히 지켜봤다. 도서관의 마법이 남으면 기쁜 건 사실이지만, 네가 고생하는 모습은 보고 싶지 않아."

"……감사합니다."

소피는 잭이 진심으로 걱정하고 있다고 느껴서 그렇게까지 신경 써 준 것을 감사했다.

"하지만 이제 아주 조금 남은 것 같아요. 조금만 더 하면 도달할 것 같은……."

그렇기에 무리해서라도 나아가고 싶었다.

손님의 새출발을 멋지게 만들어 준다. ―소피는 노부부에게서 책임지고 맡은 사명을 다시 한번 마음속에서 강하게 불태웠다.

도서관의 마법이 이용자의 기억을 뒤지고 있는 건 분명했다. 마도서에서 힌트를 얻어 이것을 깨달은 건 무엇보다도 컸다. 덕분에 시스템은 대부분 해명이 끝났고, 아마 순간적으로라면 도서관의 마법은 이미 재현이 가능했다.

다만 그 마법을 유지하는 방법은 아직 모른다.

술자인 밀리가 없어도 도서관의 마법은 삼백 년씩이나 유지되었다.

그 시스템만 알면 분명…….

'……밀리 님은 아마 아이를 낳고 싶으셨을 거야.'

지금 다시 밀리라는 인물에 대해 머릿속에서 정리해 봤다.

밀리는 아이를 낳고 싶었다. 그 마음이 계기가 되어 도서관의 마법을 만들었다면, 분명 자기 힘만이 아니라 잭의 힘도 빌리려고 했을 터였다. 부부가 함께 사랑하는 아이를 키운다…… 그런 꿈을 도서관으로 이루려 한 게 아닐까. 잭은 도서관의 마법이 자기 자식 같다고 했지만, 밀리 역시 같은 기분이었을지도 모른다.

'밀리 님은 연구에 열심인 반면, 그 성과를 후세에 전하려는 생각은 없었어. 발견된 것도 그 마도서 한 권뿐이고…… 아마도 자기 기술에 집착하지 않았을 거야. 하지만 자기 마음에는 집착했지. 아이를 갖고 싶다, 배움의 장을 원한다…… 그런 마음이 강했기 때문에 그것이 집념이 되어 도서관의 마법을 완성한 거야.'

보통은 도서관의 마법 같은 대단한 마법을 만들어 냈다면, 자서전 한두 권 정도는 써도 이상하지 않았다. 그러나 밀리는 그런 것조차 남기지 않았다.

밀리는 천재 마법사지만 마법사로서의 자부심은 없었다. 자기 아이디어를 언제까지나 소중히 여기는 성격이 아닐 것이다. 다만 자신의 마음이 이끄는 것에는 순순히 따랐다.

그리고 그 마음이라는 건 분명 책에 대한 사랑이었다.

'만일 내가 밀리 님이라면…… 잭 님을 상징하는 뭔가를 마법에 넣었을 거야.'

밀리의 성격 같으면 그렇게 해서 자신의 마음을 담을 것이다.

"……잭 님. 지금까지 밀리 님한테 뭔가 선물하신 건 없나요?"

"선물? 그거야 이것저것 있지만……."

"그중에서도 가장 기뻐해 주신 건 뭐였나요?"

잭은 한동안 생각하더니 천천히 일어서서 창고로 쓰고 있는 방으로 들어갔다.

잠시 기다리자, 잭이 투명한 판 모양의 뭔가를 가지고 왔다.

"……이거야."

그것은 한 장짜리 유리였다. 표면에는 치밀한 무늬가 그려져 있고, 하나의 예술 작품으로 매료될 만한 아름다움이 있었다.

"이건 스테인드글라스인가요?"

"응. 당시에 유행했어. 공부 삼아 이런 작은 시제품을 몇 번 만들었는데, 그걸 밀리에게 보여 줬더니 엄청 가지고 싶어 하길래 양보했어. 시제품이니까 더 제대로 된 걸 주겠다고 했지만, 밀리는 이게 좋다며 내 말을 듣지 않았어."

밀리가 가지고 싶어 한 것도 무리가 아니었다. 그것은 시제품이라는 생각이 들지 않을 만큼 아름다웠다. 흰색과 하늘색을 기조로 한 무늬였는데 그 중심에는 녹색과 노란색 등 다양한 색으로 꽃잎이 그려져 있었다. 마치 수면에 뜬 커다란 꽃송이처럼 고요함과 밝음이 함께 있는 한 장이었다.

"도서관에는 스테인드글라스가 없나요?"

"없지."

잭은 바로 대답했다. 그러나 금방 생각에 잠겼다.

"……아냐, 그러고 보니 개관에 맞춰서 딱 한 장 기증한 게 있군. 스테인드글라스라기보다 이것 같은 장식용 패널인데."

"그건 지금 어디 있나요?"

"모르겠어. 삼백 년이나 지났으니까. 진작 버렸을지도 모르고."

소피의 눈이 살짝 커졌다.

"……찾아서 오겠습니다. 어쩌면 그것일지도 몰라요."

그거? 하고 고개를 갸웃하는 잭을 본체만체하고, 소피는 집을 뛰쳐나갔다.

그대로 한눈팔지 않고 도서관으로 향했다.

도서관과 가까워지자, 마침 바깥에서 쉬던 아르와 눈이 마주쳤다.

"어라, 스승님? 오늘은 집중하고 싶으니 도서관에는 안 오겠다고 하지 않았어?"

"좀 신경 쓰이는 게 생겨서요!"

소피는 도서관에 들어가자 곧바로 응접실 문을 노크했다.

"사서장님!"

"무, 무슨 일이죠? 들어와요!"

소피는 본인답지 않게 소리를 질러 버렸다.

소피가 문을 열자, 사서장이 놀란 모습으로 이쪽을 보았다.

"별일이네요. 소피가 그렇게 흥분하다니."

"죄송합니다. ……저기, 이 도서관에 작은 스테인드글라스는 없나요? 이 정도 크기에 액자처럼 장식할 수 있는 건데요."

"음…… 미안해요, 본 적이 없어요. 이 도서관에 있는 물건이라면 대부분은 내가 알 텐데……."

오랫동안 도서관에서 일해 온 사서장도 모르는 것.

그렇다는 건— 숨겨 놓았을 가능성이 높았다.

'—감지 마법.'

마력을 주위에 흩뿌렸다. 앵선향에서는 이 마법을 수색에 사용했지만, 응용하면 잃어버린 물건을 찾을 때도 활용할 수 있었다.

"……찾았다."

천장 중심부. 거기에서 기묘한 반응이 있었다.

몇 겹이나 되는 보호 마법과 위조 마법이 걸려 있었다. 사람이 알아차리지 못하도록 하기 위한 마법을 재빨리 훑어보기만 해도 최소 40종류가 가동 되고 있었다.

그 마법들을 재빨리 빠져나가면…… 일순 자신이 뭘 하고 있었는지 잊어버렸다.

……위험하다.

기억을 지우는 마법까지 걸어 놓았다. 조금만 더 대처가 늦었다면, 자신이 무엇을 하러 도서관에 왔는지 완전히 잊어버렸을 것이다.

다행히 술식을 본 기억이 있어서 아슬아슬한 타이밍에 대책을 세울 수 있었다.

지금 것은— **밀리의 마도서에 기록된 마법이다**.

'어쩌면 나는 몇 번이나 이 존재를 눈치챘을지도 모르겠군요…….'

사서장도, 프란도, 여러 사람이 이 존재를 눈치챘을 수도 있다. 하지만 그때마다 기억이 지워진 것이었다.

당치도 않게 무시무시한 마법이었다.

유실 마법을 만든 인물의 마법인 만큼.

"—소피!"

그때 프란체스카가 황급히 응접실로 들어왔다.

"도서관 상태가 이상해요."

예사롭지 않은 프란체스카의 모습을 보고, 소피는 표정이 험해졌다.

그 직후, 땅이 강하게 울리기 시작했다.

◆

잭은 마차를 타고 도서관으로 가고 있었다.

집을 나갈 때의 소피의 상태가 아무래도 마음에 걸렸다. 무리는 하지 말았으면 좋겠다고 얘기했지만, 그 아이는 필시 무리하고 마는 성격일 것이다.

"……음?"

땅울림이 났다.

마차의 흔들림인가 생각했지만, 그건 아닌 것 같았다. 가벼운 지진인가?

안 좋은 예감이 들자 잭은 마부에게 서둘러 달라고 전했다.

은퇴한 지 오래지만, 그래도 건축가로서의 경험이 아직 기억하고 있었다. 지금의 흔들림은 마치 거대한 건물이 해체되었을 때 같은―붕괴했을 때의 흔들림 같았다.

이윽고 마차가 산기슭에 도착하자, 잭은 늙은 몸을 채찍질하여 빠른 걸음으로 걸었다.

아내와 함께 세우고 삼백 년 동안 그 모습을 유지해 온 왕립 마법 도서관은―.

"아, 아……."

흔적도 없이 붕괴되었다.

고상하게 우뚝 서 있던 회색 탑은 지금은 옛 모습을 찾아볼 수 없이 무참한 잔해의 산으로 변해 있었다. 잭은 그 광경을 눈앞에서 보고 자기도 모르게 우뚝 멈춰 섰다.

"……마지막은 이런 건가."

도서관 상태에 대해서는 소피에게서 여러 번 들었다. 도서관의 마법과 마도서가 서로 간섭을 일으킨 탓에 노후화가 가속되었다는 것…… 어쩌면 가까운 시일 안에 붕괴할지도 모른다는 것이다. 이 이야기를 들었을 때부터 잭은 이 광경을 각오했다.

원래부터 바람 앞의 등불 같았다. 언제 이 광경이 찾아와도 이상하지는 않았다.

그러니까…… 눈물은 흘리지 않았다.

흘려선 안 된다.

그것은 자신을 유지하기 위해서라기보다 도서관의 이사에 관여해 준 사람들에 대한 예의를 관철하기 위한 뜻이었다.

그 아이는…… 소피는 충분히 열심히 해 줬다.

이상적인 결과가 되지는 않았지만, 한스럽지는 않았다.

칭찬해야 한다. 그것이 늙은이가 젊은이에게 할 수 있는 유일한 것이니까…….

"잭 님?"

잔해 근처에 있는 소녀가 이쪽의 기척을 알아챘다.

이사를 도와주는 마법사— 소피였다.

"죄송합니다, 이렇게 되어 버려서. ……토대의 노후화가 상상 이상으로 심각했던 것 같아요. 무거운 걸 나르는 일이 많아서 그게 계기가 됐는지도 모르겠어요."

"……그러냐. 부상자는 없고?"

"잔해를 공중으로 띄웠기 때문에 괜찮습니다. 짐도 밖으로 실어 나른 뒤라 손해는 없습니다. 폐기 예정인 책장이 몇 개 부서졌지만요."

과연 확실한 솜씨다.

역시 이 소녀는 탁월한 마법사다. 그야말로 밀리에 버금갈 정도의.

"잘 해줬어."

잭은 떨리는 목소리로 말했다.

더 당당하게 말해야 하는데 마음의 동요를 억누를 수 없었다.

"결과는 이렇게 되고 말았지만, 여기까지 버텨 준 것만으로도 난 만족해. 도서관의 마법은 없어졌어도 아내도 결코 슬퍼하진 않을 게야."

본인의 입으로 말하게 하는 건 가혹하다는 생각이 들어서, 잭은 자기가 말했다.

—도서관의 마법은 사라졌다.

소피가 해명하는 것보다 더 빨리 도서관은 붕괴하고 말았다. 소피는 조금만 있으면 도달할 수 있다고 했지만, 근본이 사라져 버린 이상, 이제 해명은 불가능할 것이다.

시간에 대지 못했다.

소피의 열의는 신뢰할 수 있을 만큼 강했지만…… 이것만큼은 어쩔 수 없었다.

"……헤어짐은 언제든 갑작스러운 법이구먼."

잭은 잔해의 산을 보고 중얼거렸다.

아내와의 이별도 갑자기 닥쳤다. 앞으로도 이런 나날이 계속될지 모른다, 어쩌면 괜찮을지도 모른다……그렇게 생각하려는데 이별은 찾아온다.

가슴이 아팠다. 마음이 지끈거리며 슬픔을 호소했다.

소피가 감정을 필사적으로 억누르는 잭을 보고 입을 열었다.

"그럴지도 모르죠. 하지만…… 이번에는 아슬아슬하게 시간에 맞췄답니다."

잭은 그 말의 의미를 몰라서 고개를 갸웃했다.

잘 보니, 소피는 얇은 판 같은 것을 소중하게 안고 있었다.

"잭 님, 새 도서관으로 가죠."

소피는 그렇게 말하고 잔해의 산 뒤로 향했다.

소피를 따라가니 새하얀 드래곤이 서 있었다. 소피가 그 등에 타고 잭에게 손을 뻗어서, 잭은 놀랄 틈도 없이 드래곤의 등에 탔다.

드래곤은 마차하고는 비교가 되지 않는 속도로 하늘을 날아서 왕도로 향했다. 그러나 이상하게도 풍압이 느껴지지는 않아서 몸에 부담은 없었다.

성채 앞에 도달하자 드래곤에서 내리고 그대로 왕도 중심가로 이동했다.

잭의 눈앞에 잿빛 탑이 나타났다.

그것은 조금 전 잔해의 산으로 변한 도서관과 쌍둥이처럼 쏙 빼닮은 모양을 하고 있었다.

"이건…… 거의 똑같지 않나."

도서관 안에 들어가도 그 느낌은 변함없었다.

높이는 8층에서 5층으로 변했지만. 그 대신 한 층의 면적이 전보다 넓어지고, 지하 공간도 있는 것 같았다.

차이가 있는 건 이 정도고, 나머지는 거의 같았다. 모습도 분위기도, 벽 색깔, 바닥재와 실내 밝기까지 잭이 세운 도서관과 거의 똑같았다.

이미 책장에 책이 꽂혀 있었는데, 그 배열 방식도 같았다.

"모르셨나요? 새로운 도서관의 모습은 예전 도서관의 이용자들의 바람을 반영해 이전과 다름없는 것으로 만들기로 정해졌답니다. 그래서 예전 도서관에서 노후화를 면한 기둥이나 바닥을 그대로 사용했어요."

몰랐다.

아니, 알고 싶지 않았기 때문에 그저 멀리했다.

사실은 이사가 시작되기 훨씬 전부터 왕도 건축가들이 그런 이야기를 해 준 것 같았다. 하지만 잭은 밀리와 함께 만든 도서관을 사랑했기에 새 도서관 일은 생각하고 싶지 않았다. 새로운 도서관 이야기가 들리면 곧바로 귀를 막았고, 어떤 일이 있어도 건설 도중의 새 도서관에는 가까이 가지 않았다.

"잭 님, 이걸 아시죠?"

소피가 가방에서 판 같은 것을 한 장 꺼냈다.

그것은 소피가 아까 소중한 듯 안고 있던 물건이었다.

잭은 그 정체를 알고 경악했다.

"그래…… 아주 옛날에 내가 만든 거다."

그것은 정교한 무늬로 꾸며진 스테인드글라스였다.

"도서관이 붕괴하기 직전에 이걸 발견해서 간발의 차이로 보호할 수 있었습니다. 조금만 늦었으면 잔해에 깔려서 부서져 버릴 찰나였어요."

"……그런 걸 지킬 필요는 없는데."

"그렇지 않아요."

잭에게는 특별한 그 무엇도 아니었다. 아주 오래전에 기증한 그저 소소한 물건이었다.

그러나 소피는 그것을 마치 보물처럼 조심스럽게 들고 옮겼다.

"이걸 이 새 도서관에 두겠습니다."

소피는 스테인드글라스를 탁자 위에 놓았다.

"그리고—."

소피가 지팡이를 휘두르자, 그 주위에 마법진이 겹겹이 펼쳐졌다.

"아…… 이, 이건……."

어쩌면 이 광경은 잭에게는 기억에 있을지도 모른다.

삼백 년 전에도 분명히 이 광경에서부터 시작되었을 터였다.

원형 마법진이 겹쳐서 구체 마법진이 되었다. 그 구체를 다시 입체적으로 늘어놓자, 이제는 형용하기 어려울 정도로 복잡한 술식을 구축했다.

"99퍼센트 재현할 수 있었습니다. 하지만 나머지 1퍼센트…… 마지막 1퍼센트만이 부족했어요."

소피는 그렇게 말하고, 탁자에 둔 스테인드글라스를 보았다.

"그걸— 겨우 찾았습니다."

탁자에 둔 스테인드글라스가 희미하게 빛을 냈다. 그 빛은 바람에 실린 것처럼 두둥실 도서관의 구석구석까지 퍼졌다.

다음 순간— 책이 날았다.

책장에서 몇 권의 책이 튀어나와서 그 자리에 있는 사람들에게로 왔다.

"이건, 설마……."

잭은 그 광경을 알고 있었다.

당연히 알았다. 이것은—.

"도서관의, 마법……."

사라졌다고 생각한 마법이 눈앞에 나타났다.

책이 날아다니는 신비하고 환상적인 광경. 설마 다시 이 광경을 볼 수 있을 줄이야.

"이 스테인드글라스가 도서관 마법의 열쇠입니다. ……여기에 짜 넣은 특수한 술식이 도서관의 마법에는 반드시 필요해요."

소피는 스테인드글라스를 바라보며 말했다.

"밀리 님은 잭 님이 만든 물건을 이용하여 도서관의 마법을 만들고 싶었겠지요. 마치 잭 님과 함께 지낸 나날에 소중한 의미를 부여하듯이……."

이 스테인드글라스에는 깊은 애정이 담겨 있었다.

그래서 소피는 스테인드글라스를 정중하고 부드럽게 집어 들었다.

"밀리 님의 기분도 잘 알겠어요."

소피는 스테인드글라스를 보고 말했다.

"정말 아름다워요. ……밀리 님은 이걸 자랑하고 싶었을 지도 모르겠어요."

도서관의 마법을 계속 해명해 온 소피가 마지막에 도달한 것은 이 스테인드글라스였다. 그것은 마치 삼백 년의 시간을 넘어서 밀리가 이끌어 준 것 같았다.

마치 자랑하고 있는 것 같다고 소피는 생각했다.

우리 남편은 이렇게 멋진 걸 만들 수 있거든? 하고.

"잭 님, 이제 걱정하지 않으셔도 괜찮습니다."

소피는 스테인드글라스를 양손으로 감싸며 잭을 보았다.

"잭 님의 자랑거리는…… 밀리 님의 마음은 앞으로도 계속해서 살아갈 거예요."

◆

부드럽게 미소 짓는 소녀의 모습을 보고— 잭은 삼백 년 전의 일을 떠올렸다.

"잭! 이제야 겨우 마법이 완성됐어!"

건설이 거의 마무리되고 개관까지 이제 얼마 안 남은 도서관에서 밀리는 큰 소리로 그렇게 말했다.

주위에 있는 대량의 책장. ……언제 봐도 장관인 광경이었다. 책장 속에는 크고 작은 다양한 책이 빈틈없이 꽂혀 있었다. 활판인쇄와 싸고 빠른 제지법이 개발된 지 반세기, 책은 부유층만 누리던 것에서 만인의 것이 되었다. 하지만 요즘은 마물과의 싸움이 본격화된 탓에 책의 수요는 줄어들었다.

그런 시대에서도 책에서 배움을 얻는 것의 가치를 계속해서 호소하는 이들이 있었다.

그 한 사람인 밀리가 지팡이를 휘둘렀다. 그러자 책장에서 책 한 권이 튀어나와서 잭에게 도착했다.

"……이건 대단해."

배달된 책은 금세공에 관한 책이었다. 마침 잭이 앞으로 공부하려던 분야였다. 아직 밀리에게도 이야기한 적 없었다. 밀리의 마법이 잭에게 필요한 책을 판별해 낸 것이다.

"설마 진짜로 완성할 줄이야. 처음에는 황당무계한 꿈이라고 생각

했는데…….”

“말했지? 나라면 이 정도쯤은 현실로 바꿀 수 있다고.”

밀리는 의기양양하게 가슴을 폈다.

잭은 그런 밀리가 자랑스럽고 사랑스러웠다.

“밀리, 넌 최고의 마법사로 미래에 영원히 이야기될 거야.”

“어머나, 난 그런 거 싫어.”

“뭐?”

“이렇게 멋진 배움의 장이 생겼잖아? 앞으로 이 나라는 이 도서관 덕분에 점점 더 발전할 거야. ……내 이름이 언제까지고 남아 있으면 안 돼.”

밀리는 도서관 경치를 내다보며 말했다.

정말로 멋진 아내였다. 누가 봐도 천재이고 누가 봐도 노력가인데도 그걸 내세우지 않고 언제든 앞을 보며 살아가고 있었다.

“언젠가 분명 나를 뛰어넘는 사람이 나타날 거야. ……내가 살아 있는 동안에 만나고 싶어.”

“……엘프의 수명이라면 머지않아 만날 수 있을지도 모르지.”

“맞아!”

그 눈부신 웃는 얼굴이 잭을 비췄다.

하지만 그 **언젠가**에 자신은 존재할 수 없을지도 모른다.

엘프와 드워프의 수명은 너무 달랐다. 잭이 살아갈 수 있는 건 길어도 앞으로 삼백 년이겠지만 밀리는 잭이 도달할 수 없는 세계를 그 눈으로 보며 가겠지.

어쩔 수 없는 일이다. 그걸 알면서도 밀리를 사랑했다.

하지만 때때로 어쩔 수 없이 외로워졌다.

"당신을 두고 떠나지 않아."

밀리가 다정하게 미소 지으며 그렇게 말했다.

그 눈은 잭을 똑바로 바라보고 있었다. 마치 마음속을 꿰뚫어 보는 것처럼.

"만일 나를 뛰어넘는 사람이 나타난다면…… 그 사람은 분명히 당신의 대단함을 알아볼 거야."

"나의……?"

"그래."

밀리는 고개를 깊이 끄덕였다.

"이 마법에는 내 마음이 가득 차 있거든."

◆

"그런, 거였나……."

그날 밀리는 그렇게 말했다.

자신을 뛰어넘는 사람이 나타나면, 그 사람은 잭의 대단함을 알아볼 거라고.

이 마법에는 내 마음이 꽉 차 있다고.

"그런 것, 이었나……."

잭의 눈에서 눈물이 흘러넘쳤다.

이미 다 말라 버렸다고 생각했다. 그런데 멈추지 않았다.

계속 흘러나왔다.

"아아…… 밀리……."

사랑하는 아내 이름을 불렀다.

옛날에 매일 같이 부른 그 사랑스러운 이름을 삼백 년 전과 마찬가지로 불렀다.

"만났어…… 분명히 당신 말대로였어……."

삼백 년간 계속 도서관을 지켜보았다.

밀리가 만나고 싶어 했던 사람을 하다못해 자신이 대신 만나 보려고 생각했다.

긴 시간을 보냈다. 문득 깨닫고 보니, 몸은 늙고 거리의 경치도 변했다.

그래도 마지막에— 밀리가 기다리던 사람은 나타났다.

"여기에…… 당신의 마음을 알아본 사람이 있어."

눈물로 번지는 시야 속, 스테인드글라스를 안은 소녀를 보았다.

그 소녀와 밀리의 모습이 겹쳤다.

마치 밀리가 이 만남을 이끌어 준 것처럼.

"이제야 겨우…… 만났구려……!"

잭은 길고 외로운 시간을 보냈다.

하지만 그 끝에 이제 겨우 아내가 믿고 있었던 것과 마주했다.

소녀가 안고 있는 스테인드글라스 한 장. 잭은 그 안에 담긴 마음을 깨달았다.

고독과 불안을 떨쳐내는 그 온기는 틀림없이—.

—삼백 년을 넘어서 느낀, 아내로부터 온 사랑이었다.

◆

새 도서관이 무사히 개관한 지 일주일이 지났다.

왕도 주민들은 사라졌을 거라 생각했던 도서관의 마법이 건재하다는 사실에 놀라고 기뻐했다.

도서관이 왕도 중심가로 이사한 덕분에 다리와 허리가 안 좋은 노인들도 부담 없이 다닐 수 있게 되었다. 지금은 아직 구 도서관과 거의 변함없는 내부지만, 앞으로는 고령 이용자 전용 코너를 늘리거나 배리어 프리를 추진할지도 모른다고 사서장이 소피에게 말했다. 사서장은 여전히 바빠 보였지만, 어딘가 충만한 듯이 보였다.

"확실히 유실 마법을 해명할 수 있다고는 생각하지 않았어요."

새 도서관 응접실에서 사서장이 말했다.

"완전히 하지는 못했어요. 제가 할 수 있었던 건 기껏해야 스테인드글라스에 담긴 마법을 새 도서관에 어우러지게 한 것 정도니까요. ……지금의 제 기술로도 이건 못 만들어요."

소피는 응접실 선반에 장식된 한 장짜리 스테인드글라스를 보며 말했다.

사실은 좀 더 엄중하게 보관하는 편이 나을 것 같기도 했지만, 잭과 의논한 끝에 이대로 응접실에 장식하기로 했다. 마법으로 보호받고 있어서 파손이나 도난 우려는 없었다.

"그래서 거절한 건가요?"

사서장이 소피를 응시했다.

"유실 마법의 해명…… 본래는 역사에 이름을 남길 정도의 위업입니다. 그걸 없었던 일로 해 줬으면 좋겠다니."

"없었던 일이고 뭐고, 아까 말한 대로 이걸 완전히 해명하지 못했으니까요. 어울리지 않는 평가를 피하고 싶을 뿐이에요."

원래는 도서관의 마법을 대부분 해명해 낸 소피가 나라에서 상을 받아도 이상하지 않다. 그러나 소피는 자신에게 어울리지 않는다고 생각하여 관계자에게 함구하도록 부탁했다.

자신은 그저 도서관의 마법의 핵인 스테인드글라스를 새 도서관에 옮겼을 뿐이지 그 이상의 일은 아무것도 하지 않았다……는 주장을 관철하기로 했다. 실제로는 스테인드글라스를 옮기기만 해서는 전혀 의미가 없고, 이동한 곳의 건물에 마법을 깃들게 해야 했다. 그리고 그 과정은 도서관의 마법을 알아야 할 수 있는 일이니, 결국 소피는 도서관의 마법을 거의 모두 해명한 것이었다. ……하지만 밀리의 수완에는 한걸음 모자란 것을 소피 자신도 잘 이해했다.

"……소피가 그렇게 말한다면 나도 더 이상은 이야기하지 않도록 하죠."

변함없이 명예욕이 없군요. ……사서장은 불쑥 그렇게 중얼거렸다.

"그나저나 역시 아름답네요."

"네."

흥미로운 듯이 스테인드글라스를 응시하는 사서장을 보고 소피도 고개를 끄덕였다.

스테인드글라스는 마법의 핵일 뿐만 아니라 예술품으로도 가치 있는 물건이었다. 분명 마법의 핵이 아니었어도 이 스테인드글라스는 귀하게 취급되었을 것이다.

잭의 아내 밀리는 분명 이 스테인드글라스를 누군가에게 자랑하고 싶었던 것이다.

그러므로 사람의 눈이 닿는 위치에 장식하는 게 밀리에게 공물을 바치는 것이리라. 그런 생각도 있어서 소피와 사람들은 이 스테인드글라스를 응접실에 계속 장식하기로 했다. 만에 하나인 일도 있으니, 확실히 도서관 한가운데의 같은 장소에는 장식할 수 없지만.

"참고로 최종적인 금액은 이렇게 나왔습니다."

소피는 이사 견적서를 사서장에게 건넸다.

"아니, 너무 싸지 않나요? 도서관의 마법이 존속할 수 있었던 건 소피 덕인데요?"

"도서관의 마법에 관한 건 제가 개인적으로 한 거니까요."

원래 사서장은 책 같은 걸 운반하기만 하면 된다고 말했다. 그 이상의 일은 소피가 맘대로 한 것일 뿐이었다.

그러나 사서장은 견적서를 소피에게 돌려주었다.

"끝에 0을 두 개 더 붙이세요. ……도서관의 마법을 존속시킨 것과 도서관의 마법과 마도서가 간섭을 일으키는 문제를 해결해 준 것. 이 두 가지에 대해서도 정당한 보수를 지불하겠습니다."

"……괜찮은가요?"

"그럼요. 그 정도의 여유는 있답니다."

소피는 도서관의 마법과 마도서의 마력이 불화를 일으키는 문제도 해결했다. 이걸로 새 도서관에서는 도서관의 마법을 발동하며 마도서도 문제없이 보관할 수 있었다. 구 도서관처럼 건물에 피해가 발생할 일도 없었다.

그리고 결국 소피는 도서관의 마법을 해명하는 데 거의 전념했기 때문에 도우미들에게 예정보다 일을 더 시키고 말았다. 이들에게 지불할 금액도 비쌌기에 솔직히 보수가 늘어나는 건 고마운 일이었다.

게다가…… 은근히 사비를 들인 것이 용사를 위해 제조한 기억 부활약이었다. 거리에서 구할 수 있었던 약 재료와 소피가 마법 연구용으로 원래 가지고 있던 것까지 사용했는데 어느 재료나 아주 비쌌다.

그러나 도서관은 공공시설이니 사서장의 지갑에 부담을 끼칠 리는 없었다.

이번에는 순순히 받아 두자. 소피는 그렇게 생각하고, 사서장이 되돌려 준 견적서를 집어 들었다.

"그러고 보니 잭 님은 어떻게 지내시나요?"

사서장이 견적서를 받아 든 소피에게 물었다.

"잭 님은 오늘도 젊은 건축가들을 엄히 지도하고 계세요."

그날— 소피가 새 도서관에서 밀리의 마법을 재현한 날.

잭의 손에 책 한 권이 도착했다.

—신판 · 지도자의 마음가짐.

그것은 지도자를 목표로 삼은 사람을 위한 책이었다.

잭은 그 책을 보고 웃었다. 늙은이가 젊은이에게 가르쳐 줄 건 없다고 한 잭이지만, 다름 아닌 도서관의(밀리) 마법이 응원해 준 이상, 거절할 수는 없었다.

그 다음부터 잭은 젊은이들을 열심히 지도했다.

손에는 책 한 권을 들고서—.

“그럼 청구서를 작성해 오겠습니다.”

소피는 그렇게 말하고 응접실을 나왔다.

번화한 중심가를 벗어나서 가게로 돌아왔다. 소피는 중심가에서 도서관까지 가는 길목을 좋아했지만, 이러니저러니 해도 지금 입지도 좋아질 듯했다. 뭐니 뭐니 해도 접근이 편리해졌다.

“어? 편지가…….”

우편함 속에 편지 한 통이 들어 있었다. 우편함은 오늘 아침에 막 확인한 참인데, 이 타이밍에 편지가 들어 있다는 건…… 빠른우편일지도 몰랐다.

급한 알림일 가능성이 있어서, 소피는 바로 편지를 들고 가게로 들어와서 읽었다.

“……어?”

편지 내용 자체는 별것 아니었다. 일반적인 이사 의뢰였다.

하지만 그 의뢰인이 너무나 예상 밖의 인물이었다.

“용사님?”

다시 한 번 이사하고 싶다—.

소피는 평소보다 거친 필적으로 쓰인 그 문장을 지그시 응시했다.

4장 용사의 이사·후편

소피는 용사의 의뢰에 응하겠다는 뜻을 편지로 전하고 곧 용사의 고향으로 향했다.

예전처럼 주얼 드래곤을 타고 마을로 향했다. 잠시 후 목적지가 보이기 시작했다. 하늘에서 내려다보는 마을 경치는 조급한 왕도와 달리 어딘지 느긋하고 목가적이어서 원래는 마음이 치유되는 느낌을 받지만, 공교롭게도 지금은 그런 기분에 잠길 수가 없었다.

소피는 드래곤을 미믹 안에 다시 넣고 마을로 들어갔다.

이쪽으로 오는 드래곤을 알아보았는지, 마을로 들어서자 금세 용사가 마중 나왔다.

"용사님. 저기, 오랜만에 뵙습니다."

"……그래."

"편지를 읽었어요. 이사 의뢰에 대해서는 알겠습니다만…… 그러니까 이 마을에서 다시 이사하신다는 거지요?"

"맞아."

이 고향에 돌아왔을 때, 용사는 눈물을 흘리면서도 서글서글한 웃음을 띠고 있었다.

그런데 지금은 상당히 표정이 흐렸다. 무슨 일이 있었던 게 틀림없었다.

"……이 마을에서 지내기가 불편하셨나요?"

"아니, 그건 아니야. 마을 사람들은 다들 나에게 잘해 줬어."

용시는 고개를 가로서었다.

"다만…… 미안하네. 사정이 있어."

용사는 침통한 표정으로 말했다.

정말로 캐묻지 말아 줬으면 한다는 의사를 느꼈다. 소피는 잭이 슬퍼했을 때와 마찬가지로 잠시 용사를 응시했지만, 용사는 그래도 완고하게 입을 열지 않았다.

"알겠습니다. 그럼 이사할 곳의 주소에 관해서인데요……."

용사는 의뢰 편지에 미리 이사할 곳 등의 정보도 적었다. 이 마을로 이사할 때 필요했던 사항을 기억하고 있었을 것이다.

준비가 철저한 건 고맙지만, 여기에도 한 가지 의문이 있었다.

"……이사할 곳은 정말 이 주소가 맞나요? 제 기억이 맞다면, 여기에는 아무것도 없었던 것 같은데……."

"그래. 아무것도 없는 그저 황무지야. ……하지만 거기 있어."

용사가 이사할 곳으로 지정한 장소는 이 마을에서 조금 떨어진 장소에 있는 황무지였다. 그곳에는 마을도 거리도 없고 그렇다고 개척하기에 적합한 땅도 아니었다. 용사는 이 풍요롭고 한가로운 고향을 떠나 그런 곳으로 이사하려 하고 있었다.

……솔직히 의미를 알 수 없었다.

의뢰 내용이 지나치게 이해되지 않아서 이대로 진행하기에는 마음에 걸렸다.

"용사님, 대체 뭘 생각해 내신 건가요?"

너무 손쉽게 남의 사정에 깊이 관여하는 게 아니었을지도 모른다.

하지만 이것만큼은 남의 사정이라고 치부하며 떨쳐버릴 수는 없었다.

"기억을 되돌려 주는 약을 드셨지요? ……분명 그게 원인인거죠?"

용사가 입을 굳게 다물었다. 그 침묵은 분명히 긍정을 뜻했다.

소피는 얼마 전 용사에게 기억을 부활시키는 약을 보냈다. 그로부터 얼마 되지 않아서 이번 이사를 의뢰했다. 어떻게 생각해도 그 약이 발단이 된 것이다.

그렇다면 자신은 당사자이자 책임이 생기는 처지였다.

"죄송합니다. 혹시 제가 뭔가 쓸데없는 짓을 했다면……."

"……아니, 자네는 나쁘지 않아."

용사는 소피가 사과하자 딱 잘라 부정했다.

"얘기하는 걸 깜빡했는데, 약을 지어 줘서 고마워. 덕분에 난 잃었던 기억을 되찾을 수 있었어. ……이에 대해서는 정말 감사하게 생각하네."

용사는 깊이 고개를 숙였다.

"그래서 말인데, 자네는 나쁘지 않고 이 마을 누구도 나쁘지 않아. 마을 환경도, 새집도, 아무것도 나쁜 건 없었어."

그것은 반쯤 자기 자신에게 들려주는 말로 들렸다.

뭔가 억제하기 힘든 충동을 필사적으로 달래고 있는 것처럼.

"이사 작업은 맡겨도 될까? 난 이사할 지역의 땅에서 기다리고 있겠네. 지인이 작은 집을 지어 주었어. 당일은 그 집까지 짐을 운반해 줘."

"……알겠습니다. 그럼 또 내일 짐을 가지고 가겠습니다."

"그래, 부탁하네."

마치 조금이라도 빨리 이 마을에서 떨어지고 싶은 것 같았다.

작업 자체는 짐을 꾸려서 운반하는 것만 남았으니 문제없었다. 짐은 대부분 이미 한 번 운반했던 적이 있는 물건이고, 시간도 그리 걸리지 않을 것이다.

"……미안하다."

용사는 눈을 내리깔고 말했다.

"이렇게 단기간에 두 번이나 이사를 하다니 별로 기분 좋지는 않겠지. 하지만 정말로 자네한테는 아무 잘못도 없어."

용사는 심하게 내몰린 듯한 표정으로 말했다.

"나쁜 건 전부…… 나야."

용사는 자신을 벌하고 싶어서 견딜 수 없다는 표정으로 이를 세게 악물고 머리를 감쌌다.

이야기나 연극에서 나오는 용사는 언제든 빛나고 있었다. 설령 절망하더라도 마지막에는 용기를 쥐어짜서 빛처럼 반짝였다.

하지만 이건 달랐다.

죄의식에 시달리고, 격심한 후회의 불꽃에 불타며, 머리를 쥐어뜯고 그저 자신을 계속 책망했다. 그런 지금의 용사는…… 도저히 세계를 구한 영웅이라고는 생각되지 않았다.

◆

소피는 짐을 전부 미믹 안에 넣고 일단 왕도의 가게까지 돌아왔다.

나머지는 짐을 배달하면 일은 끝난다. ……하지만 끝나는 건 일뿐이었다.

'……분명히 떠올린 기억에 뭔가 문제가 있는 거야.'

약을 보낸 다음 이사 의뢰가 오기까지의 시간 간격이 크지 않았다. 편지를 배달하는 시간까지 고려하면, 용사는 기억을 되찾은 순간 이사를 결심했다고 추측할 수 있었다.

잊고 있던 기억이 떠오른 순간, 당장이라도 마을을 나가야 한다고 결심한 것이다.

대체 되살아난 기억이란 뭐였을까…….

고민하고 있는데, 도어벨이 울렸다.

"어서 오세…… 어라, 잭 님?"

잘 아는 드워프 노인이 가게로 들어왔다.

"마침 근처를 지나가던 참이라 들렀다. 선물이야."

"고맙습니다."

소피는 잭이 내민 선물 봉투를 받아들었다.

안에 들어있는 건…….

"……이건."

"전병이야. 좋아한다며? 드릴 같은 머리를 한 여자가 그러던데."

그 여자, 다음에 만나면 혼 좀 내야겠어.

소피는 붉어진 뺨을 숨기려고 얼굴을 푹 숙이며 잭에게 감사 인사를 했다.

"그나저나 여기가 네 가게냐. ……낡았지만 잘 가꿨구나. 멋진 가게야."

"네, 아저씨와 아주머니에게서 물려받은 자랑스러운 가게예요."

가게는 언제나 깨끗하게 해 놓고 있다. 건물이 낡아서 몇 번 수리한 적도 있지만, 그래도 원래 분위기를 바꾸고 싶다고 생각한 적은 없었다.

잭은 그런 소피를 보고 잠시 생각을 하더니 안부를 물었다.

"……얼굴이 어두운데 무슨 일이 있는 게야?"

잭은 약 두 달 동안 함께 지냈던 만큼 소피의 심경을 꿰뚫어 볼 수 있었다.

본인도 물어봐도 될지 고민한 끝에 물어봤을 것이다. 소피는 그 상냥함을 알고 입을 열었다.

"그러네요. 일 때문에 조금 고민이……."

"흠, 일 얘기라면 쉽게 듣기도 좀 그런가."

의뢰인에 대한 비밀 유지 의무가 있으니 그 말이 맞았다.

하지만 그런 생각을 하는 잭에게는 조금 속을 터놓고 얘기해도 될 것 같았다.

"잭 님, 이건 어디까지나 예를 들어 하는 얘기인데요……."

이것은 진짜 이야기가 아니다. 이제부터 하는 건 전부 예를 든 이야기— 그런 걸로 해 두면 좋겠다고 소피는 암암리에 전했다.

잭은 고개를 끄덕였다.

"예를 들어 멀리 떨어져 있던 땅에서 몇 십 년 만에 고향으로 돌아갔다 치고요. 고향 사람들도 모두 다정하게 맞아 주었다고 해요. 그런데 급히 또 다른 곳으로 이사하고 싶다는 사람이 있다면 그 사람이 이사하고 싶은 이유는 뭐라고 보세요?"

"이사하고 금방 또 다른 데로 이사한다는 건가. 시간은 어느 정도 지났지?"

"반년이에요."

"반년이라면 전혀 없는 이야기는 아니구먼. 평범하게 생각하면 주민 사이의 갈등, 아니면 집 문제겠지만……."

"둘 다 아닌 것 같아요."

소피도 가장 먼저 그 가능성에 생각이 미쳤기에 물어보았다.

그러나 용사는 고개를 저으며, 나쁜 건 자신뿐이라고 했다.

잭의 말대로 반년 만에 이사한다는 것 자체는 드물기는 해도 아예 없는 일은 아니다. 하지만 그 동기를 말할 수 없다는 점이나 이사하는 곳이 아무것도 없는 황야라는 점이 이해되지 않았다.

"자세히는 모르지만, 자기 자신한테 이유가 있는 것처럼 얘기했어요. ……하지만 문제가 되는 행동을 일으킬 만한 사람이 아녜요."

"……그 마을이 어디인지 물어봐도 되나? 난 현역일 때 각지를 돌아다니며 일해서, 지역의 독특한 풍습도 자세히 알고 있으니까 도움이 될 수도 있다."

그렇구나, 풍습이라는 측면도 있었나.

그곳의 풍습에 어울리지 못했든지, 아니면 오랜만에 돌아온 고향의 풍습이 변했든지. 소피는 이런저런 이유를 떠올리며 카운터 밑에서 지도를 꺼냈다.

"마을이 있는 장소는 왕도 서쪽이에요. 대강 이 부근인데……."

범위를 다소 얼버무려서 잭에게 전했다. 그러자 잭은 의아한 얼굴을 했다.

"정말 이 위치냐?"

"네?"

"자세히 얘기할 순 없지만, 오십 년 전에 어떤 의뢰를 받았다."

잭이 뭔가 아는 듯한 표정으로 말했다.

"그 의뢰는 왕도 서쪽에 작은 마을을 만들고 싶다는 거였어. 현역에서 은퇴한 지 오래된 나는 그 의뢰를 거절했지만, 다른 누군가가 의뢰를 맡아서 일했다는 이야기는 들었지. 이 부근에 마을이 있다고 하면 분명히 그 마을이야. 의뢰 내용이 맘에 걸려서 그 부근의 땅을 조사해 본 적이 있으니 틀림없어. 여기에 다른 마을은 없었다."

그 이야기는 들은 기억이 있었다.

"왕녀 전하께 비밀리에 의뢰받았다는 그건가요?"

"알고 있었나……. 누가 또 입을 놀렸구먼."

잭이 말하기 어려운 표정을 지었다.

"묘한 의뢰였어. 마을을 만든다는 것만으로도 이상한 얘기인데 식물 종류에서부터 지붕 방향까지 자세히 주문했어. 게다가 왕녀 전하는 사재를 쓰면서까지 그 마을을 만들고 싶다고 했어."

그건 확실히 평범한 의뢰라 보기는 어려웠다.

왕녀 전하의 개인 자금을 쏟은 것도 이상했다.

"고향에 돌아갔다는 그 사람 나이는 몇 살이냐?"

"……일흔 살이에요."

잭은 눈살을 찌푸렸다.

"그 마을이 생긴 건 오십 년 전이다. ……적어도 그 사람의 고향은 아니야."

◆

그날 밤, 소피는 용사가 처음에 이사한 마을에 다시 도착했다.

술집 등이 많은 왕도와 달리, 마을의 밤은 어둡고 조용했다. 집 안에서 새어 나오는 불빛을 의지하며 어두운 길을 걸었다.

소피는 용사가 살았던 집을 발견하고 그 문을 두드렸다.

잠시 기다리자, 문이 열리고 안에서 노파 한 사람이 나타났다.

"아…… 소피 씨?"

"밤늦게 죄송합니다."

"무슨 일이죠? 오라버니 짐은 전부 맡겼을 텐데……."

용사는 이 마을로 이사 온 후, 누이동생과 둘이 살았다. 눈앞의 노파가 그 누이동생이었다.

오늘 아침, 소피는 용사와 얘기한 다음에 이 집에 있는 용사의 짐을 꾸려서 미믹 안에 넣었다. 그때 노파하고 얼굴을 보며 어느 정도 대화를 나눴다.

그때는 딱히 아무 생각도 하지 않았지만— 지금은 달랐다.

소피는 따스하게 웃는 노파에게 굳은 표정으로 말했다.

"오늘은 용사님에 관해 이야기를 들으러 왔어요."

조용한 밤이라서 소피의 목소리는 또렷하게 들렸다.

"여긴 용사님의 고향이 아니지요?"

노파는 한순간 눈동자가 흔들렸으나 곧 원래대로 다정해 보이는 표정을 지었다.

"아뇨, 여긴 오라버니의 고향이에요."

"아닙니다. 여긴 아이린 왕녀 전하가 만든 마을이지요?"

노파는 이번에야말로 표정을 숨기지 못하고 동요했다.

말문이 막힌 노파는 어떻게든 입을 열어 뭔가 변명하려고 했지만 이미 늦었다는 걸 깨달았는지, 노파는 벌렸던 입을 다물고 한동안 침묵에 잠겼다가…… 한숨을 지었다.

"……그래요. 이미 알아 버렸군요."

노파는 쉰 목소리로 말했다.

"안으로 들어오세요. 분명 이야기가 길어질 테니."

"……그럼 실례하겠습니다."

소피는 노파의 말에 따라 집 안으로 들어갔다.

두 사람이 살기에는 딱 좋은 집이었다. 그러나 지금 이 집에 용사는 이미 없었고, 노파 혼자서 지내고 있을 뿐이었다. 짐을 막 뺀 참이라서 텅 비어 있는 방이 두 개 있고, 밤의 고요함과 어울리는 적막한 분위기로 차 있었다.

소피는 노파의 재촉을 받고 거실 의자에 앉았다.

도중에 어린 동물의 울음소리가 나서 그쪽으로 시선을 옮겼다.

거기에는 털이 하얀 강아지가 있었다. 강아지는 어딘지 졸려 보이는 눈으로 소피를 쳐다봤다.

저 강아지는 분명히 왕녀 전하가 용사에게 맡긴 것이다.

"윔? 왜 여기 있니?"

"데려갈 수 없으니 여기에 둬 달라고 부탁하셨어요."

노파는 그렇게 말하고, 탁자를 사이에 두고 소피의 맞은편에 앉았다.

그리고 소피를 똑바로 바라보며 뜻을 정한 듯 입을 열었다.

"소피 씨가 말한 대로예요. 여긴 **용사님**의 고향이 아닙니다."

노파는 그를 오라버니가 아니라 용사님이라고 불렀다.

그것이 두 사람의 진짜 관계이리라.

"저는 용사님 누이동생이 아닙니다. 이 마을에서 지내는 사람들도 모두 용사님과 같은 고향 사람이 아니고요…… 전혀 모르는 남이나 마찬가지인 존재입니다."

노파를 비롯한 마을 사람들은 사연이 있어서 용사와 동향인 사람인 척 속였다고 했다.

하지만 그것은 결코 악의적인 이유일 리가 없었다.

왜냐하면 노파는 무척 자비로운 눈을 하고 있었다.

"전부 얘기하겠습니다. 용사님의 진짜 고향은—."

◆

다음 날, 소피는 예정대로 용사가 이사할 곳으로 향했다.

그곳은 시든 나무와 깨진 바위밖에 없는 황야였다.

용사가 윔을 데려갈 수 없다고 판단한 것도 이해할 수 있었다. 모래 먼지가 심해서 시야가 나쁘고, 땅바닥도 갈라져 있어서 뛰어다니기 힘들었다. 이런 곳에서는 개를 만족스럽게 키울 수 없어 보였다.

잘 보니 조금 앞쪽에 작은 집이 있었다. 거친 풍경에 어울리지 않게 잘 꾸며진 것을 보니, 저곳이 지인이 새로 지어 줬다는 용사의 집이리라. 그러나 가까이서 본 집은 새로 지은 것이기 때문에 예쁘게 보일 뿐이고, 싸구려 목재로 지어진 게 분명했다. 며칠만 지나면 곧바로 허름한 집이 될 것 같았다.

그런 집 앞에서 허무해 보이는 얼굴로 풍경을 바라보는 남자가 있었다.

"용사님."

남자가 돌아보았다.

"짐을 배달하러 왔습니다."

"아…… 기다리고 있었다."

용사가 미덥지 못한 목소리로 대답했다.

기분 탓인지 이전보다도 더욱 내몰리고 있는 듯이 보였다.

"정말 여기서 사실 건가요?"

"그럴 생각이야."

더 이상 논의할 여지는 없다고 말하는 것처럼 용사 목소리는 굳어있었다.

하지만 소피는 그런 용사에게 물었다.

"……이곳이 용사님의 고향이기 때문인가요?"

용사의 눈이 휘둥그레졌다.

두려움마저 느껴지는 험한 표정이었다.

"들었나."

"……네."

용사는 깊이 한숨을 쉬었다.

"이상한 오해를 하면 곤란하기도 하고…… 모처럼 자네에게는 모든 사정을 얘기하지."

용사는 자기 입으로 모든 사실을 말하기로 결심했다.

"자네 말대로 여기가 내 **진짜 고향**이다."

용사는 눈앞의 황야를 바라보며 말했다.

"마왕 토벌 여행이 종반에 접어들었을 무렵, 마왕은 어떤 작전을 세웠다. 그건 용사인 내 고향을 습격하는 거였어. 부하가 차례로 당하니 마왕도 초조했겠지. 내 고향을 공격하면, 내가 반드시 여행을 중단하고 고향으로 달려오리라고 생각한 거야. 즉, 마왕이 노린 것은 시간을 버는 것이었어."

용사의 눈은 마치 과거를 비추고 있는 것처럼 어딘가를 멀리 바라보았다.

"그러나 우리 또한 초조했어. 우리는 긴 여행을 거치며 헤아릴 수 없을 정도의 희생을 치렀지. 그러던 끝에 드디어 마왕의 턱밑까지 바짝 쫓을 수 있었다. 마왕을 여기까지 몰아붙인 건 기적에 가까워. 그야말로 천재일우의 기회, 이걸 놓치면 두 번 다시 마왕은 쓰러뜨리지 못할지도 모른다. 희생된 사람 모두를 위해서라도 반드시 여기에서 마왕을 쓰러뜨리겠다. ……그런 마음으로 가득 차 있었어."

용사는 살짝 주먹을 쥐었다. 마치 그때의 기분을 떠올리듯이.

"하지만 고향이 습격당했다는 소식을 듣고, 나는…… 검이 둔해지고 말았다. 싸움에 집중할 수 없었던 거야. 그래서 나는……."

긴 침묵 끝에 용사가 고백했다.

"……기억을 없앴다."

없어진 것도, 잃은 것도 아니고— **없애버렸다.**

그것이 기억 상실의 진상이었다.

"내가 고향으로 돌아가면, 마왕을 쓰러뜨릴 절호의 기회를 놓치게 돼. 그렇다고 해서 고향이 공격당하고 있다는 걸 안 이상, 싸움에 집중하지도 못하지. 그래서 난 동료 마법사에게 부탁해서 고향의 기억을 지웠다. 망설임을 버리고 마왕과의 결전에 집중하기 위해."

틀림없이 뼈를 깎는 결의였을 것이다.

분명 동료들도 몇 번이나 말렸을 것이다.

그래도 그들은 앞으로 나아가기로 결정했다. 그만큼 마왕 토벌 여행은 치열했다. 평화로운 현재의 세상에서 태어난 소피에게 이 선택의 옳고 그름을 물을 자격은 없어 보였다.

"마왕과 대치했을 때…… 마왕은 나를 마치 괴물을 보는 듯한 눈으로 봤다."

이전에 용사가 말한 것이다.

용사는 그것이 인상 깊어서 기억하고 있다고 했지만…… 지금은 그때의 의문점까지 해소되었다.

"당연하지……. 고향을 버리면서까지 싸우다니, 마왕조차 예상 밖이었을 거야."

용사는 공격당하고 있는 고향을 무시하고 왔다. 마왕도 필시 놀랐으리라.

넌 대체 무엇을 지키기 위해 싸우는 건가— 그렇게 생각했을 게 틀림없었다.

"그 후, 난 마왕을 쓰러뜨리고 이 나라로 돌아왔다. 하지만 고향의 일을 잊어버린 채였고, 그 고향은…… 이처럼 사람이 살았다고는 생각할 수 없을 정도의 불탄 들판으로 변했어."

진짜로 돌아가야 할 장소는 이미 없었다.

이 나라의 지도 위에서도, 용사의 머릿속에서도 사라졌다.

"후일 이 건은 은폐되었다. ……이전에도 말했지만, 내 인생은 후세로 계속 전하기 위해 각색되었거든. 하지만 지금 생각하면 그래서 다행이야. 세계를 구한 영웅의 정체가 이래서야 이 나라 사람들도 안심하지 못하겠지. 오히려 한층 더 불안했을 거야."

마왕을 쓰러뜨리기 위해서라고 하지만, 고향의 가족과 친구를 희생시켰다.

그 사실은 무구하게 있고 싶어 하는 민중에게는 받아들이기 어려웠다.

'……루이스 님이 이야기한 건은 이 일이었군요.'

마왕군이 이 나라에 침공해 온 건 한 번뿐이고, 그 한 번도 작은 마을을 공격하는 것에 그쳤다고 했다. 루이스는 마을 주민 전원이 피난을 갔기 때문에 인명 피해는 없었다고 말했지만……그건 가짜 정보였다.

실은 많은 사람이 희생되었다.

마왕군은 용사의 발을 묶어 두기 위해서 용사의 고향을 습격했다.

"아이린은 그런 나를 너무 딱하게 여겨서 가짜 고향을 만들어 줬어. 그게 처음 이사한 그 마을이다."

여행 끝에 돌아가야 할 장소를 잃고, 그 기억마저도 잃은 데다 역사에서도 은폐되고 말았다.

그런 용사를 가엾게 여긴 아이린 왕녀 전하는 설령 가짜라고 해도 용사에게는 돌아가야 할 장소가 있는 편이 좋다고…… 자신이 지킨 것을 확인할 수 있는 게 낫다고 생각했다.

“애초에 재상은 반대였던 것 같아. 재상은 가짜 고향을 만들 정도라면 고향 따위 잊어버려도 이상하지 않을 정도로 화려한 인생을 주겠다고 주장했나 봐.”

그 결과가 용사라는 존재를 오락이나 문화로 퍼뜨린 것이었다. 그런 재상의 행동은 우연히 나라의 부흥하고도 연결되었다.

덕분에 지금도 국민들은 누구나 용사를 그리워했다.

하지만 얄궂게도 그것이 용사의 피로를 가속시켰다. 재상은 그 사실을 깨닫지 못했다.

“……그러고 보니 재상님은 왕녀 전하를 위선자라고 불렀어요.”

“그래…… 서투르지만 그래도 정이 많은 남자야.”

재상도 용사의 고향에 대해서는 알고 있었다.

……생각해 보면 그때 왕녀 전하의 태도도 이상했다.

용사가 「전하는 나보다 더 내 고향에 대해 자세히 아는 것 같군.」이라고 했을 때, 왕녀 전하는 몹시 슬픈 얼굴을 했다. 그것은 용사가 기억상실이기 때문이 아니라— 이제부터 용사가 돌아가려고 하는 고향이 자신이 만든 가짜임을 알고 있기 때문이었다. 마을을 만든 장본인이기에 왕녀 전하가 자세히 아는 건 당연했다. 반대로 용사는 고향을 잊어버린 게 아니라 처음부터 아무것도 모르는 상태였다.

재상이 용사에게 고향에 돌아가 봤자 의미는 없다고 했을 때, 왕녀 전하가 격앙한 것도 진짜 고향이 이미 사라졌다는 것을 용사가 알아차리지 않기를 바라서였다.

소피는 왕녀 전하가 지금까지 안고 있던 고뇌를 상상조차 할 수 없었다.

그러나 하나만은 이해했다.

왕녀 전하는 지금도 용사를 사랑하고 있을 것이다.

"자네도 들었을지 모르겠지만, 그 마을 주민은……."

용사가 계속해서 이야기했다.

그 마을 주민도 용사의 고향 사람들이 아니었다.

"……옛날에 용사님이 구해 주신 사람들이지요."

"……그래."

그 이야기를 바로 그 노파에게서 들었다.

마을 사람들은 옛날에 용사가 여행 도중에 구해 준 사람들이었다. 용사에게 은혜를 갚고 싶어서 아이린의 계획에 협력했다.

"그들의 마음은 솔직히 고맙게 여기고 있다. 하지만 나 같은 사람에게 그렇게까지 할 필요는 없어."

마을 주민들의 각오는 진짜였다. 용사가 천수를 다할 때까지 철저하게 동향 사람을 연기할 생각이었다고 한다. 그 사람들은 용사에게 은혜를 갚기 위해 일생을 바쳐도 좋다는 생각까지 했다.

하지만 용사는 그런 도움을 받기 위해 그 사람들을 구한 게 아니었으리라.

마을 주민들의 마음도, 용사의 마음도…… 둘 다 옳은 방향이라는 느낌이 들었다.

"용사님은 그 사람들을 해방하기 위해 이 땅으로 이사하시는 건가요?"

"아니, 그렇지 않아."

용사는 고개를 저었다.

"이 땅에 온 건 내 죄와 마주하기 위해서야. ……가족을 죽이고 친구를 죽인 내가 평온한 생활 따위를 허락받을 리가 없지."

용사는 냉랭한 눈동자로 눈앞의 황야를 바라보았다.

그 옛날, 그곳에는 평화로운 경치가 펼쳐져 있었다. 하지만 그것을 망가뜨린 건 자신이라는 강한 자책감을 업고 있었다.

"……이 토지는 나를 벌주고 있는 거다."

용사는 아무것도 없어 황폐하기 짝이 없는 대지를 보고 속죄를 결심했다.

◆

눈앞의 황야는 예전에 초록이 울창하고 활기찬 마을이었다.

밭과 집이 있는 조그만 마을이었지만 그래도 다들 행복하게 살았다. 밭에서 수확한 채소는 싱싱했고, 우물에서 길어 올린 물은 맑았다. 가축을 잡아서 먹는 건 조금 괴로웠지만, 그건 살아가기 위해선 반드시 필요한 일이라고 확실하게 설명해 주는 어른도 있었다…….

어른도 아이도 조용한 평화를 누릴 수 있는 마을이었다. 도시와 달리 편의성은 떨어졌지만 분명 힘들지는 않았다. 다 함께 힘을 합해 살아갈 수 있는, 검소하지만 행복한 마을이었다.

그런 곳이 지금에 와서는 이렇게 되었다. 불모의 땅이 끝없이 이어져 있다. 아무도 이런 곳에 들르려 하지 않을 것이다. 옛날의 그 평화로운 마을은 지금에 와서는 아무도 돌아보지 않는 고독한 땅으로 변했다.

—틀림없이 원망했겠지.

내가 용사가 된 탓에 마을이 습격 받았으니까.

—분명히 고통스러웠겠지.

쉽게 죽였을 리 없었다. 마왕의 목적은 용사를 고향까지 물러나게 하는 것이었으니 조금이라도 더 용사의 관심을 끌기 위해 철저하게 고문했을 것이다.

—괴로웠을 거야.

일반인이 고문을 버틸 수 있을 리 없다. 몸보다 먼저 마음이 꺾여 버린다.

—어째서? 라고 생각했겠지.

마을에는 아직 어린아이도 있었다. 그 아이들은 설마 용사 때문에 자신들이 고통 받고 있다고는 끝까지 몰랐을 것이다.

"전부…… 나 때문이다."

어느 누가 이런 미래를 원했을까.

분명 자신도 포함한 그 누구도 원하지 않았을 것이다.

다만 확실한 사실은 그 사람들은 살해당했고, 그 존재까지도 역사에서 소멸되고 말았다는 것이다. 용사의 위업을 후세에 계속하여 전하기 위해, 용사의 오점이 될 수 있는 이 마을은 처음부터 존재하지 않는 것이 되었다.

그들은 처음부터 이 세상에 없는 사람으로 취급되었다.

용사 때문에.

나 때문에…….

"나는…… 용사가 되지 말았어야 했어."

본인이 아닌 다른 사람이 용사였다면 이런 결과가 나오지는 않았을지도 모른다.

뭐가 세계를 구한 영웅이란 말이냐. 바보 같기 짝이 없다.

설령 세계가 용사를 찬양하더라도…… 고향에 있던 사람들만은 용사를 증오하며 죽었으리라.

"전 그렇게 생각하지 않아요."

소피가 말했다.

"마을에서 용사가 출현하다니, 분명 마을 사람들은 정말 자랑스러운 일이라고 생각했을 거예요. 그런 마음은 마지막 순간까지 남아 있지 않았을까요."

용사는 그런 소녀의 말을 듣고 살짝 웃음을 지었다.

위로해 주는 거겠지. 능숙하게 웃을 수 있을지는 모르겠지만, 그런 소녀의 마음은 존중하고 싶었다. 설령 그게 공허한, 문득 생각났을 뿐인 말이라 해도.

하지만 소녀는—.

"그걸 확인할 수 있을지도 모릅니다."

용사가 눈을 둥그렇게 떴다.

위로의 말이 아니었다. 소녀는 그걸 증명하고 싶다고 말하는 거다.

……그러고 보면 이 소녀는 평범한 이사꾼이 아니었다.

소녀는— 이사를 도와주는 마법사다.

"—정경 마법."

소녀가 지팡이를 휘둘렀다.

그것은 용사가 모르는 마법이었다.

◆

용사가 되지 말았어야 했어. 그 중얼거림을 들은 순간, 소피는 「그렇지 않아」라고 생각했다.

옛날에 이 땅에서 살던 사람들은 분명 용사를 자랑스럽게 생각했을 터였다. 용사의 이웃 사람이라는 사실만으로 긍정적인 기분이 될 수 있었을 것이다.

확실히 죽는 것은 괴로웠겠지.

하지만…… 그렇다 해도 사람의 마음은 그렇게 약하지 않다.

인생 속에는 수많은 만남과 이별이 있다. 처음에는 누구든 그걸 두려워하고 아쉬워한다. 그러나 이윽고 다들 결의와 함께 앞으로 나아가려 했다.

소피는 그 사실을 알고 있었다. 그래서 용사가 비관하고 있는 현재 상태를 「그렇지 않다」라고 생각했다.

용사는 마을 사람들을 희생시켰다는 죄책감이 너무 강한 나머지, 그럴 리가 없다고 생각하고 있지만…… 어쩌면 마을 사람들은 마지막 순간까지 용사의 이웃이라는 자부심을 마음에 간직했을지도 모른다.

피할 수 없는 죽음이 닥쳐오더라도 더더욱 용사를 사랑했을지도 모른다.

혹시 그랬다면…….

혹시 마을 주민들이 마지막 순간까지 용사를 소중하게 여겼다면…….

'분명히…… 있을 거야.'

그걸 증명하기 위한 단서가 어딘가에 있을 터였다.

곧 죽는다는 것을 알고 있지만 그래도 여전히 용사를 자랑스럽게 생각했다면, 그들은 생각했을 것이다. 그리 머지않은 미래에 마을이 사라졌다는 사실을 알고 절망할 용사를.

그렇다면 뭔가를 남겼을 것이다.

절망한 용사가 희망을 발견할 수 있는 무언가를.

"—정경 마법."

소피는 지난번 일을 하며 기억에 관한 마법을 몇 가지 익혔다. 이건 그중의 하나로 토지의 기억을 불러일으켜서 가시화하는 마법이었다.

마력이 땅에 스며들고, 예전에 이곳에서 살았던 사람들의 정경을 되살린다.

마을이 사라진 건 오십 년도 더 된 일이었다. 그러나 이 땅에 마을 사람들의 흔적이 조금이라도 남아 있다면 마력으로 그 흔적을 확장하여 당시의 현장을 재현할 수 있다.

한동안 마법을 유지하고 있으니, 땅바닥에 발자국 몇 개가 보이기 시작했다.

어른, 아이, 남자, 여자…… 여러 종류의 발자국이 보인다.

이 마을은 마왕에 의해 멸망한 후, 아무도 살지 않았다. 그렇다면 이 발자국은 사라진 마을에 살던 사람들— 용사의 이웃 사람들 것이리라.

소피는 마력을 대량으로 쏟아, 발자국에서 사람의 형태를 재현했다.

마을 사람들의 모습이 희미하게 드러났다. 머리카락은 별로 단정하지 않고, 햇볕을 막지 않아서 피부에 기미가 많았으며 옷도 전부 낡았다. 하지만 생기로 가득 차 있었다. 밭일 때문인지 근육질이었고 눈빛에도 힘이 있었다. 왕도 주민들에게서는 찾아볼 수 없는 박력이었다.

그런 마을 사람들이— 차례로 무릎부터 무너져 내렸다.

"윽."

죽었다.

이건 마을 사람들이 마왕의 군대에게 살해당했을 때의 풍경이었다.

"뭘 하는 거지."

용사가 소피에게 말했다.

"과거를, 보고 있는 건가? ……그만둬. 죽음을 들춰내는 그런 짓은 그만두게."

"……죄송합니다."

소피는 사죄했다. 그러나 마법은 멈추지 않았다.

"하지만 지금의 용사님에게는 필요한 일입니다. ……잠시 눈을 감고 계세요."

결정적인 순간만 찾아낼 수 있다면, 그것만 용사에게 전해 주면 된다.

용사는 그렇게 생각한 소피에게 슬퍼 보이는 얼굴로 말했다.

"……나를 왕도에서 데리고 나와 준 자네에게는 감사하고 있어. 그러니 이번 한 번은 믿어 보지."

용사는 눈을 피하지 않기로 결심했다.

마력으로 만들어진 마을 사람들의 환영이 움직인다.

마지막에 마을 사람들은 전원이 하나가 되어 마왕군에게 저항한 것처럼 보였다. 그러나 일반인이 마왕군에게는 손쓸 수 있는 방법은 없다. 마을 사람들은 이윽고 마왕군에게 붙잡혀서 처참한 방식으로 죽음에 이르렀다.

용사도, 소피도 눈을 돌리고 싶어지는 광경이었다.

그런데 그 가운데—.

마을 사람 몇 명이 숨을 죽이고, 마왕의 부하에게 들키지 않도록 조용히 집 안으로 들어왔다.

"……어머니?"

집에 들어온 마을 사람 중 한 사람은 용사의 어머니인 듯했다.

소피는 용사와 함께 그들의 환영을 좇았다.

숨죽이고 집 안에 숨은 그들은 이미 만신창이였고, 잠긴 목소리로 숨을 쉬고 있었다. 입과 배에서는 쉴 새 없이 피가 흘러나왔다.

그 환영이 집의 마룻바닥을 들어내고 뭔가를 흙 밑에 넣었다.

그리고— 사람들은 빙그레 웃더니 마룻바닥을 원래대로 되돌려 놓았다.

"……으."

소피는 정경 마법을 끝냈다. 동시에 전신에서 땀이 솟았다. 정경 마법은 어려운 데다가 연비도 나쁘다. 조금만 더 유지했다면 마력이 고갈되어 기절할 뻔했다.

그러나 큰 정보를 얻을 수 있었다.

소피는 곧바로 환영들이 뭔가를 넣어 놓은 땅바닥을 팠다.

흙은 단단했다. 그러나 마력이 고갈 직전인 지금, 마법에 의지할 수는 없었다. 그래서 그저 맨손으로 계속 파냈다.

손톱 사이에 흙이 파고들어도 오로지 땅만 계속 팠다. 그러자…… 탁, 하고 손끝에 뭔가가 닿았다.

"……있다."

흙 속에 숨겨져 있던 것은 차가운 금속제 상자였다.

소피는 상자를 들어 올렸다.

"용사님, 이런 게 묻혀 있었어요."

용사는 흙으로 지저분해진 상자를 보고 눈을 크게 떴다.

"그건…… 우리 집에 있던, 장난감 상자야."

"장난감 상자?"

"그래. 어렸을 때, 떠돌이 상인에게서 산 장난감을 여기에 담아 두었지. 나무로 만든 검이라든지 마물 인형 같은 걸……. 오랜만이구나."

용사가 미소 지었다.

아마 무의식이었을 것이다. 죄의식에 시달리고 있는 용사는 한순간이지만 예전의 다정하고 온화한 분위기를 되찾았다.

"열어 볼게요."

용사가 고개를 작게 끄덕였다.

소피는 흙투성이 손으로 상자 뚜껑을 가만히 들어 올렸다.

죽음을 코앞에 둔 마을 사람들이 마지막으로 남긴 것은—.

"……편지?"

용사가 고개를 갸웃거렸다.

상자 속에는 편지가 여러 장 들어 있었다.

용사가 편지를 집었다. 그 겉면에는 보낸 사람 이름으로 추정되는 글자가 적혀 있었다.

"……스벤."

용사의 목소리가 떨렸다.

편지를 들고 있는 팔도 떨리다가 이윽고 손끝의 감촉이 없어졌는지, 편지가 팔랑거리며 상자 속으로 떨어졌다.

용사는 그 편지를 다시 주우려 했지만, 도중에 주저했다.

"읽어 주겠나. ……직접 읽기가 무서워서."

"……알겠습니다."

소피는 신중하게 편지를 읽기로 마음먹었다.

"—로이드에게."

편지 첫머리는 그 한마디로 시작되었다.

『로이드에게

네가 마을을 떠난 지 이제 슬슬 5년이 지나고 있구나.

처음에는 솔직히 불안했는데 제대로 잘하고 있는 것 같네.

넌 착실하지만, 가끔 너무 고지식해서 잠이 모자랄 때도 많지.
푹 자라. 그게 장수의 비결이라고 마을 할머니가 말하셨어.

스벤이』

편지를 마지막까지 읽은 소피는 가만히 용사를 바라보았다.
용사는 눈이 휘둥그레졌다.
"……그것뿐인가?"
"……네."
용사는 고개를 끄덕이는 소피에게 이상하다는 표정을 하고 상자 속을 보았다.
"……편지는 아직 더 있어."
소피는 두 번째 편지를 들고 소리 내어 읽었다.

『로이드에게

오랜만이야. 날 기억하지?
요전에 밭에서 채소를 수확했어.
갓 수확한 채소는 역시 맛있어. 로이드도 좋아했지?
실은 그때부터 요리 연습을 하는 중이야. 지금은 꽤 잘한다?
마음에 드는 레시피가 몇 가지 있으니까 여기 넣어 둘게.
로이드도 먹어 봐.
분명히 로이드가 좋아하는 맛이니까.

아이샤가』

소피는 조용히 용사를 쳐다보았다.

용사는 다시 눈이 휘둥그레졌다.

편지 내용은 별 얘기 아닌…… 정말로 **평범한 편지**였다.

편지에는 애정과 다정함만이 담겨 있었고, 증오는 한 톨도 존재하지 않았다.

일상적이고 따스한 말만이 존재했다.

"그럴, 리가 없어……."

용사는 떨리는 목소리로 말했다.

"그럴 리가 없어! 분명히 있을 거야! 날 탓하는 편지가! 나를 미워하는 말이!"

용사는 상자 속으로 양손을 넣어서 남은 편지를 꺼냈다.

그리고 핏발 선 눈으로 편지를 읽었다.

하지만 그 내용은―.

『로이드에게

오랜만이야. 5년 만인가? 좀 더 지났니?

한 번쯤 돌아올 줄 알았는데 결국 계속 여행을 하고 있네.

하지만 그런 올곧은 점이 용사다운지도 모르겠어.

앞으로 무슨 일이 있어서 도망치고 싶어지면 언제라도 와.

우린 언제까지나 네 편이니까.

미카가』

이 편지 역시 사랑과 다정함으로만 꽉 차 있었다.

『로이드에게

어렸을 때, 장난감 칼을 가지고 놀던 때의 일을 기억해?

처음에는 내가 더 강했는데, 지금에 와서는 넌 세계의 영웅이구나.

하지만 이상하게도 요즘은 그게 기쁘게 느껴지더라.

분명 그게 너의 강인함이겠지.

가끔은 한숨 돌리도록 해. 용사도 좀 놀아도 될 테니.

지크가』

다들 용사를 걱정하고 있었다.

다들 용사를 격려하고 있었다.

그것은 죄와 마주하기 위해 이 땅을 찾은 용사에게는 도저히 이해되지 않는 일이었다.

"어째서, 왜……."

용사의 마음의 외침이 들리는 듯한 느낌이 들었다.

어째서—.

어째서 아무도 날 질책해 주지 않는 건가.

핏발이 선 용사의 눈동자에 눈물이 어렸다.

다른 편지도 미친가지였다. 기대했던 벌은, 아픔은 아무 데도 없었다.

용사는 필사적으로 상자 속을 뒤졌다. 탁, 탁, 손톱이 상자 바닥에 닿는 소리가 났다.

그때 용사의 손이 멈췄다.

마지막 한 장. 용사는 그 보낸 사람 이름을 뚫어져라 봤다.

"……어머니."

흰색 편지 귀퉁이에 갈색으로 색이 변한 피가 묻어 있었다.

로이드는 주저하며 편지를 읽었다.

『로이드에게

잘 지내고 있니?

네가 여행길에 나선 뒤, 마을 사람들과 의논하고 행상인한테서 신문을 사기로 했단다.

그래서 다들 네 활약을 알고 있지.

열심히 싸우고 있는 것 같구나.

사실은 울보인데 눈물도 흘리지 않고.

사실은 겁쟁이인데 모든 이를 이끌고 말이야.

세상 사람이 네 본성을 알면 대체 어떤 반응을 할까.

하지만 나는 그런 로이드를 사랑한단다.

정말 열심히 했구나.

힘들었지.

넌 분명히 마지막까지 포기하지 않고 싸웠겠지.

그렇다면 우리도 마지막까지 널 자랑스럽게 생각하겠어.

마을 사람들도 모두 같은 마음이란다.

이 마을에 널 슬프게 하고 싶은 사람은 한 명도 없어. 아버지도, 엠마도 편지는 쓰지 못했지만 같은 마음이었어.

그러니까 네가 책임을 느낄 필요는 없어, 알겠지?

사랑하는 로이드.

우리 아들로 태어나 줘서 고맙다.

사실은 직접 「어서 오렴」이라고 말하고 싶었지만, 그 대신에 편지로 전하마.

어서 오렴.

고생했다.

원하는 만큼 푹 쉬며 지내렴.

여기는 네 집이니까.

엄마 크리스가』

그것은— 한없이 용사를 이해하고 있는 편지였다.

몇 년이나 이어진 마왕 도벌 여행. 그리고 **그 뒤에도 계속된,** 용사라는 이름의 속박.

모든 게 끝난 후, 절망과 함께 고향을 찾을 용사의 마음을— 어머니는 내다보고 있었다.

"아, 아아……."

어머니만이 아니었다.

세상은 용사를 달관한 영웅이라고 생각했지만, 이 마을 사람들은 달랐다.

마을 사람들은 용사를 한 사람의 이웃으로 보고 있었다. 고지식하고 밭의 채소를 좋아하며, 실은 도망치고 싶을 때도 있지만 잠시 한숨 돌리는 건 또 자주 잊는 성격. 울보에 겁쟁이지만 그럼에도 일어선 용사를…… 그들만은 이해했다.

용사의 가족은 책임을 느끼고 죄의식에 시달리는 용사를 이해하고 있었다.

"아, 아, 아아악……!"

용사는 그 자리에 웅크리고 앉아서 울부짖었다.

이 사람은 용사가 아니었다.

길고 긴 여행을 마치고 이제야 겨우 고향에 돌아온…… 평범한 마을 사람이었다.

"스벤…… 나도 불안했어! 잠들지 못하는 밤도 있었지! 그래도 필사적으로 싸웠다……!"

언제 죽을지도 모르는 여행이었다.

밤이 될 때마다 하다가 남은 일은 없는지 불안이 커졌다.

그 불안을 드러내지 않으려고 필사적으로 마음속에 자신을 가두며 싸웠다.

"아이샤…… 기억하고말고……! 그래, 난 이 마을의 밭을 좋아했어…… 여행 도중에 몇 번이나 떠올렸지……!"

용사는 식사할 때마다 고향을 생각했다.

용사의 혀와 코는 줄곧 고향의 밭에서 캔 수확물을 원했다.

아무리 세월이 지나도 그 감각만은 사라지지 않았다.

"미카…… 돌아오지 못해서 미안해! 돌아오면 꺾여 버릴 것 같아서……! 너희의 다정함에 어리광을 부릴 것 같았어……!"

몇 번이나 도망치고 싶었다.

자신을 대신할 용사가 발견되면 좋겠다고 몇 백 번도 더 생각했다.

고향 사람들이라면 허락해 주리라고 여겼다.

하지만 그렇기에 돌아갈 수 없었다.

"지크, 난 너랑 더 놀고 싶었다……! 싸움 같은 건 실은 관심 없어……! 난 그저 너랑 노는 게 좋았을 뿐이야……!"

용사는 진짜 싸움을 경험하고 통감했다. 자신이 바랐던 건 이런 게 아니었다.

강함 따위 필요 없다. 명예 같은 건 필요 없다.

자신은 그저 고향 친구와 함께 있을 수 있다면…… 그것만으로도 만족했다.

"어머니…… 아, 어머니……!"

가끔 쌀쌀맞게 굴어서 죄송해요.

언제나 걱정만 끼쳐서 죄송해요.

그래도 역시 한 번만 더 말해 주길 바랐다.
마음속 어딘가에서 기대했던 말.
혹시 만에 하나, 마을 사람들이 자신을 원망하지 않았다면—.
단 한 사람이라도 좋으니 말해 줬으면 했다.

—어서 오렴.

"다녀왔습니다……! 나…… 정말 열심히 했어……!"

이제야 길고 긴 용사의 여행이 끝났다.

◆

한동안 눈물을 흘리던 용사가 진정하고…… 다시 고향의 현 상황과 마주했을 무렵이었다.

"이사꾼."

용사가 소피를 불렀다.

그 목소리는 완전히 원래대로의 다정한 목소리였다.

"자꾸 말을 바꿔서 미안하지만, 역시 원래 있던 마을로 돌아가려고 해."

"그게 좋을 거예요."

애초부터 오늘은 용사의 이사에 전념할 생각이었기에 다른 일정은 없었다. 다행히 짐을 아직 풀지 않았으니, 원래 마을까지 이대로 이동만 하면 된다.

"이번에는 그 사람들과 대등한 관계를 쌓을 생각이야."

용사는 마을 주민들을 떠올리며 말했다.

용사는 은혜를 갚고 싶은 사람들과 그걸 받아들이는 자신이 아니라…… 그저 같은 마을 사람으로 동등하게 지내고 싶다고 생각하는 듯했다.

고향의 진실과 마주한 지금의 용사라면 분명 가능하리라.

"아, 그런데 한 가지 여기 놔두고 싶은 게 있어서. ……미안하지만, 짐을 하나 꺼내도 될까? 아마 가장 큰 것일 텐데……."

"가장 큰 거라면…… 이걸까요."

소피가 미믹을 소환했다.

미믹이 열심히 자기 안에 들어 있는 짐을 토해 냈다.

그 짐은 천으로 싸여 있었다. 소피의 키에 두 배 가까운 높이와 성인 남성의 어깨 두 배 가량의 너비였다. 무게도 꽤 나갔다.

소피는 이 짐의 정체를 알고 있었다.

"……동상이군요."

"그래. 폐하께 받은 선물이지."

고급스러운 돌을 깎아 만든 받침돌, 그 위에는 용사의 빛나는 동상이 자리하고 있었다.

"역시나 둘 곳이 마땅치 않아서. 게다가 폐하 앞에서는 말하지 못했지만, 얼굴이랄까, 표정이 좀 그랬어. 미화된 느낌이 들어서 눈길 가는 장소에는 별로 두고 싶지 않다."

소피는 동상의 얼굴을 보았다.

용사 동상은 부드럽게 미소 짓고 있었다.

"마왕 토벌 여행은 가혹해서, 이런 표정은 좀처럼 짓지 못했거든. 하지만 여기에 둔다면 딱 좋겠지."

용사는 주위를 한 바퀴 둘러보고 만족스러운 듯이 동상을 바라보았다.

"그래…… 어떻게 봐도 고향에 돌아온 용사야."

누가 보아도 마땅한 용사의 모습이었다.

동상은 용사에게 응당 그래야 할 모습을 보여 주었다.

에필로그

용사가 두 번째 이사를 의뢰한 날에서 한 달이 지났다.

소피는 그 후로도 용사와 편지를 주고받고 있다. 용사는 이야기했던 대로 아이린 왕녀 전하가 만든 마을에서 평화롭게 지내고 있는 듯했다. 여동생을 연기했던 그 노파하고도 다시 함께 살기로 한 것 같고, 쓸쓸함도 느끼지 않고 잘 해결되었다고 한다.

연기를 그만둔 마을 사람들과도 지금은 완전히 허물없이 지내고, 함께 땀 흘리며 밭을 갈고 있다던가. 용사는 밭을 뛰어다니며 즐거워하는 윔을 보고 역시 이 마을로 돌아온 게 옳았다고 실감한 듯했다.

그리고 아이린 왕녀 전하와 다시 이야기를 나눴다는 말도 쓰여 있었다. 전하는 용사를 생각해서 가짜 고향을 만들었다고는 하지만 속여서 미안하다고 사죄했나 보다. 용사는 그런 전하를 용서하고 마을을 안내했다고 한다.

전하는 마을의 한가로운 분위기를 만끽하더니 「나도 이곳으로 이주할까」 하고 중얼거렸는데, 딸린 기사와 종자들이 고개를 젓는 바람에 마지못해 왕도로 돌아간 듯했다. ……머지않아 전하가 이사를 부탁할지도 모른다는 문장으로 편지가 마무리된 것이 마음에 걸렸다. 다음은 왕녀 전하의 이사일까. 또 책임이 무거워 보이는 일이다.

아무튼 용사가 무사히 제2의 인생을 시작해서 다행이었다.

분명 이것이 용사의 마지막 여행이 되리라.

'이제 슬슬 아르에게 훈련이라도 시켜 볼까…….'

소피는 전병을 오도독오도독 먹으며 생각했다.

그때 도어벨 소리가 딸랑딸랑 울렸다.

소피는 익숙한 손놀림으로 전병을 카운터 밑에 숨겼다.

가게로 들어온 사람은 더벅머리 여자 한 명이었다.

"당신이 이사를 도와주는 마법사인가요?"

"아, 네."

이사를 도와주는 마법사가 이 거리에 또 있다면 자신이 아닐 수도 있지만…….

"다행이다. 당신의 힘을 꼭 빌리고 싶어요!"

"하아…… 그럼 우선 이 용지에 내용을 적어 주세요."

아무래도 이번 의뢰 또한 평범한 이사는 아닐 성싶었다.

여자는 펜을 받아 들고 필요한 사항을 사각사각 적었다. 나이는 스물, 직업은 학자……무슨 학자일까? 겉모습만 봐서는 잘 모르겠지만, 눈가에 다크서클이 있는 걸 보니 별로 건강하지 못한 생활을 하는 것 같았다.

여자는 마지막에 이사할 곳의 주소를 쓰는 칸을 보더니 펜을 멈췄다.

소피는 왠지 망설이는 여자를 보고 고개를 갸웃했다.

"이사할 곳은 어디인가요?"

여자는 그런 소피의 물음에 잠시 후 입을 열었다.

"사장님, 혹시 던전이라고 아시나요?"

소피는 질문을 질문으로 받는 여자에게 일단 대답하기로 했다.

"지하에 있는 미궁 말이지요. 마물과 아이템이 자동으로 샘솟는 특수한 공간이고…… 이 나라에는 네 개 있는 걸로 기억해요."

"맞아요. 그중 하나인 암구회랑(暗球回廊)이 제가 이사할 곳이에요."

"……네?"

뭐지? 잘못 들었나?

여자는 되묻는 소피에게 얼굴 가득 웃음을 띠고 말했다.

"저는 던전 속에서 살고 싶거든요!"

이 사람이 지금 뭐라는 거야?

후기

사카이시 유사쿠입니다.

이 책을 읽어 주셔서 고맙습니다.

이 작품은 「즐겁게 일하기 in 이세계」 중편 콘테스트 수상작입니다. 그러나 처음부터 콘테스트에 응모하려고 쓴 게 아니라 실은 그 이전부터 은밀히 구상을 다듬고 있던 작품이었습니다.

원래 마법사 소녀가 이삿짐센터를 하며 활약하는 연작 단편을 생각하고 있었습니다. 주인공은 천재 소녀이고 장르는 휴먼 드라마. 제가 만들었지만 멋진 세계관이라고 생각했는데, 문제는 이걸 어떤 형식으로 발표할지였습니다. 유행을 따른 장르가 아니라서 인터넷에 올려도 관심이 적을 것 같고, 구성도 연작 단편이라 기획서를 보내도 그쪽에서 난색을 보일 것 같더군요.

음, 뭔가 좋은 방법이 없을까…… 하고 생각 중이었는데 한 달 후에 카쿠요무에서 「즐겁게 일하기 in 이세계」 중편 콘테스트를 개최한다는 공지가 올라왔습니다.

이 무슨 일이란 말입니까. 이렇게 딱 맞는 기회가, 이런 절호의 타이밍에 찾아올 줄이야. 약간 운명을 느끼면서 이 작품을 응모했고, 그리고 상을 받았습니다.

중편 콘테스트에 도전할 때, 이 작품의 목표는 「독자가 울어 주는 것」이었습니다. 그러려면 저 자신이 먼저 울 수 있는 내용이어야 한다고 생각해서, 클라이맥스가 되는 장면을 몇 번이나 고쳐 썼습니다. 퇴고하고, 제가 울지 못했다면 그 이유를 생각해서 꼭 수정했습니다.

최종적으로는 저도 울 수 있는 내용이 되었고, 인터넷 판의 감상에서는 종종「울었다」라는 댓글이 달렸습니다. 하지만 이 작품은 전체적으로는 일상 장면이나 전투 장면 등 다양한 요소를 섞어 놓았으니, 혹시 후기를 먼저 보는 분이 계시면 경계하지 말고 가벼운 마음으로 읽어 주세요. 그리고 구성상, 가능하면 인터넷 연재 내용은 먼저 보지 않는 게 좋습니다. 되도록 단행본부터 읽어 주시면 감사하겠습니다.

【감사의 말】

이 작품을 집필하면서 편집부와 교열 담당 등 관계자 여러분께 큰 신세를 졌습니다. 담당자님, 작품의 주제와 중요시하고 싶은 분위기 등을 숙지한 뒤에 다양한 제안을 해 주셔서 고맙습니다. 제목에서 엄청 시간을 끌어서 정말 죄송합니다……. 이치카와 하루 선생님, 더할 나위 없이 멋진 일러스트 감사합니다. 표지가 너무나 매력적이어서 깜짝 놀랐어요. 이사라는 주제와 그 앞에 펼쳐지는 여행길의 개방감까지 확실하게 표현되어 있어서, 처음 봤을 때는 숨을 멈출 만큼 감동했습니다.

마지막으로 이 책을 읽어 주신 여러분께 최대급의 감사를 보냅니다.

마법사의 이삿짐센터 1

초판 1쇄 발행 2025년 2월 10일

지은이 사카이시 유사쿠
일러스트 이치카와 하루
옮긴이 남윤

책임편집 김기준
디자인 정유정
책임마케팅 최혜령, 박지수, 도우리
마케팅 콘텐츠 IP 사업본부
해외사업 한승빈
경영지원 백선희, 권영환, 이기경, 최민선
제작 제이오
교정·교열 전혜민(북케어)

펴낸이 서현동
펴낸곳 ㈜오팬하우스
출판등록 2024년 5월 16일 제2024-000141호
주소 서울특별시 강남구 테헤란로 419, 11층 (삼성동, 강남파이낸스플라자)
이메일 ofansnovel@naver.com

MAHOTSUKAI NO HIKKOSHIYA Vol.1
YUSHA NO INKYO·RYU NO TABIDACHI·MAHOTOSHOKAN NO ITEN,
DONNA IRAIDEMO OMAKASE KUDASAI
©Yusaku Sakaishi, Halu Ichikawa 2023
First published in Japan in 2023 by KADOKAWA CORPORATION, Tokyo.
Korean translation rights arranged with KADOKAWA CORPORATION, Tokyo.

ISBN 979-11-94293-89-7 04830
ISBN 979-11-94293-88-0 (세트)

오팬스북스는 ㈜오팬하우스의 출판 브랜드입니다.

• 이 책은 저작권법에 따라 보호받는 저작물이므로 무단전재와 무단복제를 금지하며,
이 책 내용의 전부 또는 일부를 이용하려면 반드시 저작권자와 ㈜오팬하우스의 서면 동의를 받아야 합니다.
• 책값은 뒤표지에 표시되어 있습니다.
• 잘못된 책은 구입하신 서점에서 바꿔 드립니다.